有爱的青春陪伴者

jiahun
zhenai

假婚真爱

下

真爱

熊猫远

—著—

贵州出版集团
贵州人民出版社

图书在版编目（ＣＩＰ）数据

假婚真爱.下册／熊猫远著.－－贵阳：贵州人民
出版社, 2020.4
ISBN 978－7－221－15862－8

Ⅰ.①假… Ⅱ.①熊… Ⅲ.①长篇小说－中国－当代
Ⅳ.①I247.5

中国版本图书馆CIP数据核字(2019)第292460号

假婚真爱·下册

熊猫远/著

出版统筹：陈继光
选题策划：大鱼文化
责任编辑：潘　媛
特约编辑：周丽萍　阿　灯
装帧设计：Insect　　西　楼
封面绘制：Cain酱
出版发行：贵州人民出版社（贵阳市观山湖区会展东路SOHO办公区A座
　　　　　邮编：550081）
印　　刷：长沙凌宇纸品有限公司
开　　本：880×1230毫米 1/32
字　　数：241千字
印　　张：9
版　　次：2020年4月第1版
印　　次：2020年4月第1次印刷
书　　号：ISBN 978－7－221－15862－8
定　　价：36.80元

贵州人民出版社微信

目录
Contents

001/ **第一章**
执子之手，跟着你走

017/ **第二章**
天降的遗产

026/ **第三章**
我回来了，向天歌

038/ **第四章**
情人"劫"

052/ **第五章**
也曾想陪你到白首

067/ **第六章**
假如不能嫁给爱情

084/ **第七章**
心上一道疤

101/ **第八章**
我们还可以有未来吗

118/ **第九章**
我想要你，向天歌

134/ **第十章**
无爱便无恨

目录

Contents

149/ **第十一章**

他从海上来

166/ **第十二章**

如果爱，请深爱

182/ **第十三章**

春风也曾笑我

198/ **第十四章**

种一片花海，给你

215/ **第十五章**

流年记得我和你

234/ **第十六章**

幸福可能会迟到，但从来不会缺席

251/ **第十七章**

陌上花开，可缓缓归

265/ **第十八章**

真爱总会在一起

第一章
执子之手，跟着你走

　　欢呼声在向天歌的耳边响起，人群都沸腾了，这是多少女人梦寐以求的场面。杨美丽第一时间冲上前去推了好闺蜜一把："这么好的机会，这么好的男人，你还等什么？答应他，Giovanna-Le（乔凡娜 - 李）就是你的了！"

　　向天歌却感到不真切，她感觉眼前的一切都恍如隔世。感动是有，但没有心动，她驻足不前，不知道该怎么同司徒锦说清楚。

　　"司徒……"向天歌正在措辞，想将自己已婚的事实告诉司徒锦，"其实我……"

　　"她结过婚了！而且他们还有孩子，你可是泰阳的朋友，居然要抢他的妻子？"这道响亮的声音打断了向天歌的解释，气急败坏的黄多多从人群中走了出来。

　　黄多多走到了司徒锦与向天歌的面前，脸上是毫不掩饰的愤怒，用指责的口吻对向天歌说："你和泰阳结婚这么久，却从没把他放在心上，你根本不知道他在云南的那几年是怎么过来的！"

　　"你怎么在这儿？"向天歌问。

　　"我是来告诉你泰阳当年在云南当兵，他是因为受了伤才没办法联系你！他在床上躺了整整一年，一苏醒就要回家见你！他拼着老命回来，回到西京，是为了回到你身边。可你跟他说的第一句话是什么啊？他愿意牺牲自己去换你想要的一切，你呢？就这么对他！"黄多多说完这话，众目睽睽之下就抢过一杯红酒泼到司徒锦的脸上，"算什么兄弟！"

司徒锦怔在当下，回不过神来。他怎么都想不到自己的好友泰阳和自己钟情的女人向天歌已经结婚了。

向天歌的脑袋嗡嗡作响，黄多多说的这番话比司徒锦盛大的求婚更令她震惊。周遭的羡慕与赞叹此刻已经变成了议论和对男主角的打抱不平，向天歌头痛欲裂，慌忙间丢下了一句"对不起"就逃离了这里。

她在雪地上狂奔，想以最快的速度回家。

她跑出酒店，就看见了泰阳。泰阳站在远处看着她，身上落着薄薄的雪。

向天歌走了两步，然后跑到了他的面前，给了他一巴掌。

泰阳没躲。

"你早就知道他要跟我求婚，你早就知道他要在这里跟我求婚？"向天歌的话是喊出来的。

泰阳不说话，只是沉默着看着地面。

向天歌的心底忽然泛起了怒意，用力地推泰阳："为什么？为什么要这么对我？为什么要把我推给别的男人？"

泰阳终于开口了："你以为我想要这样吗？"

他抬头看向天歌，眼睛通红。他咬着牙一字一句地同她说："你跟他是天生一对，你们都值得最好的！"

"你在不在乎我，居然还要另一个女人来告诉我！泰阳，你太可笑了。你什么都不知道凭什么替我做决定？"

泰阳还没来得及回答向天歌，雪地里就冲出一人，照着泰阳的脸就是狠狠一拳。

泰阳应声倒地，向天歌也被吓了一跳，下意识地想要去推开那人。她使出的力气却如泥牛入海，这才看清楚挥拳之人正是司徒锦。

"为什么？"司徒锦恶狠狠地盯着泰阳，"在我面前装大度、装成全，就是为了今天来看我的笑话吧？"

"不是！"

"不是？不是你不告诉我你们俩已经结婚了？不是你假装和她什么都没发生过？我那么信任你，把你当作最好的朋友，你就这么对待朋友？"

"我跟天歌不是你想的那种关系……"

"从你当初拿着她的婚纱照来找我时，我就应该猜到，你们之间绝对不可能那么简单。可我没想到，你们居然合起伙来欺骗我的感情！"

司徒锦说着话的同时，又向泰阳砸过去几拳。

而泰阳根本就没有反抗，他的脸上很快就挂了彩。

向天歌对泰阳还有气，可又见不得他这样。她冲上前抱住泰阳对司徒锦喊："这都是我造成的，是我的错！你要打就打我！"

司徒锦一拳挥去，向天歌闭紧了眼睛，泰阳下意识地想将她护在身后，却连动一下都有些困难。司徒锦终究也没打下来，他的拳头停在了半空，他看着向天歌什么都没说，转身离开了。

向天歌松了口气。

泰阳的鼻子、眼睛、脸颊、嘴角……全都是伤，胸口也挨了几拳，好半天提不上一口气。向天歌想扶他起来，他却全身虚软地向后倒去。向天歌一把又抱紧他，连连唤着他的名字，生怕他出事儿。

向天歌心急如焚，泰阳却捂着胸口忽然大笑了起来，模样极其不正经。

听到这笑声，向天歌先是一怔，然后就反应过来泰阳虽然受了点伤，但一点事都没有。她恨恨地抡起粉拳砸他："为什么不躲？现在充好汉，早干什么去了？"

她砸了几拳，他开始剧烈地咳嗽了起来，伤本来就在胸口，被她这一砸，他差点吐出一口老血。向天歌又连忙收手，紧张地扶着泰阳。

泰阳趁这个当口抱住了她："你没答应他的求婚？"

听泰阳这么问，她眼睛突然就红了，又气又急，想打他又不敢。刚才的委屈此刻又全部回到心头，泪水夺眶而出，她不停地擦着泪。

一见她哭，泰阳就心软，赶忙帮她拭去眼角的泪："你别这样，要不我下次再帮你找个好的……"

向天歌心底的那团火又被泰阳这话点燃了，她攥起拳抡到了泰阳的胸口。泰阳白眼一翻，昏死过去。

经此一事，求婚黄了，司徒锦也与泰阳交恶了。

而向天歌更是被塑造成了一位为拿下 Giovanna-Le 而不择手段的女人，一个已经结婚生子的女人，居然恬不知耻地打着未婚的旗号去勾引合作方。

盛大的求婚变成了盛大的闹剧，向天歌也是舆论的受害者。可冷静过后，她还是得为了《真爱》的前途去向司徒锦道歉，好求得他的原谅继续两家的合作。

向天歌自我安慰地想着，司徒锦应该会公私分明的吧？她正在琢磨着道歉的遣词用句时，小白拖着一个特别大件的东西回来了。

"什么东西？"

"后院捡的。"小白蹲下去，将手里的大件平铺开来，是一件婚纱，且是向天歌在亚洲婚纱大赛上穿过的那件。婚纱被剪碎了，再也看不出当日的光彩。

小白的话语里满是心疼："据说是从三亚回来的当天就被扔了，说是司徒先生不要有瑕疵的东西，他一贯追求极致和完美。"

"瑕疵？"

"好像是哪里弄破了，司徒先生又是个特别追求完美的人，真是可惜这件婚纱了。"小白抚摸着这一地的零星碎片，"多好的缎面，多美的刺绣啊！我长这么大，见过的最特别最漂亮的婚纱就是这件了，他们居然说丢就丢。"

小白说完，瞧见向天歌的脸变了颜色，立刻意识到自己说错话了：

"向姐，你不要误会，这些话不是我说的，都是隔壁的设计助理们说的！他们说司徒先生一直都这样，对自己的设计精益求精，不接受一点瑕疵。"

向天歌生硬地笑了，说了句没事，就转身回自己的办公室了。

她的道歉看来是用不上了。

回想在三亚的时候，她确实也对司徒锦动心过。可当天他站在自己面前求婚时，她心中更多的则是焦虑。求婚被黄多多破坏了，她是生气，但气的是泰阳，对司徒锦反倒是觉得如释重负。

向天歌没去找司徒锦，司徒锦却先来找了她。

两人见面，向天歌先开了口："如果你想解除和《真爱》的合作，我接受。"

"你难道就没有别的话要说？"

"有！"向天歌点点头，"之前让你误会了，是我的问题，对不起！但是现在你也知道了，我和泰阳结过婚，还有个孩子……"

司徒锦打断了向天歌："我今天来找你，不想听这些。我只想要告诉你，经过我理性地分析和判断，我决定原谅你之前对我所有的隐瞒。"

"啊？"向天歌有点回不过神来。

"其实我们一直都很合拍，你是我所有灵感的来源。所以如果你能放下在西京的一切，跟我回意大利，那我们还是能像之前一样，愉快地合作下去。"

向天歌有点跟不上司徒锦跳跃的思维。

司徒锦以为向天歌是认同了自己的解决方案，继续自说自话："那我就去帮你办手续。"

"不是！"向天歌赶紧开口，她问司徒锦，"司徒锦，你喜欢我吗？"

"啊？"司徒锦一愣。

"你的喜欢就像我的策划案，里面居然还写着投入和产出比！你还能在爱情里计算自己的得与失，还能理性地说服自己原谅一个背叛你的人，因为继续爱我还是有利可图的。这就是说你遇到的我，不是对的人。而且，最重要的是，我不爱你！"

向天歌对司徒锦报以一笑，转过身扬尘而去。

潇洒过后的代价极其惨重，Giovanna-Le 与《真爱》终止合作。隔壁的 Giovanna-Le 团队已经离开了西京，搬去了上海，司徒锦彻底从向天歌的世界里消失了。

而向天歌先是疑似诈婚，再是偷鸡不成蚀把米，毁了自己的杂志和大品牌的合作，她一夜间沦为行业笑话。

福无双至，祸不单行。《真爱》与 Giovanna-Le 解除合约后，其他为了沾光而靠过来的小品牌也纷纷撤离，本来预定到明年底的广告商也说不会履行合约。

眼下《真爱》犹如一盘散沙，随时可能崩盘。

这件事把杨美丽气得够呛，大骂向天歌这次是赔了夫人又折兵，放跑了高富帅又折了合作。但杨美丽也知道自己这位闺蜜轴起来，八匹马都拉不回来，最后只能迁怒于那个黄多多不是个东西。

杨美丽在办公室里琢磨："你说这个黄多多是不是傻？她为什么要冒那一下头，搅黄这件事对她到底有什么好处？"

想到这个"猪队友"，杨美丽就觉得气儿不打一处来。

"现在说这些还有什么用！"小白抱怨道，"关键是现在《真爱》要怎么办？"

杨美丽把小白拉过来："你这小妮子说的都是什么屁话，工作再重要能有人的感情重要？现在最重要的是帮忙想想，怎么去追回司徒锦！"

坐在一旁的小编辑立刻搭话道："都那样了，还能追得回来？给司徒锦定制一个原谅套餐？"

组稿编辑也凑上来搭话："看不出来向姐这人城府还挺深，我是新来的不知道也就算了，你们这些人……尤其是小白，可是从一开始就跟着向姐干的，怎么会不知道她已经结婚了？"

小白还没来得及说话，杨美丽就嚷嚷道："一个个都以为自己是谁啊？人家的私事要跟你们讲？上班时间不好好工作，社里的工资是白拿的吗？"

办公室里余下的人本来还想凑上前来八卦两句，被杨美丽这么一吼，都做鸟兽状散了。有几个人还小声嘟囔着："你才以为你是谁呢！没有向姐，谁愿意理你。"

杨美丽听了这话，一拍桌子站起身就要发飙。

小白赶紧拉住她："现在是什么情况，咱们都乱成一锅粥了，表姐你能不能别添乱了。"

"什么叫我添乱啊？我再添，我也比不上你向姐闹出的乱子大啊！把男人弄丢了、把机会放跑，还把合作搅黄。又得重新出去找工作，烦都烦死了。"

小白翻了个白眼，就知道杨美丽靠不住了，她又跑去找老杜。

老杜正叼着一支烟斗站在办公室的窗前，完完全全像个没事人。

小白一进去，瞧着老杜这副悠闲的样子就生气，她冲老杜吼："现在都什么时候了，你还有闲情逸致看风景？《真爱》都快完蛋了！"

老杜没回头，还盯着窗外看："这一片不是马上就要拆迁了吗？我再不多看两眼，以后就没机会了。"

"等《真爱》完蛋了以后，你有大把的时间看！想看多久看多久！"

老杜笑着回头，用烟斗指了指小白："你呀，年纪轻轻，怎么张口闭口都是完蛋呢？"

"就是完蛋！我们就要全完蛋了！这些都是这几天品牌商和广告商发来的解约通知书。"小白将一摞文件放在了桌子上，厚厚一沓，她也抱怨着，"我们费劲巴拉地撑了这么久，现在就因为向姐，她个人的感情问题，所有努力全白费了！"

老杜并没有看小白抱来的文件，反倒是靠在墙上语重心长地问小白："唔……小白，你还记得我第一次见到你时的情形吗？"

"记得住第一次见你的情形能拉来合作吗？"

老杜哈哈大笑，指着小白："你呀你，我还记得那会儿你刚到西京，一出火车站就被人偷了行李和钱，咱俩就这么在派出所遇见的。你那时候瘦瘦小小的，一副可怜兮兮的样子。我就想啊……你要是我女儿，一个人在外打拼，我得多难过啊。所以咱俩报完案，我就请你吃了饭，还帮你找了个在西京的第一份工作……"

小白被老杜说红了眼，叹了口气："我怎么能不记得呢？所以我才不能看着你的心血被别人给毁了啊！"

"当时那么惨，你都没觉得自己要完蛋，现在怎么就要完蛋了呢？有你，有向天歌，我放心得很……"老杜说完这话笑了，笑得特别慈祥、特别温暖。

小白看着老杜明亮的眼睛，心里就更难受了："可是……"

老杜这时候从大办公桌后绕到桌前，拍了拍小白的肩，没叫她说下去。老杜告诉小白："没有人能毁掉《真爱》，向天歌更不会，你要给她时间。"

向天歌一直在办公室里坐到夜幕降临，坐到所有人都已经离开了。

恍然回神时，办公室里已经空荡荡的，向天歌弯下腰关掉了电脑，再抬起头就发现面前的写字台上摆着一碗热腾腾的油泼面。而老杜就站在办公桌的对面，他的手上也端着碗面，示意她坐下来吃。

向天歌犹豫了一下，还是坐了下来。她低头吃面，什么话都没说，也不知道要说什么。

她在等老杜打破沉默。

老杜吃了几口，将碗放在桌上问向天歌："天歌，你还记得我第一次见到你是什么时候吗？"

向天歌的动作一顿，没来得及抬头，就听见老杜道："是你第一次来我们杂志社面试的时候。那天你的穿着打扮就跟那些从国际杂志里走出来的模特似的，你一出现，我就觉得你跟我之前请的编辑不一样。

除了打扮，更重要的是，你的眼睛里面有两团火。"

老杜的眼里闪着光，眼前好像又出现了那个朝气蓬勃的向天歌，他用满是回忆的口吻接着道："你知道吗？那是一个媒体人对于杂志的热爱，发自内心、毫无杂质的爱。就是从那一刻起我确定，你是来帮我的人，帮《真爱》的人。你让我相信《真爱》在你手上一定能活过来。"

"可是……这次的事情如果不是因为我没处理好自己跟司徒锦的关系，也不会弄成现在这个局面。"

"你感情上的事，我不好发表意见。但我相信你，你一定还有别的办法能走出这个困境。"

向天歌彷徨地摇了摇头："我没办法了，老杜，我现在大脑一片空白，对不起……"

老杜起身，又端起了自己的碗："既然一片空白，就吃饱饭，好好睡上一觉，工作的事情就等你精神好些了再想。"

老杜离开，向天歌就再也吃不下去了。她放下手里的筷子，用手捏着太阳穴，俯瞰着办公桌的桌面。她的脑子里一片混乱，怎么都理不清头绪。这一次她是真的感觉有点绝望，她在背着别人的梦想前行，《真爱》压在她的身上实在太重了。

向天歌回去的时候也不知道是几点，她从公交车上下来，泰阳正在车站等着她。他看见她出现，咧嘴笑了，他说："走，我请你去吃小龙虾！"

向天歌还在迟疑，泰阳就已经伸过手将她拖向了远方。

卖小龙虾的大排档永远都不缺客人，时间已经很晚了，大排档还是吵吵嚷嚷的，划拳声、笑闹声和小龙虾扔进油锅里发出的"刺啦"声交杂在一起，让这个地方充满了烟火气。

向天歌坐在这里，觉得没那么难过了。她和泰阳的面前分别放着一大盆虾，她剥了几只，忽然闭上眼睛低下了头。

泰阳赶紧转向向天歌问她："怎么了？"

"辣椒进眼睛了。"向天歌想用手揉，刚把手抬起来就被泰阳打了下去。泰阳拆掉手套，取了一片湿纸巾，单手抬起向天歌的下巴小心翼翼地帮她擦眼睛。再睁开眼，她的眼睛红得能滴出血来。

泰阳将向天歌面前的那盆小龙虾拉到了自己跟前，一只只剥了，递到她碗里。

向天歌侧过头摆出了嫌弃的样子："不是自己剥的小龙虾，吃着有什么意思？"

泰阳又给向天歌剥了一只出来，这次没扔进碗里，而是递到了她的嘴边："你就当是你自己剥的，这样有意思了吧？"

向天歌打开了泰阳的手，虾球滚落在地。向天歌看着地上的虾球问泰阳："泰阳，我在你眼里就这么好欺负吗？"

泰阳没在意刚才的事儿，继续给向天歌剥虾："那不能，谁都知道我打得过天下人却打不过你，你一抬手我就吓得腿软，是我怕你。"

他一贫嘴，向天歌就来气，什么话都没说，起身就要往外走。

泰阳着急了，起身就去追，人还没跑出去，就被老板给拦住了。等泰阳结过账再出来，向天歌已经到了马路的对面。马路上的车川流不息，泰阳焦急地等待着车流过去。

从司徒锦求婚失败到今天，已经一个星期了。

这一周里，她忙得焦头烂额，他连一个好好和她说句话的机会都找不到。他知道她怪他，怪他将她给推出去，怪他不告诉她司徒锦要求婚的事儿，或者也怪那求婚现场黄多多的忽然出现……

向天歌在马路对面越走越远，马上就要消失在夜色里了。泰阳再也顾不得那么多了，他伸出手拦住了往来的车辆，冲过了这条忙碌的车道，冲到了向天歌的身边，一把将她拉到自己面前："我这辈子干过的蠢事太多，不管是丢下你一走七年，还是拼了命地想要把你推给别人。我知道我蠢，蠢得以为只要我放开你的手，你就能得到幸福。可你真的离开的时候，我才发现，我不能没有你。"

向天歌看着泰阳没有说话。

泰阳握住了向天歌的肩膀，他说："我不想跟你离婚，从来都不想。我也不想当你的什么哥哥，我只想牵着你的手，一辈子，好不好？"

向天歌看了泰阳很久，如果早些听到这话该有多好，可是现在太晚了。她轻轻地拨开了泰阳握住自己肩膀的手，用特别平静的语调和他说："太晚了，我们还是按照之前的约定，时间到了就离婚吧！"

向天歌也不知道是不是自己"水逆"连累到了《真爱》。

"前院"尚未摆平，"后院"又开始起火——员工们集体辞职，纷纷奔向高薪挖墙脚的《Mamour》。小白气不过，攥着那些辞职信撕了个粉碎，骂他们一个个不讲义气。这事儿摆明了就是陆安怡针对向天歌，趁着《真爱》出事儿来挖墙脚，分明就是落井下石。

向天歌还得去安慰情绪激动的小白，最后也没在离职程序上为难这些人。她还要想法儿去修复一些合作关系，根本没有多余的精力耗在这种事情上。对如何修复与Giovanna-Le甚至是司徒锦的关系一事，向天歌重新做了策划，也找了些替代品牌。

然而这些品牌不是他们看不上对方，就是对方看不上他们。

眼下的局面竟然比当初向天歌加入《真爱》时还要难。

距离下期杂志推出只有不到一周的时间，没有一个问题得到了解决。本来当初能和Giovanna-Le合作就是走了狗屎运，但因为合作时间太短，向天歌都没来得及将《真爱》的段位拉上来，杂志社就集体"水逆"了。

小白情绪崩溃，杨美丽更是靠不住了，老杜最近的状态特别奇怪，向天歌一个人在办公室里一筹莫展。

正烦着，泰阳给她打了一通电话，说是有个高校举办了一场时装秀，想约她去看。

向天歌有点不耐烦，拒绝了泰阳。

泰阳却上纲上线了起来："咱俩可是发小，做不成夫妻，难道还做不成朋友？"

时装秀是在学校的足球场举办的，设计师都是在校的学生。

向天歌看过挺多大秀，但这么特别的还是第一次看，也说不上这场秀的主题是什么，学生们设计衣服的材料都是卫生纸、废弃易拉罐和饮料瓶……各种杂七杂八的垃圾，被重新设计剪裁后，成了一件件另类的时装。

从秀场出来，泰阳忐忑地问："怎么样？"

"还蛮特别的。"向天歌随口敷衍了一句。

夜色下，两人不紧不慢地走着。

初春时节，新年时张的灯结的彩都还没撤掉，喜庆的气氛依然没有褪去。

"仅仅是觉得特别吗？"

"泰阳，对不起，我最近实在太累了，《真爱》遇到了很多麻烦，我根本就没有时间浪费在这些事情上。"

"我只是觉得你应该放松一下。"

向天歌觉得自己的态度有点急，便又道了歉："我知道你想帮我，心意我收到了，可是这些对于我来说……"

"其实……你有没有考虑过本土设计师？"

向天歌听到这话，有些疑惑。她看着泰阳，并没有接话。

泰阳解释道："你和《真爱》的情况，杨美丽都跟我说了。如果把时尚市场看成一座金字塔，司徒锦和他的 Giovanna-Le 肯定是位于顶端的，你们的《真爱》就对接这一部分的市场。但是顶端之下呢？还有更大的市场，那才是最广泛的读者群体。"

"你的意思是，《真爱》应该重新定位？"

"以《真爱》现在的情况，你即使能找到一个替代 Giovanna-Le 的品牌，也很难保它们以后不会忽然撤离。如果能放弃固有的与大品牌合作的模式，选择与本土设计师，尤其是新锐设计师合作，说不定能给《真爱》打开一个新局面。"

"《真爱》的定价已经决定了它的格局。"向天歌承认泰阳的话有道理，但不是每个人都会花几十块去买一本婚纱杂志的，他们的阅读群体已经决定了他们只能做出一种定位。

"所以我带你来看了这场秀，环保一定是未来几年到几十年的主题与社会话题。如果做环保的概念，大胆地和新锐设计师合作，既有话题度又有长期稳定的合作模式。而且，既然提到了环保，我也多嘴问一句，《真爱》目前的主要盈利是什么？卖杂志的收入？"

"卖杂志的钱只能摊薄每本书的实际印刷费，主要是广告。"

"既然摊不了，为什么还要印刷成册？现在婚纱市场的主流消费群体，已经逐渐转向了年轻一代，他们这代人的阅读习惯已经发生了改变，比起购买实体书，他们可能更愿意支付线上阅读。"

向天歌缓过劲儿来，当下的印刷行业，尤其是在冬季，受雾霾影响是个极不稳定的因素。如果现在适当降低实体书的印刷量甚至是取消印刷，专心发展线上阅读，不但能降低成本、制造话题、迎合新的阅读习惯，也是在积极倡导正确的环保理念。

想明白了这些，向天歌豁然开朗。

她急急地给杂志社的人打电话，小白都已经钻进被窝了，硬是被拉回电脑前开了一个电话会议，和老杜一起重新确立转型方案。

因为没人能提出更好的办法，全社只得暂时通过了这个新思路。向天歌像是打了鸡血，写了一夜的新杂志策划案。再一抬头，天色都已经大亮了。向天歌一看时间来不及了，匆匆忙忙地洗漱出门，她刚到办公室就看见老杜正在那儿翻箱倒柜。

向天歌走过去敲了敲门："老杜……"

从来不戴老花镜的老杜今天破天荒地戴了一副。

他一见出现在门口的向天歌，冲着她招手："你来得正好，快帮我看看，这些东西有没有被老鼠咬坏？"

"老鼠？"小白听到有老鼠，大叫了一声，然后捂着嘴紧张兮兮地看着向天歌和老杜。她还挎着包，刚刚走进办公室，身体就蜷缩成一团，随时要跑的样子。

小白的样子逗笑了向天歌，她打开了老杜叫她瞧的盒子，然后对门外的小白说："就是些旧文件夹和零星的小玩意。"

老杜拿过其中一个文件夹打开："我还记得，这是当年我跟桂兰刚创办《真爱》的时候，她做的。从《真爱》推出第一期杂志到我们决定停办之前的最后一期，这些简报都是她做的，这里凝聚了我们所有人的心血。"

向天歌似乎明白了老杜所想："老杜，我知道我昨晚说的事情，你可能一时半会儿无法接受，可是就《真爱》目前的情况来看，这是我们唯一的出路。"

小白趁着这个机会，也想劝一劝向天歌："向姐，其实我也不太赞同突然取消实体杂志，忽然就转向线上。这样我们前期积累的大批实体书读者会一并流失的，转型如果再不成功，咱们就彻底完了。"

"一定会成功！"向天歌斩钉截铁地说，"而且，我们不是取消实体书的印刷，而是由原来的月刊转为季刊、半年刊甚至年刊，把时间和资源尽可能地集中在线上阅读。"

小白还要反对，老杜打断了她。

"天歌啊，你可别多想，我把《真爱》交给你就是相信你，相信你做的全部决定！桂兰也相信！"

向天歌感激地看着老杜，点了点头。

老杜打开这个盒子，就像是打开了所有的往事。老杜说桂兰这一生喜爱婚纱，可到她离世，他都没叫桂兰真正穿过一次婚纱。

"我们刚结婚那会儿什么都没有，等后来有条件了又没时间了。她每天要照顾家里、照顾孩子，还要跟我一起忙杂志社的事。桂兰嫁给我的时候，我除了一支破笔杆别无他物，她家人都反对她跟我，可她还是把家里的收音机一抱就跟我走了。她说，只要跟我在一块儿，以后喝西北风都是甜的……"

老杜说着说着，眼睛里有了泪意。他眨了眨眼，深吸了一口气才继续说下去："所以我一直觉得欠了她一套婚纱照。可天不由人啊，后来孩子们都大了，也说要给我们补拍，她突然就病了，然后就再也没起来过。"

向天歌拍了拍老杜的背，她知道《真爱》之于桂兰、之于老杜的重要性——这是他们前半生关于他们爱与梦想的寄托。她起身出去给魏冠捷打了一个电话，她要给老杜拍一套独属于他的婚纱照。

拍照那天，老杜穿的是纯白西装，与他的满头银发相衬，出奇的和谐。他身旁立着一块人形纸板，纸板上的人是桂兰，穿着婚纱的桂兰。他昂首挺胸地站在了镜头前，仿佛又回到了那股青葱岁月，回到了与桂兰相识的时候。

拍完婚纱照没多久，老杜就病倒了。

病房里的老杜已经不是那个穿着时髦、说话风趣又会做葱油饼的老头了，他形容枯槁、戴着氧气罩……小白不肯相信眼前的一切，她还想同老杜开句玩笑，想证明老杜一切都好。

可老杜戴着氧气罩，已说不清话了。

小白被打入了现实，她受不了这情形，转身就跑。她一路跑一路哭，跑出医院大门时，泰阳和青皮正要进来，青皮指着小白说："那不是小白吗？怎么了？"

"你去看看吧！"泰阳已经猜到老杜怕是不行了。

青皮去追小白了，他则三步并作两步地上了楼。走到病房外，正看见向天歌趴在床前听老杜说话。

向天歌故作轻松地笑着安慰老杜："没事的，不管什么病，咱们只要听医生的话，好好治就好了。你知道《真爱》不可以没有你，我们所有人还等着你回去给我们做饭呢！"

老杜给向天歌说了些什么。

泰阳在门口瞧见这一幕，虽然什么都没听到，却看见老杜用他那骨瘦嶙峋的手握住向天歌的手，好似在托付什么。

向天歌忽然情绪激动了起来，她哭着摇头："我不管，你不能走！

当初我来应聘的时候，你也没跟我说要让我收拾这么大的摊子。我尽力了，我尽力了也做不好，还把《真爱》弄成了现在这个模样。你现在撒手不管，我不答应！我不同意！你得起来，你得起来管着我，你起来啊，老杜！"

向天歌也崩溃了，她泣不成声。

泰阳看着这一切，眼睛也湿了。他转过头，狠狠地抹了一把眼泪。

当晚，老杜撒手人寰。

青皮给老杜的子女打电话，几个人都害怕要出钱给老杜办后事，谁都不来。当年为了《真爱》，老杜的几个孩子早就跟他翻脸了，如今这局面也是在意料之中。

最后，向天歌和小白凑了给老杜办后事的费用，葬礼就由他们几个简单地办了一下。

《真爱》往后的路更难走了。

杂志前途未卜，老杜撒手人寰，而拆迁办的工作人员还找上门来说新一期的工程已经进行到这边了，让他们尽快联系房东去领拆迁补偿款，然后搬家。

杂志社又有一批人想离职，他们还劝向天歌，大家好聚好散，干脆解散《真爱》吧。小白这次没有激动得跳起来，她坐在那里沉默着，不知道还能说点什么留下大家。她知道向天歌是个什么人，向天歌不会在员工离职的时候为难大家的。

但是，这次向天歌有点出乎大家的意料，她没接受面前的辞职信，而是开口说："你们给我一个月时间，月底之前，我一定想到办法解决。"

第二章
天 降 的 遗 产

向天歌能有什么办法？

她回到家就开始翻箱倒柜地找东西，书从书柜上掉了下来、衣服被摊在衣柜外面、书桌所有的抽屉都大敞着……泰阳一回来还以为家里来了盗贼，都已经顺手抄起了一根棍子，结果看见屋子里只有一个气急败坏的向天歌。他这才蹑手蹑脚地放下了棍子，装作什么都没发生过地问："你干吗呢？"

"找卡！"向天歌不耐烦地回答。

泰阳这才看见桌上已经放了好几张银行卡了，不同颜色、不同银行、不同卡种，唯一的共同点大概就是都没什么钱……向天歌抱着一摞卡站在 ATM 机前，查一张就在计算器上按下一个数字，到最后累加起来的数额也没能超过五位数。

"试试这张吧？"泰阳靠在 ATM 的玻璃柜门旁，递过去一张卡。

向天歌不解地看着他："干什么？"

"当初我开道馆，你不是给过我二十万？这几年道馆还算稳定，我把道馆抵出去，这里面的钱够你撑一阵了。"

向天歌一下子就急了："你把道馆抵押了？"

"抵给一个朋友了，就是应个急嘛！"

"你知道我拿钱要去做什么吗？"

泰阳笑了笑，没回答。

向天歌怎么可能收下这笔钱："道馆是你这么多年来的心血，我不能……"

"《真爱》也是你的心血，"泰阳打断了她，"还有你对老杜的承诺，你对编辑部所有人的责任！我相信只要你在，《真爱》重新站起来只是迟早的事情。"

向天歌觉得心头一暖，眼泪盈满了眼眶。她想说点什么，却又说不出来，生怕一张口就会大哭。

泰阳瞧着她这副样子，轻轻地抱了抱她："不论如何，你都还有我，我不会让你一个人去面对。"

向天歌紧紧地搂住了泰阳。

《真爱》定下了新思路，换办公室的钱也准备到位了。

向天歌正和杂志社的人开会讨论选址的问题，门外就忽然响起了一阵吵吵嚷嚷的声音。

外面冲进来了三男两女，全都是中年人。这些人一进来也不说话，抄起办公室里的东西就砸，一时之间尖叫声、冲撞声不绝于耳。小白性子最急，头一个从会议室冲了出来，正要拦这些"土匪"时结结实实地挨了一个中年妇女的巴掌。

那女人骂骂咧咧地说："你就是向天歌吧？好你个向天歌，迷得我爸晕头转向的，居然把拆迁补偿款都给了你！"说着话，手又抬起来了。

向天歌一把拉过被打蒙的小白，将她护在身后："我是向天歌。"

这话一出，向天歌就被这群人围在了中间，他们把她推来搡去，一副要将她撕碎的架势。杂志社里的人想帮忙，可都近不了身，只能在一旁干着急。

那个中年女人踹了向天歌一脚，她一个不妨，摔趴在写字台上。

"向姐！"小白想过去扶一把，还没迈步，自己也被人撞倒在地，刚想爬起来，背上就又挨了一脚。

向天歌忍着痛站起身，一转眼就看见一个男人抄起木凳朝自己砸了过来。她下意识地用手挡住头，浑身紧绷，却始终没有迎来这当头一击的疼痛。取而代之的，是后背被揽入一片温暖的怀抱。

向天歌睁开眼，抬起头，发现将自己护在身后的正是泰阳。他刚才在千钧一发之际冲上来护住向天歌，单臂挡下了那条木凳。

泰阳一来，形势迅速发生了逆转。一转眼，他就以四两拨千斤之势将人都扳倒了。

本来凶狠的几人这会儿都只能咬牙切齿地站在三尺开外骂骂咧咧："好你个向天歌，侵吞我爸的财产，还找打手来欺负我们！爸，您快起来看看啊，您到底对不对得起我妈啊？居然为了这个小妖精连亲情都不顾了……"

所有人都一头雾水。

泰阳沉声问道："你们是老杜的子女？"

"我们不只是杜志国的子女，还是他遗产的第一顺位继承人，他留下来的东西都应该给我们！"其中一名中年男人对泰阳吼道。

原来如此。

向天歌赶忙整理好自己，暂时忽略身上的伤痛："这些旧桌子旧板凳你们看有什么合用的就搬走吧。这些都是老杜生前最喜欢的，我不跟你们抢，你们也犯不着这么闹。"

"你耍我们是吧？"那一位中年男人嚷嚷着，"谁要这些破东西？我们要的是拆迁补偿款，你快把钱给我们！"

小白这一听，又急又气，跳出来质问那人："你们不是吧，租来的房子的主意你们都要打？"

她话音刚落，杂志社门口又多了一人。

那人穿着西装、打着领带、提着一只黑色的公文包，上气不接下气地喘着，是一个中年胖子。胖子掏出手绢擦着汗，忙不迭地上前道："这地方也太远了，我的车坏在半道了，一路跑过来简直要命，太要命了。"

所有人齐刷刷地向他看去，不明所以。

胖子赶忙掏出名片，一张张地给在场的人递过去："我是何韦申律师事务所的合伙人申宗，也是这次受托办理杜老先生遗产继承的代理律师。请问各位就是杜老先生的子女了吧？哪位是向天歌女士？"

"我是。"

"哦，既然各位都到场了，那看我们是找个安静的地方再宣读遗嘱，还是就地解决？"

那几个中年人又嚷嚷：

"我爸的遗嘱叫外人听？"

"这就是个不要脸的小狐狸精，勾引我爸在这里搞什么杂志，其实就是想骗他的钱，吸干他的血……"

泰阳一声冷笑，捏紧的拳头重重砸在旁边的书桌上，发出巨大的一声响。

这几个人一哆嗦，又安静了下来。

律师推了推眼镜，看了一圈在场的人："我看也不用找地方了，就在这儿宣读遗嘱吧！"

律师拿出了一份文件，将上面的内容一条条给在场的诸位读了出来，这才让杂志社的人知道这办公室根本不是租的。

当年老杜在跟桂兰创办杂志社的时候，他们就以私人名义买了下来。所以老杜这些年虽然和子女翻了脸，卖了房、卖了车，却并不是一无所有，他还有这套即将拆迁改造的房子。

律师取出支票递给向天歌："根据杜老先生的遗嘱，这笔拆迁补偿款，也就是五百万，将以赠予的形式，直接转赠给您，向天歌女士。"

这反转来得太不可思议。

那些中年人又回过神来似的质问："凭什么！她算什么，我爸爸的钱就得给她继承？"

向天歌也很费解："老杜为什么要把这笔钱都留给我？"

"您应该明白。"律师收起了摊开的文件，整理起自己的公文包。

那几个中年人不敢动向天歌，又打起了律师的主意，一个个眼睛闪着绿光。

好在青皮很快把王和平带来了，那几个中年人一掂量，打又打不过，现场还有警察，这才灰溜溜地走了。

他们这一通闹，留给了杂志社一地狼藉，而向天歌都还来不及细想这笔横财的事情，疼痛就钻心而至，疼得她直不起腰来。

向妈陪着向天歌在医院里拍片，气得浑身颤抖："这是蓄意伤人，我们可以告他们！对，我们必须告他们！"

"妈，算了，老杜现在尸骨未寒，咱们就别再把事情闹大了。"

"你愿意算了，他们愿意吗？依着这些人的德行，我看为了这些钱，还不知道会再闹出什么事儿来！今儿要不是泰阳在场，那群人不知道会把你欺负成什么样子！"

向天歌猛地站起身，又是一阵生疼："泰阳怎么样了？"

向妈把向天歌往下一拽："你婆婆在呢，你就少操点心！"

向天歌被自己妈妈押进了诊室。医生说没什么大碍，好好休息就能恢复。向天歌出来就奔去了急诊，泰阳的上半身赤裸着，手臂上缠着纯白色的纱布。泰妈正在那儿数落他："你都多大的人了，还打架把自己伤成这个样子？"

"我下次会注意的，妈，已经没事了。"

"下次？还有下次？你不是什么合气道黑带三段吗？怎么还会被伤成这样？"

泰阳沉默不语。

泰妈又问："是不是为了保护天歌？"她看着泰阳的样子，就自己得出了结论，"你就是太着急想保护她……"

泰阳赶紧握住泰妈的手："总之我答应您，没有下次了！天歌还在楼上，我去看看她。"他说完就转身去拿衬衣，这一转身，向天歌就看到了他的后背还有一片青紫。

泰阳穿上衬衣，也不知道忽然牵动了哪里，痛得皱着眉。泰妈见状，又赶忙将他扶住："是不是旧伤没好？这要不是青皮说漏了嘴，我都不知道你还被人从二楼给踹下来过。你说你，一个破钱包有什么好捡的？为了捡个钱包，你差点让我失去儿子！"

泰妈越说越难过，眼里都是泪水。

向天歌站在门外看着他们，什么话都说不出来。

临搬办公室之前，老杜的子女又来过一回。这次是趁夜作业，撬了门锁进来把能砸的东西都给砸了。隔断的玻璃碎了一地，电脑、柜门都已经被砸得变了形，第一个来开门的人差点被吓傻，赶紧打电话通知向天歌。

向天歌一来就先去了老杜的办公室，也是一片狼藉。

这事儿看来躲是躲不过了。向天歌给王和平打了电话，王和平穿着警服上门，把一个个都给提溜了出来。

两拨人约在了咖啡店解决问题，碍于王和平在场，这几个人总算是收敛了些。

向天歌开门见山："当初老杜卖房卖车，一心想要搞好《真爱》，你们没有管过他；他吃住都在办公室，生活落魄，你们没来看过他；当他重病住院，医院挨个给你们打电话的时候，你们还是没来！连葬礼你们都没参加！"

"那我爸的钱也应该是留给我们，也轮不到你来拿！"

"我本来也不想把事情闹大，但你们不应该狼心狗肺到去破坏他的东西！你们知道《真爱》对老杜来说是什么吗？那是桂兰，是他深爱的桂兰！只要《真爱》还在，桂兰就还在！而你们，身为他们的子女却一点都不明白？老杜不是把钱留给了我，是留给了《真爱》！父母在你们眼中还比不上那点利益，既然如此，你们有什么脸说自己是第一顺位继承人？"

向天歌吼出这些话的时候，眼里都是泪水。

她想起老杜弥留之际对自己说他想家，想他的孩子们。

可老杜早就没有家了，在桂兰离开他的那一年，他没了相濡以沫的妻子，没了温暖的家。他一回家就只有冰冷的四堵墙，他不想去打扰孩子们。那时候起，《真爱》就是他的全部寄托，他把自己的身心都放在了这里，这里才是他的归宿。

然而这些，孩子们并不理解。

他们认为父亲是发了疯、着了魔，花光所有积蓄还卖了房子去经营一个无底洞。他们害怕这个无底洞会连累了自己，忙不迭地与老杜断绝关系。

对面的几个中年人沉默了一阵，然后其中一个开口接了话："话说得这么漂亮，还不是不想给钱！"

向天歌真是觉得不可思议，老杜和桂兰怎么会养出这些狼心狗肺的东西来？她不再浪费口舌了："老杜的遗嘱是有法律效力的，如果我和杂志社再受到任何骚扰，我们法庭上见。"

"你……"

"你们可以无情无义，但你们始终是老杜的子女。这笔钱我会折合成股份算给你们，只有《真爱》在，你们才有分红拿！只有《真爱》好，你们才能转让股权换成钱！现在，你们如果再继续折腾，我明天就能把你们送上头条！"

所有人都在面面相觑，斟酌着向天歌的话。

向天歌已经仁至义尽了，起身谢了王和平的出面，离开了咖啡店。

向天歌回到家，泰阳正在厨房里忙活。她站在门边看了他一会儿，才说："我把老杜留给我的钱都折合成股份，分给他的子女了。"

"嗯。"

"你会不会觉得我傻？"

他转头看她："傻吧！反正不管你做什么决定，我都会支持你的。"

她红着眼睛点了点头，他上前将她揽入怀抱。

《真爱》的闹剧总算落幕了，杂志社也搬了家，从荒无人烟的郊区搬到了寸土寸金的市中心，就在《Mamour》对面，就在"正阳道馆"的正下方。为了拓展线上业务，杂志社招了新人，而向天歌也正式投入了新一轮的经营战里。

《真爱》的整体运营艰难地步入了正轨。这大半年的时间里，小泰平的事大多是泰阳和两家的老人在张罗，泰阳总是尽可能地解决向天歌的一切后顾之忧。每次向天歌回到家看见泰阳哄睡了小泰平，内心总是满满当当的。泰阳让她真真切切地有了家的感觉，明明之前两人也有过诸多矛盾，然而现在关系却越来越近了。

年关过后，《真爱》的网络版正式登陆了！

因为过去做实体杂志积累下的良好资源，网络版一推出，区别于其他线上杂志，《真爱》还是杀出了一条血路。再经历过半年的试运行考察后，为了宣传造势，大家一致决定，通过线上的婚纱旅拍活动来增加杂志的曝光率。

为了降低费用，公司决定选一家有经验的线上旅游公司来合作。这件事起初洽谈得非常顺利，但临近签约环节，项目负责人突然来找向天歌说对方公司的 CEO 指明要见她，然后才会签约。

向天歌安排完这事儿就急匆匆地离开公司了，她赶着去参加个同学会。毕业过后，已经挺多年没见了，没想到在这个当口有人攒了同学会。但她没想到，在酒店楼下的大堂里，自己竟然碰见了杨美丽。两人都很吃惊，异口同声地问："你怎么在这儿？"

两人又异口同声地答："同学聚会呀。"

这一合计，两人才发现同学会的宴会厅在一处，可两人又分明不是一所学校的。上电梯的时候，杨美丽还在和向天歌说："我听说今晚攒这个局的同学特别'壕'！不仅包场请吃请喝，还给外地过来的同学提供食宿，这酒店食宿可不便宜啊。"

两人到了十一楼的宴会厅，向内环视一圈，还真是既有向天歌的同学也有杨美丽的同学。

向天歌更费解了。

有人在人群中认出了向天歌，那人一路小跑到门口迎人："哟呵，童颜未老，保养得不错啊！"

向天歌转向来人，一时间还有些想不起此人是谁。

那人接上话茬道："美女你一看就是文科生，加入话剧社吧！给哥一个机会，也给你自己一个机会，我很看好你哦！"

他这一说，向天歌想了起来，吃惊地轻叫："你是向飞！"

"哈哈哈，我还以为你不认识我了呢！"

向天歌隐隐有些不好的预感："你怎么在这儿，不是交大的同学聚会吗？"向飞是西工大的，杨美丽也不是交大的，她越来越糊涂了。

向飞也是一脸疑惑，问向天歌："谁跟你说今天是交大同学聚会的？今天是'天旅'成立的开业酒会。"

向天歌仔细地回想了一番，摇了摇头："我不认识什么'天旅'，也不是来参加酒会的，那我就先回了。"

她说完话转过身，正要离开时宴会厅的音响里就传来了试音声："喂喂，听得见吗？"

向天歌对这个声音太熟悉了。这蓦地传来的声响就像是一道闪电，劈中了向天歌，她愣在原地，既不敢离开也不敢转身。

"我的天哪！"杨美丽看清楚了说话男人的那张脸，掩唇惊呼。

台上的人试过音，继续说了下去："今天很高兴也很荣幸把大家请到这里，再过几个月，我离开中国到美国求学就已经五年了。在美国，我有高薪也有厚禄，但我还是更加想念我的祖国和家人。所以，我回来了，并且创办了'天旅'。我把我的同事，还有那些见证过我们的朋友都请到了现场。我想告诉你，'天旅'是你的名字，向天歌，我回来了。"

向天歌霍然转身，在所有人迎视的目光中怔怔地对上那个站在台上的男人——陈学飞。

第三章
我回来了，向天歌

一别五年，向天歌从来没有想过自己会再遇见陈学飞，更不会去想，他们相遇时是什么样的情形。

陈学飞当着众人的面走下台，一步步到门边，走到向天歌面前。他突然单膝下跪，从怀里掏出一枚戒指捧在向天歌的眼前，他问她："天歌，再嫁给我一次。"

周围的人开始惊呼，有人起哄，有人鼓掌，也有人小声嘀咕着"再嫁是什么意思，他俩结过一次婚了吗"？

人群中的声响变成了一股无形的压力，狠狠将她碾碎到不成人形，迫使她不得不又想起与他的曾经。

眼前的男人是一个纠缠了她很久的噩梦，一个本该被遗忘的噩梦，一个一直在折磨她的噩梦。眼前的男人，一别经年，他成熟了，也沧桑了。他一身名牌，举手投足间都是成功人士的姿态，他再也不是当年的陈学飞了。

陈学飞看着向天歌，他很清楚自己要的是什么。

向天歌的思绪很快回到现实，她对着陈学飞笑了，笑得很好看，然而这笑却并不属于陈学飞，她告诉他："我结婚了！"

"我再也不相信爱情了……"人群中有人哀号，很快就有人接上话茬："她早就结婚了呀，女儿都四岁多了。"

"四岁多了？陈学飞不是才走了五年吗？我怎么听到了雨打在青青草原上的声音？"

"你们还不知道吧，向天歌是惯犯！之前还骗婚一个有名的设计师！在业界都传开了。"

人群中"嗡嗡"的议论声越来越不受控了，从一开始的八卦到后来转为对向天歌的谩骂、再到对陈学飞的同情，一边倒的舆论把杨美丽都吓住了。一时之间她愣在了当下，也不知道该作何反应才好。

而刚才还深情跪着的陈学飞已经站了起来，将手中的戒指收起，面上满是讥讽："还愉快吗，向天歌？我才离开西京没有多久你就着急嫁人，还么快就生了孩子，是不是我们还在一起的时候，你就已经开始想别的男人？嗯，让我来猜猜看，跟你结婚的人是谁？是那个当初义愤填膺到机场拦我，还出手打了我的泰阳？我早猜到，你那么轻易就答应离婚，原来早跟他干了偷鸡摸狗的事情，巴不得我赶紧走，好给你们腾位置！"

他说话的音量恰到好处，让周围的人听不见，却又刚好落在向天歌的耳朵里。

向天歌早知道的。

她早知道这男人一向善于控制场面、煽动群众，今天的求婚不过是为了让她难堪的手段而已。

她实在忍无可忍，快步走向一旁的桌子，取了杯红酒就狠狠地朝他泼了过去，然后转身就走了。

陈学飞一脸狼狈，表情却得意至极，周围此起彼伏的惊呼声中都是感叹陈学飞一腔深情被负的。

杨美丽见向天歌走了，第一时间追了出去。可跑了两步，她转头望着还在原地的陈学飞，又停下了脚步，留在了宴会厅。

陈学飞倒是处变不惊，他擦干了身上的酒渍，从容不迫地向在场各位致歉，并希望他的私人感情问题没有影响到诸位今晚的心情，并宣布酒会正式开始，请大家尽兴。

陈学飞的谦和、气度为他赢得了所有人的同情与怜悯，他趁机推销起自己的"互联网+"旅行模式，现场就签了好几个单子。

而人群之外的杨美丽，双手抱胸站在远处看着陈学飞。

酒会散去，陈学飞算是满载而归，正要离开，杨美丽忽然上前叫住他："你还爱向天歌吗？我的意思是，即使不爱，你还想得到她吗？"

陈学飞看着杨美丽，不明白她这话是什么意思。

杨美丽将向天歌怀了他的孩子，然后找人假结婚的事全说了出来，并告诉陈学飞："天歌如果不爱你，就不会偷偷把孩子生下来，委屈自己这么多年了。"

陈学飞震惊得连连后退，他没想过自己在这世上还会有个孩子，还是他最爱的向天歌生的……他霍然仰起头："那个孩子……叫什么？"

"泰平。"

"泰、泰平？"

"本来她应该跟你姓，姓陈。可是你那会儿刚出国，天歌发现自己怀孕了，又怕她家人接受不了，所以四处求助，找人假结婚。她是没办法了才找了泰阳，她爱的一直是你啊。"

杨美丽的这张嘴，陈学飞一点都不相信，他回想刚才向天歌的表情，嘲讽地说："那我真是一点都看不出来！"

杨美丽反过来质问："你当初把她们母女扔在国内，现在又当众给她难堪，你还要她怎么做？"

陈学飞压抑不住心底的情绪，恨不得立刻冲出门去找向天歌，和他们的孩子。

这么多年来，陈学飞一直很想念向天歌。飞机落地后，他做的第一件事就是找她，不过他看见的却是向天歌与泰阳在一起，两个人牵着一个孩子。那孩子叫泰阳"爸爸"，叫向天歌"妈妈"。泰阳还趁孩子不注意的时候，吻了旁边的向天歌，而她却没有半点拒绝的意思。

想起这一幕，陈学飞就一腔热血全冷了："我不相信你说的鬼话，我一回国就找人查了他们的关系，他们在五年前登记结婚了！"

"那是假的，我这儿有他们协议结婚的录音。"

杨美丽说得信誓旦旦，陈学飞狐疑地打量着她："你以前不是最看不上我，现在为什么要帮我？"

杨美丽说自己是为了向天歌的幸福着想，这话陈学飞一个字都不信，他太清楚杨美丽是个什么人了。

"二十万！"杨美丽上一秒还在演姐妹情深，下一秒口气一变，对着陈学飞说，"我帮你，你给我二十万！"

这就对了，陈学飞笑了："杨美丽啊杨美丽，没有想到这么多年过去了，你还是老样子！哦不，你现在更可怕，连闺蜜都能拿来出卖，我服你。"

"你就说给还是不给吧！"

陈学飞打开手机，给杨美丽使了个眼色，她赶紧给他报了卡号，盯着他输入了最后一位数的密码。不过转账前的一秒钟，陈学飞选择了第二天到账，他探过头去在她的耳边轻声说："你想拿二十万可以，不过得加个条件……"

"什么？"

陈学飞没有回答，而是将杨美丽带回了房间，推倒在床上。

杨美丽条件反射似的绷紧了全身，想要推开身上的陈学飞。

陈学飞提醒道："二十万，划得来。"

杨美丽挣扎的力度明显小了下去，但她还是不情愿做这种事儿："陈学飞，我可是向天歌的闺蜜。"

"你放心，你不喜欢我，我也不喜欢你，你还是可以跟过去一样看不上我。知道今天我为什么会把你们全都叫到现场，不管是我和天歌的同学，还是你的同学，能叫的我全都叫了？那是因为，我要让你们看看，曾经被你们这些自以为高人一等的人践踏在脚底的我，也有今天！我有钱，我不输在场所有的人！"

"我已经看到了，你赢了！你就不怕日后向天歌知道了误会？"

陈学飞目色微沉，眸底都是难掩的狠决。

他一把箍住杨美丽的下颌逼她仰起头来与自己对望，才在她有些惊恐的注视中轻声道："我对你没有兴趣，可我就是想让你恶心……"

话音未落，他撕开她胸前的束缚，而她挣扎无力，半推半就……

向天歌本以为新项目的推进一切顺利，却没想到同学会的闹剧只是一个开始，她很快发现原来一直跟他们接洽的线上旅游机构就是陈学飞创办的"天旅"。向天歌当即取消了和"天旅"负责人见面的事宜，并通知同事："立刻取消跟他们的合作。"

她要不惜一切代价斩断和陈学飞的联系，却没想到中午刚用过饭，她就在餐厅门口遇见了西装革履的陈学飞。见到陈学飞，向天歌下意识地后退，她实在是不想和他有任何交集，转身走向另一个出口。陈学飞却健步而来在门口拦住了她："天歌……"

向天歌眉头紧蹙。

"我知道那天是我不对，我不应该当着那么多人的面给你难堪，我该千刀万剐，对不起。"陈学飞说着，抓起向天歌的手向自己胸前打去。

向天歌猛地将手抽了回来："陈学飞，我没想过会再遇见你，过去的事就让它过去吧！从此以后，你走你的阳关道，我过我的独木桥，我再也不想跟你有任何关系！"

"如果你真的放下我了，当初为什么骗我说车子已经卖了。你把它留下来，是因为你对我还有情！"

"我想你搞错了，当初留下那辆车是因为没钱买新的！至于你，从你义无反顾地扔下我去美国开始，我对你就没有半点感情了！"

"既然如此，又为什么要给我生孩子？"

陈学飞这话打了向天歌一个措手不及，他继续说："泰平，我们有一个女儿，她叫泰平，对吗？杨美丽告诉我，当初你明明有机会把她拿掉，可你没有。你宁愿假结婚也要把孩子生下来，就足以证明你最爱的人是我！"

向天歌的大脑一片空白，不知道该说些什么，她僵在原地，浑身发抖。

陈学飞确定了杨美丽的话都是真的，开心地将她抱进怀里，他说："你知道当我听说我们有个女儿的时候有多开心吗？这是老天爷给我的礼物，我实在是太开心了。天歌，谢谢你。"

"泰平是泰阳的女儿，不是你的……"仿佛过了很久，她才找回一些自己的声音。

"什么？"陈学飞抓住她的双肩，将她推开一些，正视着她的眼睛。

向天歌的眼神很坚毅，用不容置疑的口吻说："泰平是泰阳的女儿，她跟你没有关系！"

"不可能！杨美丽把你们假结婚的事情都跟我说了……"

"根本就没有什么假结婚，从你跟我离婚，从你丢下我一走了之开始，我的一切就都跟你没关系！"

"不！不是这样，天歌，你忘了我们以前在一起的开心日子了吗？你曾经说过想要一辈子都跟我在一起……"

"谁都有年少无知的时候，忘了吧。"向天歌心力交瘁，侧过身去。

而陈学飞执拗地扳正她的双肩，想让她看着自己："我怎么可能去忘？你叫我如何忘？我们在一起三年，那三年是我这辈子最开心的时候。我不能没有你，不能没有我们的女儿……"

她一把将他箍在自己肩头的大手给拨了下来："我喜欢的是泰阳不是你，从始至终我想嫁的人都是泰阳，对不起。陈学飞，我没有爱过你，我们本来就不应该在一起！"

陈学飞怒火中烧，失去了理智似的抓着向天歌的头，想要将她压进自己的怀里。

向天歌铆足了全力挣扎，忽然觉得压着自己的力道松开，她往后一仰，被人接在了怀里，再看眼前的场面，陈学飞已经摔在了地上。

陈学飞擦拭着嘴角的血迹，干脆坐在了地上："又是你？"

向天歌震惊回头，身后的正是泰阳。

"是你？"泰阳眉头紧锁，显然并没料到轻薄向天歌的登徒子竟然是陈学飞。

陈学飞慢悠悠地从地上站起，走到泰阳面前说："替别人养女儿有意思吧？"

泰阳又是一拳，打得陈学飞再次摔坐在地。

两人很快被人群包围，已经有人掏出电话准备报警了。向天歌赶忙拦住泰阳道："别打了，让他赶紧走吧！"

陈学飞深情地看着向天歌，得意地笑："天歌，我就知道你对我还有感情，不然你不会这么维护我。他霸占得了你一时，霸占不了一世。你相信我，我很快就会让你回到我的身边，还有我们的女儿。"

陈学飞起身离去，向天歌也不敢久留，拉着泰阳快步离开了。

大马路上，人行横道上的绿灯刚刚放行，她拉住泰阳往前走，却发现他站在原地不动。她回头对上他一双清澈的眼，两人似有千言万语想说，可都强压在心头。

绿灯的指示数字越变越少，向天歌着急过马路。她想等过了马路离"案发地点"远一点后，再同他解释清楚。

可泰阳依然岿然不动，说："他回来了。"

"嗯，泰阳，我们先过马路再说。"

泰阳没说话，就这么看着向天歌。

向天歌忽然慌了："我不管你怎么以为，我只知道你答应过我！你说你这辈子都不会再放开我的手，你说过你不会骗我，不会像上次一样丢下我说走就走！你答应过我的，说你会跟我在一起一辈子，反悔你就是猪！"她说这话时瑟瑟发抖，生怕他要松开自己。

他张开双臂一把将她拥入怀中，任绿灯转为红灯，再转为绿灯，任身边车水马龙不断有人经过，都没将她再放开过。

对杨美丽会将一切都告诉陈学飞一事，向天歌实在是觉得不可思议。她去质问，杨美丽却是振振有词："我也是不想看到你的真爱错付，不想泰平没有爸爸啊！我做这一切都是为了你，你怎么还反过来质问我？"

泰阳在一旁听得火大："你有什么资格这么做？你去说别人的是非之前有没有问过当事人的意愿？"

杨美丽双目猩红，看着泰阳出言嘲讽："你这么紧张干什么？你就是一个雇来的假丈夫，你有什么资格管别人家的事？难道你能打能逗英雄就可以淫人妻女吗？"

如果杨美丽不是个女人，泰阳应该已经一拳招呼上去了。但他最终也只是将手攥成了拳，重重地捶在了桌面上。杨美丽有那么一刻是真的害怕，生怕泰阳会对自己动手。

泰阳为向天歌气急败坏的模样让她难过，却也让她欣慰，兜兜转转经历过了那么多人，泰阳才是真正值得她托付的那个男人。她这么做是为了什么？不是为了闺蜜的幸福，也不是为了陈学飞的二十万，她想要的就只有眼前这个男人而已。

向天歌发现杨美丽根本说不通，本以为不理他们就可以了，却没想到接下来的事情变本加厉。杨美丽开始每天出现在杂志社里给陈学飞汇报向天歌的行程，陈学飞就每天去杂志社蹲点求爱。两人还去道馆找泰阳谈判，杨美丽甚至还带着陈学飞偷偷地去幼儿园找小泰平，美其名曰联络父女感情。

陈学飞简直是无孔不入，向天歌和泰阳也是防不胜防。

向天歌想再给杨美丽做一做工作，杨美丽则是一副苦口婆心的样子，说向天歌现在是被泰阳蒙蔽了眼，看不透自己的心，她做好姐妹的就要拨乱反正！

杨美丽的大道理说出来一套一套的，向天歌实在是说不过她。

杨美丽还游说了杂志社上下，让中层人员给向天歌施压，最后《真爱》不得不选择和"天旅"签约。毕竟"天旅"的报价是性价比最高的，而它的行程又独特，深受小夫妻的喜爱。

向天歌也只能硬着头皮签了约。

签约当天，陈学飞还特意带向天歌去参观了自己的公司。"天旅"位于西京 CBD 的核心区域，陈学飞将办公室选在了写字楼的顶层。他站在大办公室的全景落地玻璃窗前，几乎能俯瞰整个西京，他喜欢的就是把所有人踩在脚下的感觉。

对陈学飞今时今日的偏执，向天歌也只是漠然地说了一声："你现在已经拥有一切了，其实完全不需要我。"

"有你的地方才是我真正的归宿。"

"你错了，陈学飞，我从来都不是你的归宿。你有钱有地位，想找谁都可以，但我已经不再是二十三四岁的我了。"

"我在美国当了五年的狗，你以为我为的是什么？你永远都不知道我在美国遭遇了什么。而你是我坚持下去的唯一动力，要是没有你，我早就被人揉进了烂泥里！"陈学飞语气激动。

向天歌不想和他说这个话题，只想尽快结束对话："过去的事我不怪你，你放下好吗？好好找个人去过日子，找一个真心对你的女人，放过我，行吗？"

陈学飞探过身子，在向天歌的耳边说："我在美国当牛做马，为的不过是他日与你长相厮守，放过你，可能吗？"

陈学飞借着"天旅"与《真爱》的合作，频繁上门去找向天歌。来了不见、电话拉黑对他来说没任何作用，他依然我行我素，尤其是在对待小泰平这件事上，表现得无比殷勤。

向天歌和泰阳平静的生活被打破，两人都感到了前所未有的压力，家里的气氛也随之沉重了，没了以前的温馨活跃，两人说话做事都小心翼翼的，生怕一不注意就碰到了对方的逆鳞。

家中微妙的气氛还是被小泰平察觉了，她问爸爸妈妈："你们是不是不开心？最近杨阿姨带来的那个叔叔总给我买好吃的，还有漂亮的衣服，那个叔叔的车车也好漂亮啊……"

向天歌不知道陈学飞做了这些，生怕泰阳误会了，却又无从解释，只能硬撑着笑了笑。

泰阳抱着小泰平，眼里尽是温柔和不舍："因为那个叔叔很喜欢你，泰平，你……喜欢那个叔叔吗？"

"喜欢啊！他每次看到我都是笑眯眯的，大宝还说我跟他长得很像呢！说得好像他才是我爸爸一样。"

泰阳沉默了一阵。

小泰平挣扎着转过身，搂住泰阳的肩膀，"吧唧"在他脸上亲了一口。她眨动着漂亮的大眼睛说："我最喜欢的还是爸爸，爸爸你是全世界最棒的，嘻嘻嘻……"

泰阳心底一片温暖，忍不住将她更紧地拥在怀里，又伸手捏住了向天歌的手心。

向天歌决定再找陈学飞好好谈谈。她跟他约在了酒店大堂，结果他刚出电梯就说落了东西，让她跟他一块儿上楼去拿。

回房的路上，陈学飞还在跟向天歌说："知道这次回来我为什么住酒店吗？因为我到哪儿都是个过客，没有停留的地方，没有家。本来我以为我这辈子都不会停下来了，可当我知道你跟泰阳是假结婚，我在这世上还有个女儿的时候，我才觉得自己又活过来了。活着，这种感觉我太久没有体会过了。"

向天歌跟他走到房门前，看他掏出钥匙刷了门卡进去，她却站在门边不动了。

陈学飞转头问她："你不进来坐坐？"

"不了，我今天来找你就是想一次把话说清楚，过去不管是你对不起我，还是我对不起你，都让它过去好吗？你有什么要求可以提，我能满足的尽量满足，但是别再来打扰我们的生活了。"

"我知道你还在怪我当初丢下你。"

"没有。"

"那女儿……你跟泰阳一起养的那个女孩……是我的吗？"

"嗯。"

"我能不能认她？我的意思是，就算我们做不成夫妻，但血缘上的东西我没办法割舍。孩子有我的一半，我对她有责任和义务，我在她的生命中缺席了这么多年，我想弥补。"

"行，我会找机会跟她说的，但不是现在。因为从出生开始，她的生命中就只有一个爸爸，她不知道你的存在。"

陈学飞故作云淡风轻，放在身侧的大手却是紧了又紧，双眸中也盈满了泪水。他假意揉了下眼睛，背对着向天歌说了句"抱歉"，转身进了洗手间。

向天歌心底一阵疼痛，不管当初他们因为什么分开，这些都跟孩子无关。陈学飞不知道孩子的存在，所以才会在她的生命里缺席。而这些日子以来，他想要去做一个好父亲，却根本走不进孩子的心里，至少是没办法撼动泰阳的位置。

他心里的苦，向天歌多少懂一些。

可是她与他，始终都回不去了。

洗手间的门大敞着，流水声不止，向天歌犹豫了一下，走了过去。

刚到门口，迎面一阵水流，还没等她看清楚眼前的情况，整个人就从头湿到了脚，成了一只落汤鸡。

洗手间里的陈学飞拿着莲蓬头惊讶地看着向天歌。

"抱歉，我……我不知道你会过来，要不要紧？"他赶紧把莲蓬头插了回去。

向天歌站在原地："没事，你拿条毛巾给我擦擦就行。"

陈学飞递来毛巾："要不把衣服脱下来吧？你把衣服吹干再穿，我在外面等你。"说完话他就转身出去了。

向天歌只得锁紧房门，把衣服脱了下来。

衣服快干的时候，门外响起了嘈杂声。仔细听，向天歌听出其中一人正是泰阳，她想要出去又觉得不妥，只能等在洗手间里，等泰阳离开。外面的响动声停了之后，向天歌赶忙换上自己的衣服出来。

陈学飞正站在阳台上抽烟，听见响动，回头看了她一眼，他的嘴角出现了瘀青。

"他打你了？"

"没事，"他抽了口烟，在烟雾里看着她，"你听见了？"

"他为什么来找你？"

"跟你的目的是一样的，不想我再去骚扰你们。"

"陈学飞，对不起。"

陈学飞走了过来，抬手揉了揉她的头发："又不是你打我，都说了没关系。"

"我会跟泰平说你是她叔叔，是她在这世上很亲的人。你不忙的时候，一周可以过来看她一次，但是不要影响她的生活，我希望她能健康快乐地长大。"

陈学飞郑重其事地点了点头。

向天歌准备离开，陈学飞又叫住了她。他提醒她："回去以后别跟泰阳说你来找过我，你知道的，男人有时候也会有嫉妒之心。"

向天歌没说话，径自离去了。

陈学飞将一支烟抽完，在烟灰缸里压灭，走到床头柜打开了抽屉。抽屉里有个牛皮纸袋，他打开纸袋，抽出里面的诊断书，是在加州的时候医院出的男性诊断报告，报告单末尾的结论翻译成中文就是"不育症"。

一张报告，总结了他在美国的五年。

第四章
情 人 "劫"

　　与陈学飞的最后一次谈话似乎颇为顺利。

　　那日之后，他就不再来打扰向天歌的生活，只是与她约定，每周挑一两天见见女儿。而与"天旅"的合作也非常顺畅，两方还洽谈了高端线路的合作。高端线路是美国之旅，陈学飞有自己的资源能提供优于全行业水准的服务，《真爱》短期内恐怕会和他一直合作下去。

　　陈学飞总是试图勾起回忆，而向天歌却永远一副公事公办的态度。现在的向天歌，只希望泰阳不要误会自己，她想和泰阳摊牌，把自己的想法和决定都说出来，可还没来得及开口，她和陈学飞就在幼儿园门口与泰阳撞了个正着。

　　向天歌右手牵着小泰平的左手，而小泰平右手牵着的则是陈学飞……她真有种婚内出轨被人抓了现行的窘迫。

　　向天歌正想着要怎么解释，小泰平已经高声呼喊："爸爸，你也是来坐叔叔的大奔的？"

　　泰阳上前揉了揉小泰平的头发，抬头对向天歌道："我今天下课下得早。"

　　向天歌心跳加速，不知该从何说起，陈学飞已经彬彬有礼地说："我答应女儿带她去吃牛排，你跟我们一起吗？"

他用的是"女儿"而不是"泰平"。

泰阳看向了向天歌，向天歌赶忙对小泰平说道："既然爸爸来了，我们就回家吧！正好外婆做了饭在等我们……"

"不！我要去吃牛排！牛排牛排！啊——"

向天歌着急想拉小泰平走，谁知道这小东西却半点要配合的意思都没有。

泰阳见状只得说："既然泰平想去，你们就去吧！我回家吃。"

"不嘛不嘛不嘛，爸爸也要一块儿，我要爸爸妈妈跟我在一起。"

三个大人都在围着小泰平转，最后只得一块儿上了车。小泰平坐在车里异常兴奋，对什么都感到新鲜，还扭头跟向天歌说每次叔叔来接她，小朋友们都羡慕得要死。

陈学飞自然地接过了泰平的话："现在的小孩子还懂那么多东西？"

小泰平扑上前道："这些都是大宝告诉我的，他是不是知道很多，很了不起？"

"上次我来接你的时候，站你旁边的那个小男孩就是大宝？"

"是啊，是啊！他还说我跟你长得很像，你才是我的亲爸爸呢！嘻嘻嘻……"

"泰平……"向天歌赶忙拉了小泰平一把，将她重新拉回后座里。

陈学飞继续在前面说："那我要真是你的亲爸爸呢？"

小泰平忽然沉默了。

"我要是你的亲爸爸，就每天给你买好吃的、买好玩的，还天天接送你。"

小泰平认真想了想，忽然抱住泰阳的胳膊，眨着漂亮的大眼睛，噘着小嘴道："我才不要！我有爸爸了，我要永远跟爸爸在一起。"

没想到关键时刻还是小泰平给力，从上车开始阴沉着脸的泰阳此刻面色总算是和缓了下来。

陈学飞带他们去的是市里最有名的意大利餐厅，所有的厨师都是从意大利聘请的，而菜单上也只有意大利文和英文。陈学飞点完餐后，把菜单交还给服务员的一瞬看向泰阳："抱歉，忘了问你吃什么就擅自替你做决定，要不要看看菜单？"他将写满了意大利文的一页对着泰阳。

泰阳准确地找到了刚才陈学飞点的牛排，提醒服务员要全熟的，因为刚才陈学飞忘记说，而泰平又不能吃半生不熟的东西。

服务员走后，陈学飞调侃起泰阳："你还会意大利文？我听说你可是个高中学历。"

泰阳反问："语言就是个工具，会用也没什么了不起吧？"

陈学飞笑着点头："我还真是小看你了。"

泰阳摸着小泰平细软的头发，笑着同陈学飞说："小不小看我无所谓，就是别太看得起自己！"他说这话时，压迫感十足，桌上的气氛也一瞬间紧张了起来。向天歌担心殃及泰平，便拉着她去了洗手间。

母女俩离开桌子，泰阳收起了面上所有的和善："说吧，你做这一切到底有什么目的？"

陈学飞不动声色地拿起桌上的水杯："我不明白你这话什么意思。"

"天歌她善良、单纯，但我不蠢！你现在要风得风要雨得雨，不缺她们母女。你的目的一定不简单！"

"一个男人事业再成功，他总是要回归家庭的。"

"从你当初抛弃她一走了之开始，你就没资格谈'家庭'！"

"我没有资格，你就有吗？"陈学飞喝了口水，又放下水杯，"你别忘了泰平是我的女儿，就算是我扔下天歌，她不还是为我生了个孩子？她若不爱我，为什么要生我的孩子？"

泰阳攥着手，竭力压住胸中的一腔怒火。

陈学飞却极尽可能地在火上浇油，他用挑衅的口吻问泰阳："怎么样，天歌好睡吗？你天天晚上搂着别人的女人，是不是特别刺激？你要喜欢睡就多睡几晚，反正给谁睡不是睡？兄弟一场，有时间我们可以交流交流，分享一下经验……"不等他的话说完，泰阳已经动手将陈学飞打翻在地。

向天歌带着女儿从洗手间出来，餐厅里一阵嘈杂，陈学飞与泰阳扭打在一起，她赶紧冲上前去试图将两人分开。泰阳恶气难消，小泰平却已经被吓得大哭。泰阳挥到半空的拳头只得收了回来，头也不回地冲出了餐厅。

向天歌抱起女儿追了出去。

追到十字路口，她终于抓住了他的手臂："进来的时候还好好的，你干吗忽然要去打他？"

"对不起！是我破坏了你们一家三口的幸福晚餐！"

"你在说什么？我们才是一家三口，陈学飞只是想看看泰平……"

"有多久了？这样的状态有多久了？是不是在我看不见的地方你们经常会在一起？"

"我和你说过，《真爱》跟他的'天旅'有合作。"

"合作之外呢？他有没有来找过你，你有没有去找过他？"

怀里的小泰平被父母的模样吓得大哭了起来，向天歌急着去哄女儿，没有回答泰阳的这句话，眼神中亦有些闪躲。

也不过须臾，泰阳忽然点了点头："所以，那天的人是你……真的是你，对吗？"

她听不懂他在说什么，只能尽量解释："我已经跟他说好了，我跟他之间的事早就成了过去，以后他不会再来骚扰我。但他唯一的要求就是一周见一次泰平。"

"一周见一次？你们已经商量好了？什么时候？在什么地方？"

"这是重点吗？"向天歌觉得眼前的泰阳实在是莫名其妙。

"那重点是什么？是你在我不知道的时候还和那个男人保持联系？是你明明知道我有多么恶心厌恶他，你还和他保持联系？"

泰平哭得歇斯底里，她从没见过父母这样子。

向天歌轻吼了泰阳一嗓子："我知道你有情绪，但能不能不影响到孩子？"

"现在影响泰平的人不是我！陈学飞就不是个好人！"

"可他是泰平的什么人，你心里清楚！不管你承认还是不承认，这就是事实！我不希望等到我的女儿长大了以后再来怪我，她有知道一切的权利，而你没权利干涉我们！"

泰阳不可思议地看了向天歌一眼，即刻转身离去。

向天歌想去追，可怀里的小泰平哭闹不止，她只能先哄好女儿。再抬头，泰阳已经不知去向了，只有陈学飞站在不远处。

向天歌觉得自己很委屈，连日来的疲惫、痛苦席卷上心头，让她几乎站不起来了。可她还是拒绝了陈学飞送她回去的提议，一个人抱着小泰平坐进了出租车里。

回到家，泰阳的房门紧闭，她把小泰平哄睡着了之后就再也没力气去哄一个大人了。她躺在床上，又困又累却又睡不着，手机在一旁不停地振动，都是陈学飞的道歉。向天歌回了一句没事儿，陈学飞又发来信息想约她们明天再一起吃晚餐。

向天歌拒绝了邀请，犹豫了良久，又打了一行字告诉陈学飞："以后不要故意刺激泰阳打你！"

过了很久，才有一条信息进来："他跟你说了什么？"

向天歌正要回复自己太了解他们两个人了，根本不需要泰阳说什么，陈学飞紧接着又发来了一条信息："这已经不是泰阳第一次动手打我。天歌，学武的人就是这样，他这个人有暴力倾向。"

向天歌删掉刚才的话，用微信语音告诉陈学飞："别人什么样我不清楚，但泰阳宁愿自己受伤也不会去伤害别人！"说完这话，她干脆关了机，将手机扔到了一边，怒意难平。

门外响起些动静，她打开门出去，浴室里传来了哗啦啦的水声。

应该是泰阳出来洗澡了。向天歌试着拧了一下浴室的门锁，门被拧开了。她的心跳忽然乱了，泰阳的背影从浴室里的一片蒸汽中透出来，雾蒙蒙的。

泰阳正双手撑着墙面，任凭莲蓬头洒下的水浇在自己头上。

他的心里乱作一团，耳边也都是"嗡嗡"的声响，连向天歌悄悄摸进来都没察觉到。直到他的后背传来了异样的温热，他才猛地睁开了眼睛。

她从他背后抱住了他，紧紧地抱着他。

经此一事，向天歌决定以后再做决定一定要和泰阳商量，所以这次她和泰阳一起见的陈学飞，他们要和他约法三章。

这次和陈学飞交涉的人是泰阳，他提出："我不反对你一周见一次泰平，但前提是，在她十八岁生日之前你什么都不能说，且每次见她的时候都必须有我在场。"

陈学飞的嘴角抖了抖，他转向向天歌道："什么意思，我见自己的女儿还要他来批准？凭什么？"

泰阳继续回答他："凭你当初扔下她们母女一走了之、背信弃义、狼心狗肺。我今天坐在这里就不是来跟你商量，而是通知你，这就是我们的决定！"

"我的女儿，我的老婆，我想什么时候见就什么时候见，用不着你来决定！"

"你把户口本掏出来看看，到底谁是你的女儿谁是你的老婆？"

陈学飞语塞了。

"陈学飞，我给过你机会去爱她和保护她，是你自己不要的，那就不要来怪别人！我珍而又重之地放在心上，疼和爱都来不及的女人，你凭什么伤害？"

"你知道什么？我当初离开并不是要抛弃天歌，我只是让她等我三年，现在不过是晚了两年，我并没有忘记当初的承诺，真正忘记的人是你，是你们！是你鸠占鹊巢抢了我的位置，才害我没了老婆和女儿！"

当事人向天歌沉默着听两人吵了半天，终于开口了："我发现自己怀孕的时候给你打过视频电话，你还记得自己在视频那头做了什么吗？"

陈学飞浑身一震，他记得那个电话，那是她给自己打的第一个也是最后一个视频电话。

向天歌没有恨也没有怨，平静地说："陈学飞，过去的事我不想再提，但我要你知道，我跟你之所以会走到今天，不怪泰阳，也不怪任何人。这是我们自己的选择，既然已经选了，就要承担后果。"

向天歌和泰阳之间的感情基础超出了陈学飞的预计，挑拨他们夫妻关系的路看样子是走不下去了，杨美丽又给他出了新的主意。

与陈学飞见完这次面，泰阳和向天歌去逛街看电影吃饭……把恋爱中的男女能做的事全都做了一遍。他们还特意把小泰平交给了父母，两人晚上去接孩子的时候，向天歌忽然在楼道里拉住了泰阳的手，吞吞吐吐地说："其实，还有一件事情我们没做。"

她说话的声音扭扭捏捏，有趣至极。

泰阳忍不住就在漆黑的楼道里搂住她的腰，刚要动作，向天歌就急了："你想干什么？"

"你不是想跟我那样？"

"跟你哪样？"

"就是亲亲抱抱，玩羞羞。"

向天歌踹了一脚泰阳的腿："想什么呢！我是想问你，当初你在这楼下到底想跟我说什么？重新说一遍！"

"什么？"泰阳又失望又糊涂，"哪次？"

"就是那时候，你爸把你从外面抓回来，你莫名其妙地在楼下喊我的名字，然后说你不喜欢我。"

"都过去多久了，不提也罢，再说我的意思你不是都知道吗？"

"我不知道，我要听你亲口说。"

"我不是都说了吗？"

"你说什么了？你说你不喜欢我！"

"我喜不喜欢你，你心里还不清楚吗？别在这儿磨叽了，赶紧上去接完女儿好回家睡觉了。"

"我不，我不清楚，我要听你亲口说！"

"你这人怎么老爱揪着过去不放呢，我不是都写在信里头了？"

"可我没收到啊！我就没收到过你给我写的那封信，我当时要是收到了，现在的一切是不是都会不同？"她没来由地有些感伤。

他本来还想赖一赖，把这个尴尬的瞬间给赖过去。可见向天歌的反应，他还是扶住她的后脑勺正色道："如果你问我，会不会有不同，我的回答肯定是'是'。如果让我早一点知道那时你也喜欢着我，哪怕头破血流我也绝对不会放开你的手。可是过去的事情已经过去了，不管你跟我曾遇到过什么，最重要的是经历过这些，我们还能牵着彼此的手。"

向天歌红着眼睛点了点头。

泰阳又用双手捧住她的脸颊让她抬起头："我喜欢你，很喜欢很喜欢，从很小的时候，也许是看见你的第一眼就开始了。"

向天歌破涕为笑。

泰阳又道："我不知道这种感情是在什么时候发生变化的，当我试图摆脱它甚至是遗忘它的时候，我才意识到自己已经深深地爱上了你。我从来没有想过我们会分开，也没有想到自己一走就是七年。这七年里，是你支撑着我坚强勇敢地活下去，也是你让我坚定了要回来的信念。我本来以为我已经失去你了，可没想到最终还能跟你结婚。我很在乎与你在一起的每一分每一秒，我想就这样牵着你的手，永远都不放开。"

向天歌用力点了点头，回抱住泰阳。

两人上楼打开房门还来不及说话，已经明显感觉到周围气氛的不对了。

向爸向妈正坐在大沙发上，向妈的怀里抱着刚刚哭过的小泰平，而泰妈坐在小沙发上，一旁是坐在轮椅上的泰爸。

"怎么了？"

向天歌将钥匙丢在玄关柜上，换好拖鞋正往里走，一眼就看到陈学飞。向天歌的脑子"嗡"的一声炸开，一片空白之际，她听到向妈大喝："跪下！"

泰阳赶忙上前从向天歌的身后握住她的手，还没来得及说话，泰妈就侧身扑在沙发扶手上哭了。

向妈将怀里的小泰平塞给了向爸，冲上前质问自己的女儿："什么结婚又离婚？什么泰平是姓陈的不是姓泰的？你跟这人到底怎么回事？你跟陈学飞到底是什么时候结的婚？你那时候……你那时候不是说你已经跟他分手了吗？他不是去国外念什么书，怎么一回来就说这些我们听不懂的话啊？"

向天歌慌得不知该如何应对，强烈的眩晕中，她只看到自己原本幸福圆满的美好生活在瞬间扭曲，周围都是吵吵嚷嚷的人，有向妈的质问，有泰妈与小泰平的哭声，掺杂着泰阳无力的解释。

她听不清周围的人都在说什么，只觉得那个纠缠了自己多时的噩梦好像重现了。

她又看见了一个巨大的漩涡，漩涡的中间有一个向下坠落的坑洞。将她拖入无底深渊，也模糊了周围所有人的面目。

向天歌失重一般向一侧倾斜，倒地之前她被人抱住了。她抬头去看，扶住自己的还是泰阳。她努力地靠着他，只要靠着他，就什么都能熬过去。

陈学飞起身道："这不怪天歌，要怪就应该怪我，怪我一心求学，本来以为只要离开三年再回来一切都会不同，也能让叔叔阿姨认可我们，却没想到在我离开的时候天歌就已经怀孕……我当时是不知道，要是早知道的话，我一定不会放任她带着我的孩子嫁给别人。"

"向天歌，他说的到底是不是真的？"向妈喊得歇斯底里。

向天歌恍然回神，睁大了眼睛望着陈学飞。

陈学飞沉痛地闭了下眼睛，从身上掏出一个红本本和一个绿本本推到众人跟前："这是我跟天歌当年的结婚证和离婚证。"

向妈一时激动，冲上前去推打泰阳："他说的是不是真的？到底是不是真的？还有那段录音……那里面确实是你的声音，你跟天歌是假结婚对不对？你怎么能这个样子？我把你当成自己的儿子，你怎么能这样骗我，这样骗我们所有人的感情？"

向妈揪着泰阳打，泰妈终于看不下去了，也顾不上修养和形象，冲上前来与向妈大吵。泰爸想站起身，却在轮椅上抽了过去。而向爸怀里的小泰平也哭得更大声了，整个场面简直乱到极点。

每一个人都陷在自己的悲伤和愤怒当中，向天歌身在其中就像是个孩子，手足无措。

泰妈抱着泰阳又哭又打，问他自己上辈子造了什么孽，才让两代人给向家还债。

场面如此难堪，泰爸泰妈被刺激得不轻，泰阳只得跪下来求他们的原谅。

几分钟之前，向天歌还觉得自己是世界上最幸福的人，一转眼就成了世界上最惨的女人。她看向陈学飞，眼中满是仇恨，她冲过去给了他狠狠一巴掌。

"为什么……为什么你当年害我还不够，现在还要来祸害我的家人！"

陈学飞单手抚着被向天歌掌掴的地方，转过头时扣住了她的手腕："在美国这么多年，我学会了凡事不可操之过急。我已经给了你足够的耐心，等你回心转意，可我的付出得到了什么？是你再一次的背叛和无视！"

向天歌不可思议地问陈学飞："我背叛你？"

"是！我当年是做错了一些事情，可我孤身一人在美国没有办法，而且我现在不是回来弥补你了吗？"

"你对我最大的弥补，就是永远消失在我的世界里！"

"天歌，我求你再给我一次机会，我们从头来过？"陈学飞的语调一转，忽然紧紧拽住了向天歌。

泰阳见到这个场面，不由分说地上前想将向天歌拽回来，却不料陈学飞早有准备，狠狠一拳向他砸来。泰阳的眼窝挨了一拳，条件反射地向陈学飞打去，两个男人就这样在客厅里打了起来。

屋子里更乱了。

倒是向爸还清醒着，三两步上前将这两人给分开了。

泰妈赶忙冲上来查看泰阳的脸，向爸则不停地向泰阳一家道歉，然而如今这个局面怎么都无法挽回了。泰妈心疼儿子，不由分说地推着向爸、拉着泰阳离开了。

偌大的客厅里只剩下了向天歌一家与陈学飞。

向妈还在气头上，一会儿骂向天歌，一会儿要冲上去打陈学飞。向爸赶忙将向妈拉住，提醒她照顾小泰平要紧，向天歌的事等明天再说。

狼藉的屋子里只剩下了向天歌和陈学飞。

向天歌站在原地，也不知是该哭还是该笑，她跌坐在沙发中，无力感油然而生。

陈学飞早恢复了成功人士的模样，走到向天歌的面前，居高临下地看着她，然后突然单膝下跪，跪在她的面前。他掏出一只丝绒的盒子，当着她的面打开时，那里面璀璨万分，是一枚三克拉的卡地亚钻石戒指。

他说："嫁给我，天歌，再嫁给我一次。当年我说过一定会回来跟你复婚，这句话是真的。我只是没想到自己会在美国多待了两年，也没有想到当时你还怀着孩子。我还记得当年我们刚结婚的时候，因为一无所有，就连送给你的卡地亚戒指也是假的。这几年我在美国努力拼搏，放下尊严、放下一切，我什么都不要了才换来今天的一切和这枚戒指。我出国是为了我们现在可以生活得更好，但绝不是以失去你为代价……"

"你知道你做这些事情只会让我更加厌恶你。"

"我知道，可如果不是泰阳今天非要插一脚进来管我的事情，我也不会走到这一步。"

向天歌一巴掌将陈学飞手里的戒指打飞，然后起身拉开门，对着陈学飞说："滚！"

看着这一屋子的狼藉，向天歌没办法待在这里过夜。她想回家，又害怕自己这样不解释清楚就走的话，向妈更不会原谅自己，只好蹑手蹑脚地进屋。刚关上房门，向爸就咳嗽了两声。

向天歌就像是个被抓包的小学生，站得笔挺，怯生生地叫道："爸？"然后小心翼翼地扭头去看沙发上的父亲。

沙发前的茶几上摆着一碗面条，向爸指了指对向天歌说："吃吧！本来这辈子我就只打算给你妈一个人煮面条吃，今天给你破个例。"

向天歌一低头眼泪就掉了下来，她摇了摇头："我吃不下。"

"吃不下也将就着吃点，吃饱了往床上一躺，有什么都等明天睡醒了再说。"

"爸，我是不是很坏很惹人讨厌？"

"那不能够，我向前进的女儿人见人爱，怎么会讨厌？"向爸倾身上前为她揩掉了眼角的泪。

"我知道我偷户口本不对，也不该瞒着您跟我妈去结婚……反正我现在特后悔，后悔当年没有好好地听你们的劝。不然我也不会才跟别人结婚三天就离婚，更不会大着肚子和泰阳假结婚。我不只是害了我自己，还害了您跟我妈还有泰阳，我对不起你们。"

"嗯，认错态度是好的。可是，过去犯的错你也回不了头了。既然无法回头，那还去想它做什么？爸爸不在乎你害了我什么，只要你知道自己要什么就行。"

"爸爸您好像一点也不意外。"

向爸沉默了一会儿才道："爱一个人的眼神是藏不了也骗不了人的，一段婚姻同样。两个人是不是真的安心在一块儿过日子，一眼就看得出来。"

向天歌的眼泪掉在面条里，被她囫囵地吞了下去。

那一晚实在煎熬，她不知道泰阳这一夜都经历了什么，她给他打电话没人接、发信息也没人回。两人虽然住楼上和楼下却像隔着千山万水，见不上面，也联系不上彼此。

她连着几日没联系到泰阳，便在上班时去了趟楼下的道馆。她去了才知道，泰阳请假了。向爸专程上楼去道歉，也被一向温和的泰妈给赶了出来。两家人突然就这么不来往了，院子里很快就传起了风言风语，还传得有鼻子有眼。

有人说向天歌乱搞男女关系，被人弄大了肚子，泰阳就做了个便宜的爹；也有人说泰阳也不是个东西，为了二十万就把自己给卖了，把自己的爹气成那样……院子里什么难听话都有。

向妈一连几天躺在床上，有气无力，也吃不下东西，就连平时最爱跳的广场舞也不去了，还开始绝食抗议。抗议到第四天，她和半夜起身上厕所的向天歌在厨房门口撞了个正着。

"妈？"

向妈刚从冰箱里拿出一盘饺子，刚夹起一个饺子送入口中，就听见向天歌叫自己。向天歌赶紧进去，将盘子从向妈手里拿过来："我帮您热热！"

向妈要赌气回房，向天歌一把拉住她："妈，您说您不吃饭，饿的不是我啊！"

向妈一听女儿这么说，嘟囔了一句"死没良心的"，转过身就要打向天歌。向天歌却一把抱住了自己的母亲，趴在她的肩膀上，像小时候那样，用哭腔同母亲说："妈……都怪我当年不听您的话。这个世界上只有您和爸是最爱我的人，我却一点都不懂事。可是我当时怀孕了，我不知道怎么办……"

女儿的号啕大哭让向妈手足无措，她想安慰两句，却又不会。向天歌反倒是拍着母亲的背，顺着她的气，温柔地问向妈："妈，不生气了，好不好？我以后都听您的，您说什么我都听！"

向妈表面严厉，却是最心疼女儿的。听到女儿这么说，她便抱怨起了泰阳："这事儿……就怪泰阳，你还给他二十万，这都是他的错！"

"妈！"向天歌挽住了母亲的胳膊，"泰阳也是您从小看着长大的，您还不了解他吗？他是为了钱吗？"

向妈当然知道自己没理。

"我跟你说啊，我可不会为了你去跟那个葛琴低头道歉的。"说完，向妈自己叹了口气，"他对小泰平那么好，说不是亲爹，我真是不相信！"

"所以妈，婚虽然是假结了，但我们的感情是真的啊！"

向妈摸着女儿的头："人做错了是要认的，我病了以后就明白你爸以前和我说的那句，做人不可以那么贪心，不能什么都想要。欲望太多就无法满足，满足不了，你就永远都得不到幸福！"

"我想要的东西很简单啊，我就想跟泰阳开开心心地把日子过下去。"

"不可能的，向天歌，这事儿要是反过来，我这辈子都不能原谅你！"说完，向妈又叹了口气，喃喃着，"葛琴和泰山要真能原谅你，让你们把这日子过下去，我低头就低头了。"

向天歌的眼泪再也止不住了，不停地往下流。

第五章

也曾想陪你到白首

　　向天歌怎么都没有想到，在经过几天的冷战之后，向妈竟然站在了陈学飞那边。向妈希望向天歌多想想孩子，不管陈学飞之前做了什么，他毕竟回来了。而当年的凤凰男也摇身变成了金凤凰，既然他有悔改弥补之意，孩子跟着亲爹也会更好一些。

　　而泰阳一家大概再也不会原谅他们了。

　　向天歌一听向妈这么说，急了起来："当初是您瞧不上陈学飞的，现在他有钱了、成功了，您就急吼吼地推我出去？"

　　向妈一听这话，顿时上纲上线了起来："我还能害你不成？你不是说以后什么都听我的吗？这就是现实！泰平需要一个爸爸，而陈学飞才是她爸！"

　　向天歌发现一夜之间所有的人都站在了陈学飞那边，每个人都苦口婆心地告诉她，这都是为了她们母子好。陈学飞已经全面入侵了她的工作和生活，而泰阳却失去了联系，就像是人间蒸发了。

　　陈学飞的诉求在生活上得不到解决，便带到了工作中去，甚至在《真爱》的会议上通知向天歌他把真相告诉泰平了。会议室里的同事面面相觑，还好小白反应快，赶紧结束会议，把会议室留给了向天歌和陈学飞。

向天歌瞪着陈学飞问："你有意思吗？这是在开会，在工作！"

"我只是想告诉你，泰平是个懂事的孩子，让她接受我只是时间的问题。"

向天歌摇了摇头，觉得自己真的是在对牛弹琴。她一把合上笔记本，站起身要往外走，走到门口却忽然被陈学飞拉住。

陈学飞将她"壁咚"在墙上："不管你提什么条件我都答应，泰平说今晚要吃比萨，我答应她了。爸妈也来，你如果不来，大家会不开心的。"

"谁是你爸妈！陈学飞你要点脸！"

陈学飞换上了一种温柔的口吻，在向天歌的耳边呢喃："你爸妈不就是我爸妈？乖，天歌，别闹了，我以后不会再惹你生气了。你也不必跟别的男人装亲密来刺激我，我知道你这些年心里还有我，所以才没跟他发生任何关系。"

陈学飞的呢喃惊得向天歌起了一身鸡皮疙瘩，她铆足了劲儿想推开他，可他就是屹立在那儿岿然不动。

会议室的门发出一道"嘎吱"的响声，然后被人推开了。

小白追着泰阳过来，仓皇地叫了一声"泰阳"，再偷瞄了一眼会议室内的情况，决定还是先撤。

向天歌抬了抬膝盖，吓得陈学飞后退了两步，他转过身看着泰阳："听说你的道馆就开在楼上，还想着这两天找机会去拜访拜访呢。"

"欢迎。"泰阳不咸不淡地说了一句，径直朝向天歌走过来。

"你来参观我们公司？"陈学飞想宣示主权，"我们"两个字说得极重，还伸手想去搂向天歌，而向天歌已经朝泰阳的方向跑去了。

向天歌看着泰阳，他耀眼得像是天上的太阳，上一秒的无助、这几天所有的迷茫、心里积压的痛苦，一切的一切，在泰阳出现的这一刻都烟消云散了。

泰阳搂住走到身边的向天歌，对着陈学飞说了一句"来接媳妇"，然后扭头带她离开了。

陈学飞使劲儿踹了一下会议室的大白墙，刚巧保洁阿姨进来看见大白墙留了一个鞋印，恶狠狠地瞪了一眼陈学飞，将他轰出去了。

直到泰阳拉着向天歌走出这幢楼，他才忽然停下来将她抱了个满怀。两人就像是被人拆散的情侣，排除万难又重逢在一起，心中都装满了蜜，竟然一刻也舍不得再分开。

泰阳解释了这些天的失联，是因为泰妈摔了他的手机，他又被关在家里。

甜蜜过后，泰阳一脸严肃地同向天歌说："这几天让你担心了，我知道很不应该。可这件事情闹到现在这样，已经不再是我们两个人之间的问题了。它牵涉了你爸妈，还有我爸妈以及泰平。我怎么样都无所谓，但我不希望我们身边的人因此而受到伤害。"

向天歌听到这话，心跳莫名地快了起来："如果……如果……如果……"她的声音哽咽，费了很大的劲儿才说出完整的话，"如果是因为这样，你选择放弃，我可以理解。"

泰阳刮了一下向天歌的鼻子，还弹了一下她的额头："想什么呢！现在就是你后悔了想放弃，我也不会松手的！我就是想告诉你，这件事想要找一个万全的解决法子有点难，你得给我时间。"

向天歌的眼泪马上就要涌出来了。她一把抱住了泰阳，眼泪都滴在了他的T恤上，她用哭腔喃喃道："我觉得他们这次不会原谅我了。"

泰阳拍着向天歌的背，宽慰着她："我妈只是一时气急攻心，你是她从小看着长大的孩子，咱们两家又是那么多年的交情。只要知道我们是真心想在一起，他们会原谅的。"

"我到现在都还记得，当初泰平出生的时候他们有多开心，我这下真是伤了他们的心。"

泰阳吻着向天歌细细密密的头发："他们会的，虽然五年前的结合是假的，可是这五年的相守全都是真的。他们爱你，也爱泰平，这种爱绝对超越血缘亲情。只要给他们时间，我相信他们会明白。"

夜里回去，泰阳想看看小泰平，他多日未见女儿，实在是很想念。

见向天歌犹豫不决，泰阳撒起了娇："隔着门缝看一眼就行。"

"好吧！"向天歌点点头，开了房门。这一开门，就发现餐桌前坐着向爸、向妈、小泰平……还有陈学飞！

又是陈学飞，向天歌觉得自己快要崩溃了："你怎么会在这儿？"

向天歌进门，屋子里的人也都看见了她身后的泰阳。

陈学飞对泰阳的出现一点也不意外，还做出一副男主人的样子迎了出来："你们回来了？我今天做了几个菜，都是在美国的时候吃惯了西餐，被逼着学的手艺。正好你们也尝尝，点评点评？"

小泰平回头见到泰阳，竟然一言不发，从凳子上跳下来钻进了房间。

向妈担心小泰平，又放心不下这边的情况，两头为难。向天歌见状，赶忙换鞋子进屋，悄悄地推开了泰平的房门。屋子里黑压压的一片，小泰平正蒙着被子躺在床上不出声。

向天歌走过去，唤着女儿的名字，将被子往下拽了拽，温柔地说："泰平，爸爸来了，你不是最喜欢爸爸吗？他今天专程来看你来了。"

小泰平一声不吭，紧紧拽着被子任谁也拉扯不下来。

泰阳也进了屋子，走到床边唤了声："泰平……"

被子里的小小身影一顿，又听泰阳继续说道："我知道这几天发生了很多事情，让你感觉很乱，爸爸跟你道歉，对不起，是爸爸没有保护好你。"

"呜呜呜……"被子里传来一阵细微的哭声。

"泰平，不管别人怎么说，有一点爸爸希望你明白，你是爸爸的女儿，是爸爸最亲最爱的女儿。你跟妈妈一样，都是我这辈子最重要的人。"

向天歌红着眼睛，转身抱住了泰阳。小泰平忽然掀开被子，蹿出来扑进了两人的怀里，哇哇大哭了起来。

陈学飞和向爸、向妈都站在门口，看着这一家三口，各自的想法都不一样。

向爸背着手叹气离开了，陈学飞则攥着拳竭力地遏制住情绪的爆发，向妈夹在中间两面着急，也不知道应该帮谁，生怕下一秒陈学飞就要暴跳如雷。向妈却没想到，陈学飞反倒招呼起她来，他对着二老说："咱们先吃饭吧，一会儿饭菜凉了。"

陈学飞的行为实在出乎他们的意料，然而向爸向妈实在是食不知味，谁也没开口说话。倒是陈学飞像是什么都没发生过般吃吃喝喝，还不停地给两位老人夹菜，直到向天歌和泰阳带着小泰平从房间里出来。

泰阳一把将小泰平抱起放在餐凳上，向爸开口询问："泰阳，你吃饭了吗？"

"爸，我跟天歌在外面吃过了。"

向妈一听见这声"爸"心里就堵得慌，把手里的碗筷往餐桌上一拍，转开头。

"今天早上我还到你家去了，敲你们家的门你妈妈不开……"

"敲敲敲有什么好敲的？现在都弄成这样，咱们里外不是人，她自己过不了这个坎儿怪得了谁？"向妈把向爸的话给打断。

向天歌正忙着照顾女儿吃饭，听见向妈这话立刻不高兴地道："妈也是因为全心对我，这事儿是我做得不对，等过些时候她愿意听我说话了，我去道歉，你们就别折腾了！"

"她是你妈，我就不是了？我跟你爸就活该遭这个罪？"向妈也不知道怎的，声音忽然哽咽了。

向妈一激动，正吃着饭的小泰平也跟着又哭了。

向天歌赶忙放下碗筷又去哄女儿，这顿饭不欢而散，个个都愁苦万分。

泰阳本来打算等小泰平睡着以后再离开，可谁知楼上的泰妈忽然听到风声杀了下来，硬是将泰阳给拽回去了。

向妈回房去哭了，向爸在屋里安慰。小泰平也回了房，客厅就剩下了陈学飞。向天歌看着陈学飞觉得自己要崩溃了。陈学飞还是那副淡然的样子，开始收拾碗筷准备去厨房洗碗了！

向天歌一把抢走了陈学飞手里的碗筷，扔在了厨房的水盆里，质问道："你究竟要怎样才肯放过我？"

"天歌，我爱你，我对你的承诺从来都没有变过。你为什么不想想我呢？如果我失去了你和泰平，你要我怎么活下去？"

"你毁了一次我的人生还不够，难道还要再毁第二次吗？"

"天歌，"陈学飞换上了语重心长的口吻，"我们才是一家人，一家人只要在一起就没什么坎儿过不去。"

"陈学飞，我爱泰阳！他也爱我！我和他才是一家人，我们在一起没什么坎儿过不去！"向天歌冷笑了一声，她也不知道陈学飞为何会变成今时今日这般偏执的模样。她希望陈学飞能忽然消失在自己的世界里，永远消失。然而，事情总不会按照她的设想那样发展。

陈学飞在开会的时候说泰平的事儿，《真爱》现在全是风言风语，从杂志社一路向上传到了"正阳道馆"。

只要是没有向天歌的地方，人们都在议论这件事。

听到茶水间的几个人正在添油加醋地聊自己的八卦，向天歌刚要进去，她的手臂就忽然被人从旁抓住了。一转头，就看见穿着时尚的肖琳。

肖琳对她比了个噤声的动作，赶忙将她拉到了阳台。

"你干吗拉我，这事儿再传下去就没完没了了！"

"你平时挺聪明的，怎么在这事儿上犯糊涂？嘴长在他们脸上，你制止得了一时，还能制止得了一世，？你进去只能越描越黑。"

向天歌踹了一脚阳台的墙，逼自己冷静一点，可还是觉得怒火中烧，转向肖琳说："怎么说我都无所谓，说泰阳和泰平就不行！"

肖琳笑了笑，拍了拍向天歌的肩膀："欲戴王冠，必承其重！"

向天歌捋了一下自己的头发，摇头笑了出来："你怎么来了？"

肖琳指了指里面："陪我工作室的小朋友来试镜。"

肖琳三年前脱离了原经纪公司，开了自己的工作室。这些年也算是运作得不错，也让肖琳发现这事儿比做演员有意思多了。两人聊了两句，向天歌发现肖琳最近的状态确实是好，也是打心眼儿里为她高兴："你就好了，事业生活两得意，我的生活现在简直是一团糟！"

肖琳沉默了会儿才道："我最近在准备离婚。我跟杜三的事你也知道，我现在有能力养活自己跟女儿，不想再把有限的生命浪费在无聊的人身上了。下半辈子，我得按我喜欢的方式来，谁都不准干涉！"她说最后一句话时，目光坚定。

这样的肖琳触动了向天歌，让她第二天就闯了一次"天旅"。

向天歌去"天旅"就是要以彼之道还施彼身，当着众人的面向陈学飞表示自己死也不会和他在一起的。

可是到了"天旅"才听说，陈学飞这几天根本没到公司来，打电话不接、发信息不回，谁也不知道发生什么事了。向天歌决定一鼓作气把话说清楚，便去他下榻的酒店。她按了很久的门铃，才有人来开门。

门内，站着穿睡衣的陈学飞，面色苍白一脸病容，就像是一夜之间回到了读书的时候。

向天歌站在门口怔了一下，等陈学飞转身回沙发上坐下，她才意识到早已时过境迁，不复当年了，她今天是来摊牌的。

向天歌走进屋里，正要开口，陈学飞忽然剧烈地咳嗽了起来。屋子里黑压压一片，窗帘被拉得紧紧的，套房的茶几上堆着些餐盘，衣服裤子散落一地，他咳了没两分钟，突然晕倒在沙发上了。

向天歌赶忙上前查看，一摸额头，滚烫滚烫的，应该是发烧引起的昏迷。她赶紧拨120，准备叫救护车，陈学飞却铆着最后的力气拿走了向天歌手中的电话，虚弱地说："扶我到床上躺一会儿就行。"

"再烧下去会出事儿的！"

"没事，在美国常有比这病得厉害的时候，躺一会儿就好了。"

陈学飞执意不肯去医院，向天歌也没有办法，只好将他扶到床上。

　　陈学飞一沾床又晕了。向天歌奔进洗手间里浸湿了毛巾拿出来给他冰敷。她想了各种办法让陈学飞退烧，可折腾了一个多小时都不见起色，最后决定还是先打120。

　　"我不想去医院！"本以为已经昏过去的人，却在这事上格外执着，硬是撑着一口气仍拒绝道。

　　向天歌知道陈学飞的偏执，所以没有理他，继续打自己的电话。

　　陈学飞又开口了，虚弱地笑着，缓缓地同向天歌说："我不想去医院，别人都有家人陪伴、有家人探望，我没有。我只能一个人躺在那里，白墙白床白色的天花板，连吊瓶里的液体都是冰冷的。我弄丢了自己的爱人，怎么找都找不回来……"

　　向天歌终于放下了手里的电话，又一次妥协了。

　　这一次陈学飞彻底昏睡了过去，期间反反复复地叫着向天歌的名字。梦里大概也不得安生，他反反复复绷紧了身体，又不停地痛苦呻吟。

　　向天歌看着此时的陈学飞，想起五年前他也曾年少有为，却从未意气风发。这五年的时间里，他弄丢的不是她的爱，是他自己。

　　从泥土深处而来的人，总想开出世上最鲜艳的花。

　　屋子里满是病恹恹的气氛，向天歌靠在沙发上，眼皮越来越重，不知不觉间睡过去了。等她再醒来，就感觉有人在拂她颊畔的碎发，她猛地睁开双眼，往后退了一下。

　　见她醒了，陈学飞收回了手。他已经醒了，正瞧着睡着的她："我没想到你会留下来照顾我，就像以前一样。"

　　"从前是什么样我不记得了。"

　　"可我忘不掉。我还记得我第一次见你，就已经喜欢你了。那时候我又穷又骄傲，什么都给不了你，又害怕你从我的生命中溜走。"

　　向天歌从沙发上站起来，她想离开，不想在这里和陈学飞叙旧！

　　她站起身，陈学飞却忽然说："其实……爱吃红烧肉和水煮鱼的是他吧？"

向天歌停住了。

"其实我早就应该猜到，那三年你想要追寻和在一起的人并不是我，而是他，对吗？"

"对不起。"

"你没有对不起我，是我对不起你。我那时候不知道，也是过了很多年才想明白，你怎么可能会喜欢我这么个穷小子？要不是他丢下你一走那么多年都不回来，你也不会和我在一起，我明白，我一直都明白……可你生下了我们的女儿，你给了我希望！天歌，我们回到过去好不好，你还叫我做那个替身也可以啊！"

陈学飞的一番话，说得向天歌内疚了起来。她看着他，想知道眼前这个偏执的男人是因为她才变成这样的吗？

向天歌的日子不好过，泰阳也是一样，谣言传到了道馆，泰阳的生活也被打扰了。

很多学生原本是冲着他的一身正气才报名的，结果 Iron Man（铁人）变软饭王，连便宜的爹都要做。这事儿传开了，失望的学员一大堆，青皮又气又急，泰阳却根本就不在乎，任那些人胡说去。

学员越走越多，道馆的八卦都传遍了，本来热热闹闹的道馆变得门庭冷清。

青皮急得上蹿下跳，正不知道该怎么办的时候，泰阳也不知从哪儿带回来了一个孤儿，给他了一些饭吃。每次泰阳练功，他就站在那里盯着泰阳。泰阳自然就教了他一些，最后这孩子就这样在道馆里住了下来。

青皮只当是泰阳最近心烦，收留了这个孤儿。可谁知道，往后的情况越来越严重，交费的学员跑得一个不剩，孤儿倒是越来越多了。他们都是大城市里的苦孩子，泰阳也就把他们都收留了。

反正道馆闲着也是闲着，他就把所有的时间和精力都放在了这些孩子身上。

这每天道馆都要赔出去大几千，青皮劝得口干舌燥，最后发现真是皇帝不急太监急！

泰阳不图别的，就希望有点事儿做，能把多余的力气都用完，只有精疲力竭地回家才能不用去面对自己的爸妈。他们一直在坚持让他同向天歌离婚，两人的婚姻就像是华山之巅的长空栈道，踩在那条高空铁索上，只要一个卡扣卡错了位置，就会坠下悬崖，摔得粉身碎骨。

他们的坚持也让他们精疲力竭。

然而这坚持却什么都没换来，没能换来父母的支持，没能换来父母的谅解，也没能换来陈学飞的退缩。

到了父亲节，泰阳与向天歌的危机仍看不见丁点解决的希望。而这却是陈学飞生命中的第一个父亲节，他软磨硬泡地求向天歌，求她让自己跟泰平过一次节日。

上次发烧的事件过去后，陈学飞就改了策略和战术，以退为进，起了些作用。向天歌对他动了恻隐之心，就应了这个请求。

与其说陈学飞是要和小泰平过节，不如说是来笼络人心的，他订的酒店、选的菜品、安排的服务全都是顶级的。过惯了柴米油盐的日子，向妈哪里见过这阵仗，瞧着眼前的女婿也觉得顺眼了些。

但小泰平丝毫不被金钱收买，她至今都不大能够接受陈学飞这位"真爸爸"。虽说陈学飞给买的漂亮衣服她也穿，给买的新奇玩具她也玩，收到礼物、下豪华的馆子，小姑娘也是开心到不行。可谈到爸爸的问题上，小姑娘特别有原则，坚持一个爸爸的方针政策，和妈妈坚决站在一边。

向爸从来都是中立的，所有的事情都是不支持也不反对。

向妈拆着陈学飞给自己送的礼物，从一个橙色的盒子里拆出了一条工艺复杂的丝巾，连声赞叹："哦哟哟哟，你看今天是父亲节，你说你给我准备什么礼物！"她嘴上说这话，脸上还带着笑，边说边将丝巾放进盒子里赶紧收了起来。

向妈瞥了一眼坐在一旁的向天歌，从进来起就不知道在给谁摆脸色，一直拉着脸也不说话。她推了向天歌一把："你看看人家，你看看你！"

向天歌现在觉得，之前自己同意吃饭这件事应该是脑子被驴给踢了！

陈学飞给向爸也准备了礼物，净是些冬虫夏草之类的名贵补品，深深抓住了向爸爱养生的习惯。但向爸是个清醒的人，他一向不干涉向天歌的决定，面对这些礼品也只冷淡地回了一句："今天是你和泰平过。"

"您是天歌的父亲，今天当然该我们给您过节啊！过去我是没有机会，今天既然有，我们就应该好好孝敬您。"

向妈已经投降敌方了，想帮着这个新女婿说两句好话，话还没出口，向爸就直接把陈学飞怼了回去："当初你唆使天歌偷户口本结婚，可不算是想孝敬我们吧？"

但向爸错误地估计了敌方的脸皮，陈学飞一脸诚恳地说："那时候我年轻、不懂事，因为太爱天歌了，想跟她在一起，没有办法才出此下策！结果伤了她也伤害了大家，对不起。

"我觉得两个人在一起这件事吧，拿得起就得放得下！

"我离开的时候就答应过天歌，我学成归来一定和她复婚。当时离婚是形势所迫，如今回来了，男人就得兑现自己的承诺，何况天歌还有了我的骨肉。"

向爸还要再说，向妈却拉了一把自己的老公："向前进，你这人怎么回事？大家好好吃顿饭，你能不能就不要提以前的事情了？"

"你知道什么是最好的父亲节礼物吗？"向爸紧盯着陈学飞问。陈学飞刚要张口，向爸则已经站了起来，俯瞰着坐在对面的陈学飞说，"最好的父亲节礼物就是看着女儿幸福！"向爸实在是坐不下去了，却没想到陈学飞冲到了他面前，"咚"的一声就在二老面前跪了下来。

陈学飞跪着说："过去的事情是我不对，是我浑蛋，是我辜负了天歌对我的一片深情。就像天歌是你们的女儿一样，小平也是我的女儿，一家人生活在一起才是幸福！如果没有她们娘俩，我就算在外面事业再成功，我的人生也不完整。我在美国的那些年过得不好，他们卡我的学分、卡我的论文，我的论文不能署我的名字，我起早贪黑地帮导师工作，就为了拿一张毕业证书！那些年我怎么熬过来的？就是因为我心里有天歌，我想给她幸福，给她最好的生活，只有我出人头地，你们才会成全我们，她才不用去偷户口本！"

向天歌已经站起身了，看着陈学飞连连摇头："陈学飞，你口中的幸福，我不配拥有，也不想拥有！"她说完就转身进了卫生间。

向天歌靠在洗手台前平复心情，这么多年不见，陈学飞煽动情绪的功底还是一流的，母亲算是叛出阵营了，自己也傻到帮陈学飞搭了这个戏台子！

冷静下来之后，她给泰阳发了条信息，问他今晚什么时候回家。

泰阳的信息很快回过来，说刚刚陪泰爸去医院复查，才到家。

向天歌便说了自己带泰平跟向爸向妈出来吃饭，晚一点回去。发完这句之后，她又打了一行字：今天是父亲节，泰平很想你，我也很想你。

泰阳很快又回了过来：告诉小东西我也想她，这是第一个没有我在身边的父亲节，你帮我跟她说请她原谅爸爸。爸爸得先照顾爷爷奶奶，要是能抽得开身就来看她。

向天歌看着信息，笑了出来，点着头回了一个"好"，这才推门出来。

向爸已经坐下了，陈学飞也回到了自己的位置上，也不知道刚才那一幕是怎么收的场。向天歌重新坐下，陈学飞叫人上菜，小泰平一直在玩自己的玩具，偶尔吃两口菜，破天荒地，这次向天歌没在饭桌上没收她的玩具。

气氛非常微妙，全靠向妈和陈学飞一个捧哏一个逗哏，姑且像是一场开心的聚餐。却没想到，这时候泰阳会推门而入。

大门打开，所有的目光都下意识地朝门口的方向看去。见泰阳出现，向天歌吃惊不小，而泰平立刻高兴地朝泰阳扑了过去，泰阳蹲下身子将女儿抱在怀里。

泰平问泰阳："爸爸，爸爸，你去哪儿了？你为什么这么多天都不来看泰平？你是不是不要泰平了？"

"爸爸没有不要泰平，只是因为最近发生了很多事情，爸爸没有办法来看泰平。"泰阳的额头抵着小泰平的额头，面上还挂着慈父的笑意，向天歌不知什么时候也已经起身站到了他们的身边。

这屋子里的几人，像是分出了阵营。

陈学飞先开了口："今天是父亲节，你跟我都算是泰平的爸爸，不管谁真谁假，我都希望为了孩子，咱们今天能在一起开开心心地过个节。"他说着还请泰阳入座，指的方向是泰平刚刚边吃边玩的位置。

位置上堆着很多玩具，每一样都价格不菲。

向爸想说些什么，向妈使劲儿地拉他。

刚才泰阳进屋时，这个屋子里传出来的是笑声，说不清是谁在笑，可让他觉得他们才是其乐融融的一家。他再想着自己手里的袋子，都是些廉价的小玩具，廉价到，在这些昂贵的礼物面前根本不值一提。

泰阳转了个身，将怀中的泰平递给了身边的向天歌。

向天歌不明所以，泰阳已经迅速转身离开了包间。她赶紧放下泰平，追出门去，刚刚伸手碰到他的胳膊，泰阳就生生将她给甩开了。

"假的就是假的，成不了真。我现在算是明白你爸当初为什么要和我妈离婚……有些事情一旦开头错了，后面的一切都是错的！"

向天歌想解释："不是这样的！"

"你们才是一家，我只是个外人。"

"今天是父亲节，陈学飞说要和泰平吃顿饭，我没想到事情会变成这样！"

"今天当然是父亲节，泰平跟陈学飞的父亲节，跟我这个外人有什么关系？要不是我自作多情，怎么会给别人难堪又给自己难堪啊？"

"你是泰平的爸爸！"

"我是！可我是假的，现在真的回来了。"

"可你永远都是泰平的爸爸，是我的丈夫！"

泰阳沉默了很久，他现在其实有点能理解陈学飞当初离开时的念头了。男人被这样打脸的确不好受，尤其是他现在更加不知道自己还能给向天歌什么了。男人永远都不知道，女人想要的只是爱情，只是一个穷着也能陪你笑到白首的爱人而已。

泰阳走了，向天歌没能追上他。

从酒店离开后，泰阳先将手里的玩具扔进了路边的垃圾桶，走了两步又退回去狠狠地踹了一脚垃圾桶。

路边停着辆车，杨美丽从车上下来，一副早已看透一切的表情走到了泰阳的身边："你看吧！我早就跟你说了，今天他们一家人在一块儿庆祝父亲节，根本就没你这假爸爸什么事。你偏不信，这下看到了？"

泰阳板起脸，尽可能地掩藏起所有的表情，他不想让任何人看见狼狈的自己。

杨美丽添油加醋道："陈学飞是泰平的亲生父亲，他们才是真真正正的一家人。天歌现在跟你好，是初恋情节，但哪儿有初恋白头到老的，她爱的是陈学飞，她这是在怄气，同陈学飞、同她自己！而你，只是退而求其次的备胎！"

"说够了吗？"泰阳转身凝视杨美丽，他的双目里满是血丝。

"我也是为了你们好，让你认清现实，放过天歌，也放过你自己。"

泰阳深深地看了她一眼，什么都没有说，转身消失在夜色里。

泰阳回到家，泰妈搀起泰爸正要出门。

泰妈见是泰阳回来了，她也顾不上泰爸了，冲上前抓住泰阳问："你是不是又去见向天歌了？为什么妈妈跟你说的话，你就是不听，你能不能不要再跟他们家有任何牵扯？赶紧找个日子去把婚离了！"

泰阳想要解释。

泰妈又哭了起来："你爸爸不好了，刚才又全身痉挛，我们打了电话叫了救护车，车子马上就到。"

泰阳不由分说地赶忙过来搀起爸爸。等到了医院，几人急急忙忙往急诊奔去的路上，泰爸颤抖着手拉住泰阳说："你你你……不准再去……"

他自是明白爸爸的意思。

泰爸泰妈都不是无情的人，可这五年，他们是真心实意地把向天歌当成他们的儿媳妇，把小泰平当作他们的亲孙女。正是因为投入了太多的感情，所以才知道事实的真相后，没办法接受。

泰爸进了急诊，泰妈就坐在走廊的塑料凳子上抹眼泪。

泰阳宽慰她："别担心，我爸一定会没事的。"

"没事？怎么可能没事？这几天他只要一想起泰平……一想起这五年的一切，他的情况就很不稳定。"

"妈，我爱天歌……"

"泰阳，你就当妈妈求求你了，行不行？你跟天歌离婚，咱们把拿她的那二十万还给她，从此以后都不要跟他们家来往了，好不好？我不想让外面的人说闲话，伤害你跟你爸爸。"泰妈说到这里，声音里都是颤抖，满眼祈求。

泰阳沉默着，捏紧身侧的大手，一声不吭，他以为只要不回应，这一切就会过去。

可泰妈得不到他的保证，侧过身从塑料凳子上滑了下来，要跪在泰阳的面前。泰阳眼疾手快地拉住了妈妈，可妈妈边哭边求着自己的儿子："我知道你跟天歌从小青梅竹马，你也最重情重义，可你不能不管你爸爸和我的死活吧？你就放手，权当是放过我们家好吗？不然你就是逼你爸跟我去死……"

泰阳看着母亲，浑身发抖。

第六章
假如不能嫁给爱情

那个夜晚实在是难熬。

对秦阳是，对向天歌也是。

晚餐的后半程，对所有人来说都是味同嚼蜡。但为了小秦平，每个人又都强撑着演完了这出戏。

晚餐结束，陈学飞送向家人回去，弄不清楚状况的小秦平哭过后在车上睡着了。陈学飞便将女儿抱下了车，向天歌伸手去接，他一错身指了指楼上，意思是别倒手吵醒孩子了。陈学飞上楼，将女儿轻轻放在床上后又安抚了一会儿，才起身出来。

向天歌在门外等着他。

陈学飞先开了口："天歌，我不强求你给我任何回应，但是我想对你好，对你们好，我希望你也不要拒绝。"

向天歌满肚子的火气，被陈学飞的这句话给堵死了。

陈学飞向门外走，走到门口又扭过头来看向天歌："天歌，我失去过，所以懂得珍惜，时间会证明我才是这个世界上最珍惜你的人。"他温柔地笑了笑，轻轻地带上了向家的房门。

大门关上了，紧绷了一天的向天歌终于放松了下来，无力地靠在背后的白墙上。不等她喘口气，屋子里就传来了小泰平的呜咽声，她赶紧进屋，小泰平的额头竟然都已经有了冷汗。

小泰平是肚子疼，她抱着肚子、蜷着身子，无论向天歌怎么安抚，都丝毫不起作用。她抱着泰平去叫向爸向妈，一家人火急火燎地抱着孩子准备去医院。向天歌给泰阳打一通电话，那边无人应答，她又连拨了好几遍，最后干脆冲上楼去，使劲儿地拍打着泰家的大门。

没人应门。

向妈急着下楼，脚底一滑，从楼梯上摔了下去。

病号一下子从一个变成了两个，向爸托着孩子，向天歌扶着向妈，一家四口正狼狈地往外走，不远处忽然飞奔而来一道身影。那人三两下将向妈背在背上，不由分说地向停在一侧的轿车跑去了。

原来是陈学飞从向家离开，还没来得及走，从后视镜里瞧见了刚才的那一幕，赶紧过来帮忙。他将人安顿在车里，一路疾驰开到了医院。好在一老一小都不是大问题，小的是吃太多了，闹了积食，需要挂吊瓶；老的是挫伤了筋骨，开些药静养即可。

陈学飞把车钥匙给向爸让他和向妈先回去，自己在这边陪着向天歌和小泰平就行。

这种情况，向爸纵然是还有不满，也只能咽下去了，跟陈学飞说了一声谢谢，扶着向妈挪出了医院。

偌大的病房里就剩下打着点滴的小泰平和靠在床头的向天歌。

两瓶药水挂完，窗外的天色已经大亮了，小泰平已经睡着了。向天歌守在床前一夜都未合眼，陈学飞跑进跑出地照顾她们母女，看得前来拔针的小护士都说这个爸爸太有爱了。毕竟是亲生的，天底下只有父母最疼孩子。

向天歌看着说话的小护士，心头千思万绪。

挂完吊瓶，陈学飞又把母女俩送了回去。

开到小区的时候，向天歌和小泰平都在后座睡着了。车一熄火，向天歌立刻感觉到车停了，她睁开眼发现已经到家了，便同陈学飞说了一句："谢谢。"

"天歌，这回我不会再逃了，我哪儿都不去，我永远在你的身边。当你需要的时候，你给我打个电话我就会来了。"

向天歌没有回答，推开了车门抱着女儿下了车。

回到家，她把小泰平安顿好，正准备去睡，就接到了泰阳的电话。泰阳说要跟她见个面，他现在就在大院里。

向天歌挂断了电话，泰阳就在楼道里等着她。

她看见他，有千言万语想说。

他见到她，却是为了说一句话："天歌，我们离婚吧！"

向天歌看着泰阳，一言不发，她累了一整夜，她没力气去问为什么，没力气同他吵架，也没有力气再去想什么未来……泰阳等待着向天歌的回答，但其实他一点也不敢面对，做了这么多年的男子汉，这一刻他竟然只想做个懦夫。

泰阳这一夜，其实也没有睡，他想了整整一夜，想不到自己和天歌还有什么出路。如果只是陈学飞的问题，那他还能面对，如今再加上两家人、四个老人的反对，他觉得再坚持下去，自己就像是要逆天改命！

"好！"向天歌点了点头。

泰阳听到这个字，眼前一片漆黑，只觉得自己的世界快要崩塌了。

向天歌嗓子生疼，她本来想装得坚强一点，可失败了。眼泪噼里啪啦地掉了出来，她觉得自己上辈子可能是炸了银河系，这辈子才遭了这么多罪："没有你，我和泰平母女俩也能相依为命，好好活下去！"

"你还有陈学飞……"

"你才是我的家人！你说过你爱我还有泰平，你也说过不会再丢下我一个人，我相信你了！泰阳，我相信你啊！"向天歌哭了出来，从起初的掉眼泪到此刻的号啕大哭，她扑在泰阳的胸前，用力地捶打着他的胸口。

泰阳再也忍不住了，所有的坚毅都被向天歌摧毁了。他一把拉过她，紧紧地抱在怀里。她还在打他，拳头却已经变得无力了。

"我也没想到，爱情竟然这么苦，我坚持不下去了。"

向天歌停止了哭泣，她仰头看着他，仿佛从不认识他一般。

泰阳轻轻地推开了向天歌，从口袋里掏出了一颗玻璃珠。这玻璃珠被拿出来的一瞬间，她已经知道他要说什么了。可是她不明白，她神情木然，他拉起她的手，将玻璃珠塞进了她的手心。

手上的玻璃珠，从手心冰到了心底。向天歌猛地抽回了自己的手，任凭那颗玻璃珠掉落在地，掉到了楼梯的夹缝里，消失在楼梯底层。

泰阳盯着那颗玻璃珠消失的方向看了很久，很像是消失的爱情。他又从口袋里拿出了一颗玻璃珠，拿起她的手，将它塞进了手心，然后他将她的手握住了。

泰阳又从口袋里抓出了一把玻璃珠，捧在向天歌的眼前。每一颗玻璃珠上都有他的样子，他此时此刻绝望的样子，他说："我可以把所有的玻璃珠都给你！所有的，那些你为了陈学飞而求我的玻璃珠，现在全部还给你，我只有一个愿望。"

"我不要，我一颗都不要！我不离婚，我不想离婚……"向天歌拨开了泰阳的手，那些珠子一颗颗掉落在地，滚进了楼梯的缝隙，一颗颗地消失在了黑暗当中，留下的只有一连串的叮当声在楼道里来回回响。

向天歌再也站不住了，往日里每一次天塌下来，都有泰阳在为她顶着；而这一次，这天是为泰阳而塌的。向天歌靠在墙上，狼狈不堪。泰阳也好不到哪里去，他是个男人，他其实比她还无助。

楼道里激烈的争执声让好事的邻居纷纷打开门往外看，连向家二老和泰妈也都打开了门在看。

眼下的局面就像是一把利刃，扎透了两家里每个人的心。

泰阳背过身去，不敢看着向天歌，他害怕她再多说一句话，他就再也狠不下心了。他竭力压制住心中的情绪，缓缓地同向天歌说："我们在一起，就是为了让你把泰平生下来。现在泰平长大了，陈学飞也按照约定回来了。我是你花钱雇来的老公，我也该下岗了。我们银货两讫，如今任务完成了，好聚好散。"

"好聚好散。"向天歌重复这句话的时候笑出了声，她的声音有些沙哑，她整个人都很疲惫。

"我拿钱办事，如今时间到了，大家都痛快些。"泰阳说完这些话，转身上楼了，留下的是无数的议论声和狼狈的向天歌。

向天歌冲到楼下，去捡那些掉落的玻璃珠，这些玻璃珠就像他们的爱情，碎了一地。

楼道里谈论的声音不断，有人说是向妈当初棒打鸳鸯才惹出了这段闹剧，有人说泰阳居然为了钱能做出这种事情来，还有人说泰阳这是骗财又骗色，大学毕业的向天歌如今也是鬼迷了心窍……

"天歌这孩子也太可怜了……"不知道是哪家的邻居发出了一声长叹，接下来所有人看着向天歌的眼神都充满了同情。大概这就是泰阳的目的，哪怕他背上所有的不是，也要让向天歌的人生能重新起航。

向天歌想要去挽回这段已经消亡的婚姻，却也知道横亘在他们两人之间的不是他们自己。她明白泰阳承受了多少，她才是当初做错的那个，不能继续自私地让他付出下去。

放过他，也放过自己。

向天歌终于还是同意了离婚。

离婚的前夜，她靠在向爸的怀里说自己这一生大概都得不到幸福了。

向爸拍着她的肩安慰着："离婚也不代表彻底结束，也许眼前这个情况，你们暂时放开彼此，才能给大家一个喘息的机会。你要相信泰阳，给他时间，也给自己时间。"

而这一夜，泰阳也是一夜无眠，坐在床上看了一夜原先装玻璃珠的空瓶子。

去民政局的那天，小泰平的身体已经大好。向天歌正准备出门，也不知道这小家伙怎么就跟了来，吵着闹着非要跟她一起出去玩。

向天歌只好带着小泰平，后者是一蹦一跳地跟到了民政局。民政局的座椅空荡荡的，向天歌坐在那里等着泰阳，她从自己的包里拿出了那本结婚证，紧紧地捏在手里。

小泰平瞧着向天歌手里的"红本本"，便抢了过来，问道："这是什么？"

"这是'幸福证'。"

"用来干什么的？"

向天歌还没接话，小泰平已经翻开了结婚证："我知道了，这上面有爸爸妈妈的相片，是证明你们很幸福很开心的证，对吗？可这上面怎么没有我呢？"

小泰平把这个"红本本"翻了又翻，等确定上面真的没有自己以后，"哇"的一声哭了出来。

向天歌看见女儿哭，自己也跟着心酸，早就做好的心理建设又坍塌了。向天歌抱着女儿，这是她仅有的全世界了。

泰阳在远处看着母女俩，他的眼睛也是通红的。他仰头看着天，努力了很多次，才终于平静了下来，迈步朝着向天歌和泰平走去。

泰阳和向天歌进去办理离婚的手续，不敢让泰平跟着，把她交给了门口的工作人员。两人再从里面出来，红本还是红本，结婚却变成了离婚。泰平看见爸爸妈妈从里面出来了，再次扑进了母亲的怀抱。她好奇地把玩着新发下来的"红本本"，高兴地问向天歌："这也是'幸福证'吗？"

向天歌蹲下身来，抱起了泰平，转向泰阳说："嗯，这是证明爸爸以后有资格去追求属于他的幸福的'幸福证'。"

"那妈妈的幸福呢？"

"妈妈只要有你，就很幸福。"向天歌闭上眼睛轻轻吻了吻小泰平的额头。

"我抱一会儿吧？"泰阳问道。可向天歌还没有回答泰平就已经伸出了手，钻进了爸爸的怀抱里。泰阳抱着泰平，两人时不时地耳语几句，向天歌听不清楚他们都说了些什么。

三人到了老家属院的房子，向天歌忍不住抓住泰阳的衣角问："我们的家……就是一起租的房子要怎么办啊？"

"你改天去把东西都搬出来，然后跟我说一声，我去把房子提前退了。"

向天歌点了点头，又从泰阳的手里接过了泰平，回了家。

关上房门的那一刻，她忽然觉得泰阳在她的人生里杀青了。从出租屋搬出来的那天，这种感觉更加真切了，从此以后，他们再也没有交集了。

泰阳还凑了二十万还给向天歌，向天歌不想要这笔钱，泰阳却执意要给："你拿着吧！为这二十万我爸妈一直觉得抬不起头来做人，我自己也是一样。不管当初我是为了什么拿你这钱，这几年我都不会忘记，是永远都不会忘。所以我要你记着，不管有没有这钱我都会跟你结婚。我当初是心甘情愿跟你在一起的，我不希望这份感情被钱给玷污了。"

向天歌红着眼睛伸手接过卡，泰阳已经倾身，用力抱了抱她后才转身离开。

她对着他的身影喊："泰阳，你以后是不是都不管我了，再也不管了？"

"咱们以后不要再见了，不管是楼上楼下，还是别的什么地方，永远都别见。"泰阳并未回头，这句话是背对着向天歌说的。

向天歌看着泰阳的背影，一直看着他走出了自己的视线，永远走出了自己的视线。

之后的时间里，向天歌过得浑浑噩噩，失去了泰阳的她过得比以前更累了，工作、家庭、孩子还有和陈学飞不住地周旋，偶有闲暇，她的脑子也无法继续运转了。

直到小白说漏了嘴，向天歌才知道泰阳的钱是找青皮、王和平凑的。泰阳原本是有积蓄的，但道馆的声誉受损，他又收留了不少孩子，管吃管住，还教这些孩子习武，给了他们参加比赛、走职业路子的机会。

青皮说："泰哥几乎把这几年挣的钱都给了这群孩子，他们有些人能比赛赚点奖金，可年龄都还小，大多数时候都得靠泰哥养着。"

"他为什么要收养那么多孩子？"

"说是想给这些孩子一个机会，不想他们走上歪路，他得把他们往正路上引。就像当初他去云南当兵，他本来是不愿意去，甚至还当了逃兵，结果半路上遇到一个老领导，是那老领导给他机会，让他深入前线去重新认识自己。泰哥说，也是去到前线他才认清楚了自己的心，知道自己想要什么，还有该为什么而坚持。"

向天歌找了个时间特意去道馆看过那群孩子。

自从她和泰阳的事情影响到道馆的正常经营，这里俨然变成了孩子们习武的场所。

这些孩子穿着道袍认真锻炼认真听讲，仿佛在这里找到了生的希望和寄托。

向天歌不敢再见泰阳，看过道馆又悄悄地下楼了。

而泰平也终于察觉到了什么，每当向天歌回家，她总是要问妈妈："爸爸到底什么时候回家？为什么爸爸这么久了都不回家？"

向天歌只觉得眉眼一酸，如鲠在喉，什么都回答不上来。

这些天来，泰阳过得也不好。过去他能为向天歌顶起一片天，如今却连自己的天都撑不住了，整日来都是在借酒浇愁。为了不让自己爸妈担心，他在人前装得很好，就仿佛从未对那段婚姻投入过感情。

泰爸度过了危险期，出院那天泰妈拉着泰阳的手说："我知道这个决定对于你来说有多难做，但是你爸爸他……现在真的不能再受刺激了，你是个聪明懂事的孩子，我知道你一定能渡过这一关。"

泰阳点点头，说不出什么话来。

这一关能是能过，却十分难过，在民政局里看见向天歌将小泰平紧紧拥在怀里时，他便觉得自己像是死过去一样。

他没想过会离开向天歌，离开她们，也更不曾想过有一天会说出那么难听的话伤她。可他没有办法，忠孝难以两全，他也深知她是累了。

实在是放不下又要逼自己放下，那感觉仿佛被人狠狠捅上一刀，再剜得他血流成河。

他以为只要醉了便不用再去想起那些疼痛，可仿佛越醉就越清醒，那些爱而不得的情绪好似幻化成一只只小虫，爬得他心痒难耐，却又噬得他疼痛难当。

这一天泰阳喝过酒，跟跄地走在路上，撞了一个面对面走来的人。

对方骂骂咧咧的，要泰阳道歉，正赶上泰阳心情不好，回骂了过去。对方立刻叫了人过来将泰阳好一通招呼，要是放在清醒的时候，这点事根本不叫事儿，可偏赶上他又醉又丧。等杨美丽接到消息赶到的时候，他已经被人揍得连起身都成问题。

杨美丽大叫着冲过去，一面赔礼道歉，一面将泰阳带离现场，扶他去了附近的酒店。一进入房间，泰阳奔进洗手间就开始狂吐。等她听见巨大的一声响追过去时，他已经在马桶边上摔了一跤，额头撞在旁边的置物架上。

杨美丽又惊又心疼，上前将他扶起来："你不要再这样了，好不好？就算天歌不珍惜你，可你还有我啊！不管发生什么事情，我永远都不会离开你。我才不会像天歌一样，那么不懂得珍惜。"

她扶着他一步步艰难地走到床边，等泰阳一头栽倒在床上以后，她才赶忙回身去洗手间拧了干净的帕子来帮他擦洗干净。

做完这一切，杨美丽回身看着已然昏睡在床上的泰阳，突然开始脱衣服。

她脱完了自己的又去脱他的，小手刚刚触到他的胸口便被他一把抓住。他迷蒙睁开双眼，她突然亲了上去。

泰阳侧头躲开，下意识地用力一推，她摔坐在地上。

泰阳呼吸急促，头昏脑涨，但还是眯着双眸撑起半个身体。

　　"你干什么？"

　　杨美丽赶忙从地上爬起："我想跟你在一起，泰阳。这次我学乖了，我不要什么锦衣玉食，我也不需要有很多钱，我只想跟你在一起。每次当我出了事或是别人欺负我的时候，都是你第一时间出来保护我。我已经什么都没有了，我不能再失去你。我爱你啊，泰阳！我们本来就应该在一起。"

　　听到这话，泰阳本能地恶心了一下，却没有太多的力气再去细想些什么。他只想离开这里，不想再看见杨美丽。他先是撑着床面起身，然后撑着床头柜和墙壁下床。他只想尽快离开这个该死的、令人窒息的地方。

　　泰阳刚一站起身，杨美丽就冲上前一把抱住他："我知道你对我好，也知道你心里是有我的，对不对？不然你怎么会在知道我被欧巴骗了钱后，那么奋不顾身地去帮我？"

　　"我想你搞错了，"泰阳用力将她箍在自己腰间的小手掰开，"我帮你不是因为你……而是因为天歌！如果你不是她最好的朋友，我根本懒得理你！"

　　"我不信！"杨美丽对泰阳咆哮，"不管是气质还是长相，我哪一点比不上她啊？向天歌她有眼不识好男人错过了你，她跑去跟陈学飞谈恋爱还生了泰平，后来又去勾搭司徒锦，你知不知道她只差一点就要跟着司徒锦出国？她根本从头到尾都是一个不知自爱、水性杨花的女人，你何必跟她浪费青春？"

　　"你知不知道，全世界紧张你的人，只有她而已。"泰阳的声音突然冷了，酒也醒了大半，"你真以为你之前使的那些小伎俩，她看不出来吗？她没和你计较，不是因为她傻，而是因为比起那些，她更珍惜你！"

　　"你自己都这样了，还替她说话？"

　　泰阳的酒已经醒了大半，转身从房间里离开，临走之前丢下一句：

"要说天歌这辈子有什么做得不好，那就是她真心实意地把你当姐妹，而你太不是个东西！"

向天歌离了婚，向妈就开始做她的工作。

之前小泰平生病入院，向妈自己又伤了脚，全靠陈学飞跑前跑后照顾，向妈现在再看陈学飞也就觉得顺眼多了。他是小泰平的亲生父亲，又是真心对他们好，向妈劝向天歌再给陈学飞一次机会。

可向天歌哪里听得进去向妈这话，自从跟泰阳办理完离婚手续之后，她就像是被抽了魂，整个人都轻飘飘的。

因长时间的失眠，她的神经也是极度脆弱。上午到《真爱》去上班时，开会开到一半她突然开始流鼻血。小白被吓了一跳，赶忙抓来纸巾为她止血，可纸巾都被浸透了血还没停。

向天歌赶紧暂停会议，匆忙回到了自己的办公室。那边小白忙完了收尾，过来查看她的状况时，才发现她早已泪流满面。

小白想说点什么劝一劝向天歌，刚一开口，向天歌就打断了她，继续靠在椅背上一边流鼻血，一边流眼泪。等脆弱的神经稍微恢复了一些，她才发现陈学飞已经不知道什么时候进了她的办公室了，就坐在一旁的沙发上，一声不吭地看着她。

而她的眼底霎时间升起了一丝怒气，是陈学飞毁了她的家，还有她的他。

"陈总，有什么事儿吗？"

"'天旅'有份文件要我送过来。"

"以后这种事你找小白就行了，她会安排人跟进，你也不必亲自跑一趟。"向天歌一副公事公办的态度，"文件放下就可以了，你先出去吧！"

陈学飞微微叹了口气："天歌，你在怪我吗？"

"我怎么可能怪你？要怪也只能怪我自己当初瞎了眼！"

"天歌，在面对压力的时候，泰阳的表现不比我好，他和我一样选择了离婚！但是我扛过来了。我当初做的每一个决定都是为了日后我们能更好地在一起，他呢？他想过你们还有明天吗？他没有吧！"

向天歌记得泰阳说过，他们以后都不要再见了。

"天歌，如果你是一个人，你可以等他，可以去求他，可以去找他……但你不是，你还有泰平，孩子的成长需要父亲的陪伴；你还有父母，他们的年纪都不小了，随时可能生病。往后的路，你一个人走不了，你希望泰平在单亲家庭长大吗？她可能会因此而被同学孤立，被老师看不起……"

"别说了！"向天歌捂住自己的耳朵，蜷缩在那张沙发椅上。

陈学飞走到向天歌的面前，手撑在沙发椅的扶手上，低着头，轻声说："我曾经犯过错误，特别特别大的错误，可我愿意用一生去弥补。"

泰平对父爱的渴望，母亲对自己婚姻幸福的期待，泰阳离开时的决绝……所有的一切都让向天歌感到了前所未有的压力，她一个人的坚持毫无意义，反倒是现在就放手，自己就再也不会痛苦了。

向天歌同意和陈学飞复婚。

两人回到向家，将这个决定告诉了全家人，向爸和向妈一时之间惊得话都说不出来。向妈原本都对此事不抱希望了，没想到女儿自己转过弯儿来了。她第一个反应过来，立刻表示了赞同，还高兴地张罗陈学飞："晚上就在家里吃饭，阿姨给你烧点好菜！"

向妈进了厨房，向爸还坐在原来的沙发上，他严肃地问两人："你们……想好了？"

向天歌面无表情，也没作声。

陈学飞赶紧捏起她放在身侧的小手对向爸道："嗯，这次我跟天歌都是经过慎重考虑，才决定再在一起的。"

"行吧，你们年轻人的事我不想过多地参与，但我有一个要求。"

"爸，您说。"陈学飞往前坐了坐，忙不迭地叫了声"爸"。

"在我什么都不知道的时候，我错误地给了你一次伤害她的机会，那么接下来的日子里，如果再让我发现你有一丝半点对不起她，就算拼掉我这条老命，我也不会放过你。"

陈学飞诚恳地点了下头。

向天歌一个晚上都没怎么开口说过话，晚餐结束，她一个人在厨房洗碗，向爸端着个茶杯进来。

听到门口有响动，向天歌回头看了一眼："我知道您想说什么。"

"有些话当着他的面我不好明说，但爸爸还是要你知道，你不必在乎周围人的眼光，也不要管他们都说了些什么，你只要知道，不管你做什么样的决定我都是支持你的。我想我的女儿快乐，过她自己想过的生活，除此之外什么都不重要。"

向天歌洗碗的动作一顿，仿佛过了很久之后才有些僵硬地转过头来对向爸笑道："我没事的，爸爸。我只是觉得，假如不能嫁给爱情，那么嫁给谁都无所谓了。"

做了复婚的决定之后，陈学飞和向妈屡次催促向天歌去民政局领证，但向天歌一直借口工作忙不肯去，总是拖着。为什么而拖着，她也说不上，大概是心还没有凉透，对未来还存着一丝希望吧。

向妈催急了，向爸就替女儿说两句，而陈学飞投鼠忌器不敢再逼向天歌。这事儿就这么一直拖着了，拖到了西京入夏，拖到了三伏天里。

说是三伏天，这一年的向天歌却一点都不觉得热。

陈学飞很快就进入了自己的角色，每天上学放学接送小泰平，也没人再嘲笑泰平的爸爸是假的了；向妈也算是挺直了腰板，又重新出现在广场舞的人群当中，和年纪相仿的人说说笑笑……

这样或许也挺好的，向天歌试图这么催眠自己，可每次想到要去领证，她就又退缩了。

陈学飞逼不动向天歌，打算曲线救国，带着她去看房子。

这套房子位于市中心的高档公寓，大平层，屋内装修奢华，阳台宽敞，站在那里向下望去，似乎整个西京都被踩在了脚底。房子是陈学飞刚从美国回来的时候看的，那时候他曾想过倾其所有地对向天歌好，给她住最好的房子，给她买最贵的首饰……

然而陈学飞回来之后听到的第一个关于向天歌的消息就是她结婚了，和泰阳，有了一个女儿。他愤怒到无法遏制，设计了那场酒会就是为了让向天歌难堪、让她后悔、让她忘不掉他。

这些话再也无法感动饱经风霜的向天歌了，她听着这些狗血的表白，就像是在看一部蹩脚的电视剧，内心毫无波澜，只想按下快进。

向天歌给陈学飞做了一个打住的手势，示意陈学飞不要再说下去了。她不想继续在这些细枝末节上纠缠来纠缠去，陈学飞已经不能牵动她任何的喜怒哀乐了。

如果不是为了泰平，如果不是为了妈妈，她不会再给他这次机会。如今是给了这机会，却再也不是因为爱情了。

陈学飞停下了回忆，趴在阳台边上和向天歌继续说这套房子："我知道你跟泰阳是假结婚之后，我就联系了这里的房东，将这套房子买下来装修。如果没有你们，它什么都不是，连家都算不上。天歌，我很开心，从今往后，这里就是我们的家，我们去把证领了吧？"

"好，等忙过这段吧。"向天歌勉强笑了笑，这是她能做出的最大让步了。

事到如今，向天歌反倒是有些感谢当初陈学飞的无情无义。若非这次同泰阳假结婚，她大概一辈子都看不清楚自己的真心，也一辈子都解不开曾经的误会，然后与泰阳各自欢喜，再到各自安好。

她想过，如果那时候陈学飞没有丢下她一个人去美国，也许今天，他们就会是这世上最平凡的一对小夫妻。她仍然会把泰阳当作哥哥，当作她埋藏在心底的一粒朱砂，只浅淡提起而从不敢去回想。

又或者，如果陈学飞当年离开的时候她并没有怀上泰平，她也不需要找人假结婚，那她跟泰阳至今还是相互斗气又相互折磨的好邻居，永远都不会相濡以沫。

如果，如果……太多的如果。

也许在若干年以后，她回想一生，会记得自己轰轰烈烈地爱过一场，不论结局好坏，都不后悔。

　　看来房子也没能打动向天歌，陈学飞又把主意打到了泰平身上。他带着孩子去了派出所改了名字，改叫了陈平。

　　向天歌就算不愿意也无法理直气壮地反驳，毕竟泰平确实是陈学飞的亲生女儿，改名字的那天她也跟着一起去了。

　　办完户口，工作人员改口唤泰平为陈平，小泰平"哇"的一声又哭了，委屈至极，嚷嚷着要爸爸。

　　陈学飞立刻沉下了脸："要什么爸爸？我就是你的爸爸！"

　　"不是你！不是你！我要我的另外一个爸爸！你不是他！"小泰平又哭又闹，对着陈学飞拳打脚踢。

　　而陈学飞也瞬间变了脸，不再是那个有钱、好脾气的富爸爸了。他呵斥小泰平："没有什么'另外一个爸爸'，从今往后你只有我一个爸爸。我要你看着我，以后不许再叫别人！"

　　"我不嘛我不嘛，我要我的'假爸爸'，呜呜呜，我不要你，我不要你……"

　　小泰平哭闹得正凶，刚刚去洗手间的向天歌出来了。她听见陈学飞吼小泰平："假的就是假的，一辈子都成不了真的，更何况你的'假爸爸'现在不要你了，以后除了我这个爸爸也再没有人会要你，你给我记住了！"

　　他的声音不大不小，但那不怒自威的模样还是将年纪尚小的小泰平给吓住了。

　　小泰平一时忘记哭泣，怔怔地望着他。

　　陈学飞正准备抬手轻抚她的头顶时，她忽然一个转身就跑了。

　　小泰平朝向天歌奔去，一把抱住她的腿并躲到后面去。

　　工作人员叫着陈学飞的名字，他看了他们一眼，拿着手里的证件上前去。

　　向天歌的心情蓦地沉重了起来，她开始变得惶恐。

晚上照例给女儿洗完澡后哄她睡觉，向天歌躺在装饰一新的儿童房里，一边给小泰平念着手里的童话书，一边亲抚她的额头，希望她能快些睡去。可小泰平今日全无困意，甚至连童话故事也听不下去了，她问："妈妈，我们什么时候回家？"

"怎么了，泰平，你不喜欢新家吗？"

小泰平红着眼睛摇了摇头："我想回家，我不想在这里……我想爸爸……就是我爸爸，我不想跟这里的爸爸在一起，我想回家去。"

向天歌听得一阵心酸，但还是不得不安慰女儿："这里的爸爸很爱你，而且你不是也很喜欢他给你买的花裙子还有玩具？"

"我不想要裙子，也不想要玩具，我就想要我爸爸，让他来接我。"小泰平忽然揉着眼睛嘤嘤地哭了起来。

向天歌一把抱住了小泰平，她看着女儿哭，自己也想哭。她委曲求全地想给女儿的幸福，原来并不是真正的幸福，就像是向妈期待女儿的婚姻美满也不是真正的美满！

小泰平哭累了，就沉沉地睡去了。向天歌轻轻地放下她，掖好被子，悄悄地从屋内退了出来。

关上房门，向天歌如释重负，转身到厨房喝水。

她去了厨房，竟然忘了自己是来干什么的。她打开冰箱，里面空荡荡的，她就这么怔怔地发呆，直到腰间感受到了一点温热，然后突然一紧。

站在冰箱前的向天歌被吓了一跳，还未反应过来便已落入了身后人的怀抱中。她全身的神经都紧绷了起来，下意识地想推开身后的人，却又用理智逼迫自己站在那里，一动不动。

陈学飞吻了一下向天歌柔软的头发，然后是耳垂接着是脖颈。

她忽然一个激灵，仿佛被雷电劈中，浑身战栗不止："陈、陈学飞……"

"天歌，我喜欢你叫我'学飞'。"

她的头皮发麻，考虑复婚是因为流言、因为母亲的期望、因为泰平的成长。她从形式上有了一个家，却忘了自己不但是妈妈也是妻子，她终于明白自己一直拖着不愿意领证是因为什么，因为她不愿意做他的妻子，哪怕只有一天。

向天歌想制止陈学飞，在他的怀中极力地扭动着，想要脱离他双臂的桎梏："学、学飞，你不要这样……"

"陈平已经睡了，她不会打扰到我们。这些天，你天天都是在她房里睡，我知道她年纪还小需要人陪，可是我呢？我也很需要你，今晚，我要跟你睡……我们早点去把证领了吧！"他边在她的耳边说着话，边将她推靠在冰箱上，想在这里脱掉她的衣服。

向天歌奋起反抗，用力一推，却没能撼动他半分。眼看着他的嘴要吻上来，她下意识地打过去一记耳光，打得整个厨房都是回音。

陈学飞的表情僵住，还没等他反应过来，向天歌已经说了句"对不起"，然后飞也似的离开了。

这一晚向天歌在床上翻来覆去，怎么都睡不着；而陈学飞亦是如此，到天快亮的时候，陈学飞来敲了敲她的门，他不知道一门之隔的里面，她有没有在听。

他说："我知道咱们的第一次让你不太愉快，也因为我太过急切地想要拥有你，因为害怕失去你，而做了一些令你不开心的事，你怪我，我能理解。可是，这么多年过去了，既然咱们决定重新在一起，不管什么原因，是不是都应该给对方一个机会，接受彼此？

"天歌，我爱你，我愿意给你时间，只要你不愿意我绝不勉强。但是也请你给我一个机会，我们给陈平一个完整的家，好不好？"

隔了很久之后，门板里才传来淡淡的一声："嗯。"

得到了回答的陈学飞如释重负。

第七章
心 上 一 道 疤

那天之后，陈学飞不再勉强向天歌做任何事情。在家里，他不再去强行亲近向天歌，也不再提领证的事，对陈平不肯认自己也多了些耐心；工作上，向天歌不喜欢他经常来，他就干脆不去了，工作上的事情都交给下面的人去接洽了。

陈学飞人虽然不来了，可他和向天歌、泰阳之间的狗血往事还是《真爱》员工茶余饭后的最大谈资。社里的人简直对向天歌要顶礼膜拜了，从泰阳到司徒锦到陈学飞，全是钻石王老五！

"向姐要是出本如何撩男人的攻略，咱们杂志肯定大火！"

"咱们杂志社也不知道是拜了哪路财神，小白最近也飞黄腾达了！"

"小白？"

"就是之前追她的那个小地痞，老跟着泰阳那个，现在是拆迁户了！"

洗手间里众姑娘一声尖叫："哪个城中村？"

旁边的人悄悄地说了一个地名，尖叫声更大了。

"天啦！小白姐真是求仁得仁，她不是一直非'拆二代'不嫁吗？"

几个女人叽叽喳喳地边说边离开了洗手间，最里面的门才被打开，向天歌从里面出来，正碰见迎面而来的小白。

"小白？"向天歌正在洗手，对着镜子喊了一声。

小白这才抬起头，她面容有些苍白，看着镜子里的向天歌，打了声招呼："向姐？"

"晚上有时间吗，一起喝一杯？"

"哦，好！"小白点了点头。

下了班，向天歌和小白去了老城区里的酒吧。这里原本是郊外的旧工厂，乏人问津。直到有开发商收购这里，在保留工厂原貌的基础上进行翻修，才有了这里别具一格的复古风情，带着浓郁的工业风，吸引了一众年轻人。

小白坐下便问向天歌的近况，向天歌一笑带过，不愿意提。小白替向天歌叹了口气："我还以为你跟前夫复合以后会过得很好。"

"过日子就这么回事了。"

"泰哥呢？你们还联系吗？"

向天歌没有回答，小白也就明白了："也好。"

"我听说，你最近也有喜事？"

"连你都知道了。嗯，我答应青皮的求婚了！"

向天歌犹豫再三，还是和小白说："小白，婚姻不是儿戏，我知道你想找个'拆二代'，但这值得你付出一生吗？他是要陪你过下半辈子的人，是你孩子的父亲！"

"向姐，你刚才还说过日子就这么回事呢！"

"我是没得选……"

"向姐，我想得挺清楚的。我和我表姐不一样，她只要有钱人，做的是风险投资，是拿她的身材和美貌去博取上位的机会。我找'拆二代'，是想要稳定的生活，是想少奋斗两年。"

"用奋斗换自由不好吗？"

"向姐，你所谓的奋斗是没有后顾之忧的，是失败就失败了的。

但我不一样，我经历过太多流离失所的日子，所以我想要有保障的婚姻。'拆二代'最实在了，房子实在，拆迁款实在，没读过几年书的青皮就更实在了。"

"你爱他吗？"

"向姐，爱情是奢侈品，不一定非要有。"

向天歌忽然笑了，她发现她说不过小白，她也没资格去说小白，她自己的人生都是一团糟，她还不如小白，她连自己想要什么都不清楚了。

向天歌和小白喝完酒，又去了爸妈家里把小泰平接了回来。因为和陈学飞说过自己会晚回，陈学飞便在晚上安排了其他事情。向天歌到家的时候他还没回来，整个客厅黑漆漆的，只有玄关处留了一盏小灯。

把泰平安顿好，向天歌就进了洗手间，独自一个人坐在马桶盖上，回想着刚才与小白的对话，只觉得心底一片冰凉。时代大概是真的变了，她没有立场去干涉小白的决定，只能默默地祝福小白幸福。

向天歌从洗手间里出来，就看见小泰平坐在茶几前画画，她先是一愣，走过去问："怎么还不睡觉？"

"妈妈，我要画画。"

向天歌在泰平的身边坐下来，才看清小泰平的"画纸"是一个已经拆封的安全套。

她一把将"画纸"抢过，上面赫然是小泰平刚刚画上去的小兔子。

"怎么了，妈妈？"小泰平显然被她刚才的举动吓了一跳。

这张"画纸"是一个安全套的外包装，而里面的东西早就不翼而飞。

"这东西你在哪儿拿的？"

"爸爸房间捡的。"

"……"

"他床底下还有两个呢，但我够不着。"小泰平似乎对于颜色鲜艳的外包装特别喜爱，指着上面刚刚画好的小兔子对向天歌说，"妈妈你看我画的小兔子可不可爱？"

向天歌像是被五雷轰顶，只觉得大脑一片空白。

自己没有接受过陈学飞，那么这个东西他到底是和谁用的？向天歌厌恶地丢掉手里的东西，一阵翻江倒海的恶心。闭眼沉思的那一刻，她又一次质疑了复婚的决定。

向天歌把这个家的里里外外都翻了一遍，第二日一回到杂志社，她就把杨美丽叫到了自己的办公室。

杨美丽进来时还不带好气，拉开向天歌对面的椅子坐下便道："你找我什么事？"

向天歌盯着她看了一会儿，才拉开自己面前的抽屉，从里面取出一个装了一只耳环和一条丝袜纸袋，推到她跟前。

杨美丽拿过纸袋一看，猛地白了脸色。

"这么重要的东西，以后不要乱扔，怎么带来的就怎么带走。"

杨美丽半晌说不出一句应对之词："天、天歌……"

"行了，你不用说了。"向天歌打断她，"这个耳环是当初我陪你一起买的，我还记得是限量款，西京就没几对，我已经很久没有见到你戴了。"

"不是我的！"杨美丽忽然铁了心，"而且你忽然拿这两样东西给我到底是什么意思？"

"美丽，我当你是朋友才跟你说这些。倘若你做人小心一点，这些东西也不会被我找到了。"

"你说的话我一句都听不懂，我要出去工作了！"

杨美丽说完即刻起身，人还没走到门口，又听见坐在大班椅里的向天歌道："这些东西都是在我家门外的垃圾桶里找到的，他蠢你怎么也跟着一起犯傻呢？你把这些东西落在我家，而他把它们找到，然后扔进道的垃圾桶里。你们当真觉得我就不会出去倒垃圾，然后看到这些吗？"

杨美丽霍然回身："是他找我的，不是我去找他，是他缠着我不放。你为什么不去找他的麻烦而要来找我的？你还把不把我当成姐妹啊？"

向天歌有些沉痛地闭上眼睛："就是因为我当你是姐妹，所以今天才会叫你到办公室来说这么多。我以为经过上次的韩国欧巴以后，你已经痛改前非。可没想到过了那么久、绕了那么大一圈，你连我的家庭都要插上一脚。"

"向天歌你搞清楚，现在不是我要去破坏你的家庭，不是我要在你们之间插上一脚，而是你不给他碰，你连让他近身的机会都不给，我能怎么办啊？"杨美丽激动万分。

"所以你就代替我跟他上床？"

"向天歌，你一边霸着泰阳，一边还要吊着陈学飞。你和陈学飞生活在一起，他算你什么？你们没有领证，你和他只是做了复婚这个决定，你只是搬去了他的家里。除此之外，你根本不是他的妻子，连女朋友都算不上！"

"美丽，不管我跟陈学飞之间怎样，你都不应该介入我们之间，你走吧！"

"什么意思？"杨美丽怔了又怔，瞪大眼睛看着面前的向天歌。

向天歌努力让自己保持冷静："意思就是，从现在开始，你已经不是《真爱》的员工了，你走吧！"

"呵！向天歌，你为了一个男人就这样欺负你的好姐妹？"

"到底是谁欺负谁，我想你心里应该比我清楚吧！"

杨美丽看着向天歌的眼神里充满了戾气，她歇斯底里地质问向天歌："我为什么要一直活在你的阴影里？以前是这样，现在还是这样，我有什么比不上你的，你凭什么啊，向天歌！"

而对此，向天歌只是从座位上起来，冷冷地回了一句："在知道陈学飞出轨的那一刻，我感觉到的是如释重负，我也没什么资格去说他。陈学飞怎么样都无所谓，但你不一样，美丽，我一次又一次地容忍你的背叛，不是因为我傻，是因为我曾经拿你当朋友，而你没有。"

杨美丽看了向天歌很久，没再说什么，拉开门走了出去。

杨美丽被炒了，是一件大快人心的事情，本来社里的其他人对向天歌养闲人的行为就非常不满，如今她收拾东西，都没一个人上前去问一句。

此事之后，向天歌却只字未对陈学飞提起。

她相信杨美丽已经把她们那天的对话转述给陈学飞了，可她也知道，陈学飞是个聪明人，只要自己一天不戳破这件事，他就一天不主动去提，这样两人还能维持住一个表面上的家。

经历了杨美丽的这次事件，向天歌原本被陈学飞打动了一点点的心又硬了起来，不肯再给陈学飞任何一个亲近自己的机会，而陈学飞投鼠忌器，这段日子以来也不敢再去给向天歌任何压力，向天歌终于觉得自己得到了一丝喘息的机会。

她如今知道退让也不能顾全大局了，和陈学飞复合真的是一个错误的决定。

因为找不到小泰平的打预防针的小本，也不知道要去哪里打，向天歌不得已给泰阳打了一通电话。

她本来以为他不会接，两个人的办公室就在楼上楼下，可是说不见面就真的没有再遇见过，他们就像是两条错开的交叉线，自一点交会，然后越走越远。电话响到第十声，向天歌灰心地准备挂断电话。

"喂？"电话突然被接起。

她的声音哑了，沉默了许久之后才道："是我。"

"嗯。"

"……"

"找我有事吗？"

"我、我就是想问问你，知不知道泰平的疫苗本在哪儿？"

"她上次打好像是半年前，本子应该是落在我家了，回头我给你快递过去吧。"

"泰阳，你有没有必要这样？我们只是离婚，我也没有非缠着你不可，楼上楼下你也要发快递？"向天歌厉声冲他吼着，突然觉得这个电话打错了，本来就不该打。不然为什么只是听到他的声音，她就有种快要发疯的感觉？她挂了电话，把手机扔到了一边，趴在办公桌上调整了半天，才忍住没有哭出声。

不多时，手机开始"嗡嗡"作响，向天歌红着眼睛抬头，把扔在办公桌上的电话又拿了回来。屏幕上的来电显示上是泰阳的名字，屏幕一点一点暗了下去，在彻底熄灭之前，向天歌一把抓起手机，重新贴在耳边："喂？"

她的心下一片混乱，只害怕自己没有抢在他挂电话以前接起。

"你知不知道在哪里打？"

"我不知道，以前都是你带她去的。"

"泰平最近好吗？"

"嗯。"

"我回去以后看看打预防针的时间，等确定以后给你电话，我带她去吧。"

打预防针的那天，向天歌也跟着去了。

她说："我总得知道在什么地方，下次才能带着她来。"

泰阳点了点头，却根本不去看她的眼睛。

小泰平许久未见到泰阳了，自然欢欣雀跃到不行，连打预防针的时候都没有哭。临别之前小泰平紧紧抱住泰阳不愿意松手，一声声地问着泰阳为什么最近都不在家里。泰阳轻声哄着小泰平，向天歌只觉得眼睛刺痛，转开身不去看他们。

打完针回到家，向天歌一开门就看见陈学飞坐在客厅的大沙发上一声不吭。

两人都在沉默，然后又忽然异口同声地问对方。

"你吃饭了吗？"

"你去哪里了？"

向天歌锁上门，换过鞋进了屋，放下怀里的泰平说："我带泰平去打预防针。"

"泰平？呵……你到现在还是叫她泰平是吗？"

向天歌咬唇不语，陈学飞已经从沙发上起身。

他一步步逼近到她跟前，单手捏住她的下巴迫使她仰起头来。

他说："天歌，我自问已经给了你足够的耐心，可你从来不把我放在眼里？泰阳有什么好？他都不要你了，你还去缠着他做什么？"

"我什么情况你应该很清楚，这日子你觉得能过就过，过不了拉倒！"

"我们现在生活在一个屋檐下，我们才是一家人！你就算不顾及我的名声，你也要为孩子着想吧。有个和外面男人勾三搭四的妈妈，陈平以后上学怎么抬得起头。"

向天歌下意识地把小泰平往身后一藏，不想她看见自己和陈学飞吵架。

"女儿累了，要回房睡觉了。"

她想往前走，却被陈学飞一把抓住胳膊，拉回到自己面前："我现在就是想问问你，我们现在这样到底算什么？你到底什么时候和我结婚？他到底有什么好的就让你那么舍不得，难道他在床上比我厉害吗？"

陈学飞话音刚落，向天歌的巴掌就朝他面上挥去，只是巴掌还没贴到他脸上便在半空中被他抓住了。

藏在向天歌身后的小泰平看见这一幕，抱住了向天歌的腿，被吓得哇哇大哭。

向天歌听到女儿的哭声，想抽回手去抱女儿，手臂却被陈学飞死死地扣住了。

她不得已冲他大吼："不管你信还是不信，我跟泰阳之间清清白白。今天也是为了带泰平去打预防针才会联系的，别用你肮脏的思想来揣测别人！"

"我思想肮脏？你和我住在一个屋檐下，是我女儿的妈妈，却迟迟不和我去领证结婚，不让我碰你，我倒是要问问你怎么想的？孩子要打预防针，你不跟我联系，却跑去找外面的野男人？"

"我没有什么需要和你解释的！"向天歌只想抽回自己的手臂，然后带着女儿回房，和陈学飞多说一句话她都觉得是在浪费时间。

"好！你不需要，那我就来问问孩子！"

向天歌震惊地睁大双眼，来不及阻止，陈学飞已经松开了她的手，半蹲下来，在害怕得大声哭泣的小泰平跟前问道："陈平，你告诉爸爸，妈妈今天跟泰阳叔叔见面以后都说了些什么？他们有没有在一起睡觉啊？"

小泰平被吓得更加厉害，陈学飞却并没有要放过她的意思。

"陈学飞！"向天歌吃惊大叫，跟着蹲下去想要抱过小泰平。

陈学飞却一把抓过了小泰平，将她拉到自己面前，继续问她："以前泰阳叔叔还跟你们在一起过的时候，他平时都是在哪儿睡，跟妈妈做什么……"

没等他将话说完，向天歌已经怒不可遏，一把捂住小泰平的耳朵。

她用力地对他大吼："我跟你复合是为了泰平，如果泰平过得不好，那我宁可她没有爸爸！"说完这些，她抱起小泰平便冲出门去。

陈学飞转身狠狠踢了鞋柜一脚，对泰阳简直恨到无以复加。他掏出手机打了个电话，屏幕上显示着"陈学良"三个字。

电话被人接起，陈学飞的声音简直冷到了骨子里。

"是我。"

"哥？你都多久没给我打电话了。听说你发财了，怎么我给你打电话你都不接啊？"

"你现在少给我废话，有件事我要你去查。"

他把自己同向天歌的事大概同弟弟讲了，再说明意思，希望后者暗中去调查他俩究竟是什么关系。

陈学良听了，一阵不屑："你不都发财了吗？怎么还缠着以前的女朋友不放？当时我跟你去她家，她妈不是烦死我们了吗？干吗还要去看人脸色？"

陈学飞一通虎骂，然后挂断电话。

狠狠咬了会儿牙后，陈学飞又厚着脸皮出门了，他要去准岳父母家接向天歌回家。

向天歌不想向爸向妈跟着担心，虽然不想见陈学飞，也还是跟着他回了家。

小白知道此事之后直骂向天歌尿："你不想回去那就不回，谁又不能把你怎么样。"

"是没有人把我怎么样，可我当初和他复合的初衷，就是不想让身边的人再担心我了。毕竟我爸的年纪也大了，而我妈的身体又不好。一个三婚的女人，能够让他们放心的方式并不太多。"

小白一阵唉声叹气之后离去。

陈学飞又开始打着合作方的旗号出入《真爱》杂志社了。他来道歉，向天歌便顺着他给的台阶下了。只是经此一役，她的心更凉了几分。总觉得除了心凉之外还有些麻木，本来她以为自己会哭的，可张嘴竟然是笑。

其实她和陈学飞之间，没什么原谅不原谅一说，她根本不恨他。

那天吓坏了小泰平之后，陈学飞又开始讨好小家伙，他买了一大堆好吃的和好玩的回来。可这一次，小泰平却是无动于衷，见着陈学飞就害怕，就大哭，抱着与泰阳合照的项链哭着要爸爸。

起初一两次陈学飞还能忍，次数多了，他干脆直接将项链抢来摔在地上。

项链壳被摔坏，小泰平大叫一声扑上前去，刚把东西捡起便听见陈学飞大喝："泰阳死了！"

半大的孩子哪里听得懂是真是假，一时呆愣在原地好半天都反应不过来。

陈学飞不怀好意，又恨恨地道："你那个假爸爸早就已经死了，以后都不用再去想他！"

小泰平浑身一颤，张嘴便号啕大哭。

这一年的夏天颇为难熬，是向天歌出生以来最难熬的夏日，每天回家的心情犹如上坟，她每天也都在问自己这样的决定到底令谁满意了？

泰平满意吗？

小泰平只喜欢泰阳，对陈学飞特别排斥，尤其是在陈学飞摔烂泰阳的照片项链以后，小泰平更是干脆不和他说话了。

向爸向妈满意吗？

向爸向妈以为的家庭生活，都是向天歌编造出来的虚假繁荣，他们满意的只是自己编造出来的故事。

秋天之后，因为"天旅"开发的有美国线路，所以陈学飞不时要飞美国。这给了向天歌一丝喘气的机会，却让陈学飞与小泰平之间的关系越来越僵。

向天歌还在努力地做和事佬，帮忙改善孩子与陈学飞之间的关系。她劝陈学飞给小泰平一些时间，毕竟他缺席了那么多年，让这样一个半大的孩子，在短时间内接受一个陌生人一样的父亲并不是件容易的事。

唯一能修复父女关系的是真心地相处，而不是盲目地给孩子花钱。

陈学飞很清楚自己和向天歌的关系很难破冰了，如果再抓不住女儿最后只会落得一场空，他让秘书调整了工作时间，多抽了些时间来陪陪孩子。

正值秋季入园，已经上大班的小泰平出落得越发漂亮可爱，老师和同学也都很喜欢她。

照例新学期开学都会举办家长会，陈学飞主动请缨，打算代替向天歌到园里去开会。因为到得晚一些，他没能够站在家长的前排，只能待在稍微靠后一点的区域。

这个老师是新来幼儿园的，对学生家长都不太熟，趁着表彰杰出小朋友发大红花时叫家长上来一同领奖照相，顺便也认识认识这个班孩子们的家长。当念到小泰平的名字时，陈学飞赶紧从人群中往前挤。

老师弯腰为小泰平别上了大红花，然后蹲下身问小泰平："今天是你爸爸来的，还是你妈妈啊？"

小泰平抬头往人群里一张望，待看见陈学飞的身影后，有些失望地低下头来："爸爸。"

陈学飞走到了台前，老师热络地招呼着家长，她问陈学飞："您就是泰平的爸爸，泰先生是吧？"

陈学飞瞬间黑了脸："我姓陈。"

"啊？"老师立刻就蒙了，"那您不是泰平的爸爸？"

"我是陈平的爸爸！"

"咱们班有人叫陈平吗？不应该啊！我虽然是新来的，可是咱们班的小朋友叫什么我全记得，没有一个叫'陈平'的。这位家长，您是不是走错地儿了？"

"他是泰平的爸爸！"正当老师犹豫疑惑的当口，在座的小朋友中，有人高声喊道，"不过他是泰平的假爸爸，哈哈哈……"

又有小朋友叫道："不对不对，这个是真爸爸！"

"假爸爸！"

"真的啦！"

几个孩子你嚷来我嚷去的，令整间教室忽然热闹起来。

老师正茫然不知所措。

站立在跟前的陈学飞咬牙道："你既然是这里的老师，就应该搞清楚自己班的小朋友叫什么名字。"

"泰平的作业一直写的是这个名字，我们怎么可能弄错孩子的名字呢？"

陈学飞一把抢过小泰平的作业本，几乎每本作业的封面上都用铅笔，把他曾经写上去的"陈平"中的"陈"涂黑了，歪歪扭扭地在一旁写了个"泰"字。

陈学飞当众出了丑，恼羞成怒，还没等出幼儿园便在大门口教育起小泰平。

小泰平被吓得不轻，因为向天歌不在，她也不敢大哭，只是红着双眼瑟缩地站在原地。

"你凭什么欺负我们家泰平！"

不远处传来一声急喝，然后噔噔噔跑过来一个半大的孩子，将泰平挡在身后。

"大宝哥……"

"你放心，只要有大宝哥在，就不会让别人欺负你！"

来人正是大宝，他一边挡着小泰平，一边怒狠狠望着面前的陈学飞。

陈学飞正皱眉，已经听见旁边又响起一声娇滴滴的轻唤，原来是娇滴滴的大宝妈妈赶忙追了上来。

大宝妈妈把大宝往怀里带："真是不好意思，我们家大宝调皮了，没有给您添乱吧？"

陈学飞刚想说没有，却见大宝妈妈望了望被大宝挡住的小泰平，然后又抬起头去望他，还环顾四周："咦？她的帅爸爸怎么没有来啊？"

陈学飞黑了脸色。

大宝妈妈自知说错了话，想起刚才孩子们争执，又忽然想起来泰平的家庭有点混乱，立刻补救道："哎呀，对不起啊！不好意思，我不知道你们家里的事，我也不知道什么真爸爸假爸爸……大宝，我们快回家吃饭。"

大宝妈妈想拖大宝走，可大宝还站在那里瞪着陈学飞。

小泰平也不愿意跟陈学飞回去，哭着喊着要跟大宝走。

两家家长费了九牛二虎之力才将两人分开，谁知道一进家门小泰平便狂奔进房，把门关上再反锁，死活都不愿意再见陈学飞。这个情况持续到第二天也没有好转，原计划让陈学飞送小泰平去上学，可小泰平说什么都不和他出门，只好向天歌去送。

到了幼儿园门口，向天歌问小泰平："泰平，是不是昨天发生了什么事情？"

"妈妈，我是不是永远都见不到爸爸了？"

"爸爸不是在家吗？你在生他的气啊？"

小泰平低下头来："我说的是另一个爸爸。"

向天歌小心地措辞："泰平，每个人都有每个人的生活，为别人好的方式，就是我们尽量不要去打扰别人的生活。所以，你不能再去见他了。"

小泰平的眼睛倏然便红了，还没等向天歌再说话，她转身就跑了。

等进入园内与大宝碰了头，小泰平一个没忍住，突然就哭了。

"正阳道馆"内，骨骼的清脆声传来，震慑住了在场所有的人。

与泰阳一起做示范性动作的助教被吓了一跳，赶忙松开对泰阳的钳制，泰阳明显已经骨折了。

青皮赶忙奔上前来，重新安排教学工作以后才将泰阳带到场边。

"你是怎么回事？这个月已经第四次了，不是脱臼就是骨折，这样还怎么当别人教练？你都快把别人给吓死了！"

泰阳回到休息室里，取出药箱自行包扎。青皮一见他这娴熟的姿态就来气，恨恨地说："如果真的这么想向天歌，当初又干吗要跟她离婚呢？我嫂子又不是不跟你过！"

"我的事你不会明白。"

"我是不明白！可我更不明白的是，你这每个月都要弄伤自己几次，什么时候说不准就弄死了！"

"死了也好，一了百了。"死了，就真的不用去想她，也不用再去想小泰平了。他这几天只要一闭上眼睛脑海里就是她们，所以他不敢闭眼也不敢睡觉。他怕梦到她们，他怕想起以前的时光，怕醒过来发现屋子里只剩自己一个人了，这种感觉让人失望。

泰阳说话的声音十分低落，听得青皮也跟着好一阵难过。

青皮让他多休息，恍惚间，泰阳听到似乎有什么人在唤"爸爸"。

泰阳以为自己出现了幻听，等到小泰平那小小的身影出现在休息室门口时，他猛然一抬头，忽然怔住。

"爸爸——"小泰平又叫了一声，扑上前去，一把将坐在椅子上的泰阳给抱住。

原来，是大宝带着小泰平来的，两个半大的孩子，背着各自的小包，突然出现在休息室门口。

泰阳想也没想，下意识地用力紧紧抱住小泰平，才听见她带着哭腔说："陈爸爸说你死了，他说我再也见不到你了，呜呜呜……他是坏人，我不要爱他，我要爸爸，呜呜呜……"

泰阳心疼到不行，但为了不伤害小泰平，只能委婉地道："泰平，爸爸本来是死了，可是爸爸又活过来了。因为想泰平，神仙就把爸爸复活了……"

"爸爸……呜呜呜……"

青皮的鼻头也酸，抬手揩过一把，只能叹息一声就从休息室里出去了。

等两父女叙完旧，泰阳想下楼去将泰平交给向天歌，可小白说向天歌出去开会了，结束之后会直接回家。泰阳不得不在天黑前先将大宝给送回去，然后再送小泰平回陈学飞的家。

小泰平领着泰阳找到了家，他站在门外敲了敲门。

不多时，陈学飞出来开门了，而向天歌正在屋里急得团团转。

"泰平！"向天歌大叫一声冲上前来，在门口与小泰平抱了个满怀。

小泰平浑身冰凉，她带着泰阳在外面东拐西转，就是不肯回家。最后见泰阳要给向天歌打电话了，才给他指了对的路。

西京的天气入秋以后便格外寒冷，向天歌来不及追究什么，赶忙将女儿抱起，准备给她洗个热水澡帮她暖暖已经冰凉的身体。

而陈学飞却气不打一处来，新仇旧怨此刻一股脑地涌上心头："你这算什么？拐孩子？"

　　跟在后面的青皮看不过去，厉声冲他吼道："你是哪儿来的疯狗，没吃饱吗，怎么见人就咬？"

　　泰阳赶忙抬手将青皮挡住，然后开口解释："我如果要拐泰平，现在就不会给你们送回来。"

　　"什么泰平不泰平的，我再说一遍，我女儿叫陈平！"

　　"总之孩子我给你们送回来了。但你摸着良心问问自己，你到底是怎么对她的，她还只是一个五岁的孩子！"

　　"我的女儿，我想怎么对待那是我的事，用不着你来多管闲事！"

　　"你别不知好歹！"青皮大叫一声突破泰阳的防线，突然向陈学飞扑了过来，却叫陈学飞一顿收拾，钳制在地。这一反转叫几人都猝不及防，原来先前挨打只是陈学飞在装弱势而已，今日的陈学飞早已不是当初的陈学飞了。

　　青皮学艺不精，被人扣在地上哇哇乱叫。

　　泰阳不得不出手将陈学飞逼退，然后冷着声道："我把她们让给你，不是因为我没本事同你争，而是不想让她们在风口浪尖被人议论！今天我把泰平送回来，是因为她需要妈妈，而不是因为你！你过去怎样，我一点都不想管。但如果从今天开始，再让我知道你对她们不好，我赔上性命也不会让你好过！"

　　陈学飞被泰阳的气势震慑住了，正准备往后退开，却又意识到这里是自己家，输人不输阵，他不能让人看出端倪。他佯装镇定地说："你当自己是谁，凭什么跟我说这些？"

　　泰阳重重一拳砸在他的大门上，发出巨大的一声响。他逼近陈学飞，用着几乎咬断牙根的声音道："下次再惹我，这一拳就是砸在你身上。"

　　陈学飞被吓得脸色变白，而泰阳带着青皮已经转身离开。

　　泰阳回到家里，余怒未消，泰爸和泰妈一直坐在沙发上等他回来。

见泰阳终于进门了，泰妈赶紧站了起来，可走过去看到周身都写着不高兴的泰阳，泰妈又把到了嘴边的话咽了下去，只问了一句："怎么才回来？"

"哦，遇到点事儿。"泰阳应声道，"我吃过了，你们不用管我！"他说完这话本想回房，可看着泰妈还站在门口，这才意识到她是有话想对自己说，便停住了脚步问，"怎么了？"

泰妈犹犹豫豫地开口："泰阳，妈妈有件事想求你，但又不知道该不该说。"

泰阳有些茫然地看着自己的母亲。泰妈回头看了看坐在轮椅上的泰爸，才道："你爸爸想泰平了。"

"……"

"我知道你跟天歌已经离婚了，也知道泰平不是我们家的孩子，可是……可是我们毕竟养了她五年，我还记得她被人包在襁褓里带到我们跟前的时候多么可爱……"

泰妈说到这里，已经忍不住开始拭泪，就连坐在轮椅上始终都没吭声的泰爸也憋红了眼眶。

泰妈说："我就想，泰平虽然不是我们的亲孙女，但到底是我们一把屎一把尿拉扯着长大的孩子。天歌搬走以后把泰平也带走了，我跟你爸爸想躲在远处偷偷看她一眼都不行，我们真是想她了。"

"妈，"泰阳万分无奈地道，"当初让我离婚的是你们，现在想见泰平的也是你们。"

"我知道这样的要求太过分了，可是我跟你爸爸真是没有办法，我们就想见见泰平。"

泰阳最终也没有答应自己母亲的要求，只是说了句："别去打扰她们的生活了。"

第八章
我们还可以有未来吗

泰妈没有听泰阳的，还是私底下偷偷去找了向天歌。

泰妈本来以为向天歌会拒绝，却没有想到她居然爽快地答应了，并很快带着女儿去了约定的小公园。

小泰平远远就见泰妈和泰爸在小公园里，大叫一声"爷爷——奶奶——"便狂奔而来。

小泰平见到久违了的爷爷奶奶很是兴奋，泰爸泰妈也激动到老泪纵横。

看着三个人紧紧相拥，向天歌正觉得欣慰，却忽听身后一声呵斥，她转头就看见陈学飞走来。她有些吃惊，正准备问他为什么会出现在这里，他就已经飞快地冲上前去，将小泰平从二老的怀里给拽了出来。

"这算什么？小的腻不动就换老的腻吗？弄两个老不死的抱着我的女儿又亲又摸算怎么回事啊？"

"陈学飞！"向天歌大呵，没想到他能在两个老人家的面前说出这么难听的话。

"这是我的女儿，骨子里流着我的血的亲女儿，给他们家当了这么多年便宜女儿便宜孙女，现在还要来霸占她是什么意思啊？他们有什么资格见陈平？陈平是我的女儿！"

小泰平被陈学飞拽回来，吓得哇哇大哭。

向天歌着急上前去抢，却又害怕弄疼了女儿，急得手足无措："你弄疼她了！陈学飞你放开泰平！让她见爷爷奶奶是我同意的，你没资格说别人！"

向天歌又气又急，陈学飞却忽然笑道："我没资格，那谁有呢？是这两个老不死的，还是泰阳？"

向天歌终于找到机会抱回了泣不成声的小泰平，她紧紧地搂着孩子，轻拍着孩子的背试图安慰孩子。而陈学飞已经在下一刻用力去踹泰爸的轮椅。泰妈轻叫一声赶忙去扶，却根本稳不住泰爸，泰爸的轮椅差一点被踹翻，被气得背过气去。

陈学飞正要去补上一脚，旁边忽然一道黑影闪过，一把揪住他的后衣领将他甩了出去。

"我忍你很久了！"泰阳怒吼一声提拳便上，冲着陈学飞的眼角就是重重一拳，砸得他眼圈都青了。

陈学飞虽然跌坐在地，却是轻蔑地看着泰阳："你以为现在还是暴力解决问题的年代吗？"他趁泰阳不备，又突然扑身上前。

泰阳哪里是容得挑衅的主儿，闪身错开，回首又一拳砸到了他的脸上。双方陷入了混乱的交战，两个男人谁也不肯让步，提着菜正准备回家的向爸正巧经过这个公园，看到了眼前的情况，赶忙跑了过来。

向天歌红着眼睛抱着小泰平站在一边，泰爸泰妈又急又气，轮椅也歪斜在一边。向爸一见这个情况，冲上前去一把将陈学飞从战斗中拎了出来："你想做什么？"

"爸，我，他……"陈学飞看见向爸，一下子就急了，想着怎么囫囵解释过去。

可向爸到底不是向妈，没那么好糊弄，向爸厉声呵斥："我看得明白！"

陈学飞虽然咽不下这口气，可在向爸面前也不敢再造次，只得闷不吭声，任凭向爸训了几句，然后赔了几句不是，先离开了。向天歌赶紧过去向泰爸泰妈赔礼道歉，把小泰平交给了向爸先带回去。

这次陈学飞闹的事情，让向天歌在老人面前把脸丢尽了。她感到前所未有的心累，到头来原来自己所有的牺牲都只是感动了自己。她当初与陈学飞复合，是因为泰阳，是因为向妈，是因为小泰平，如今委曲求全换来的却是这样的难堪。

向天歌回家后，想和陈学飞再谈一次，而这一次谈话也变成了争吵。

陈学飞冷笑出声："我有什么错？我所做的一切都是为了这个家，而泰阳是破坏我们家庭和睦的最大因素！"

哀莫大于心死。向天歌已经不想再去争辩什么，她转身想离开，陈学飞却一把拉住了她："你上哪儿去？"

"你放开我！"她用力挣脱开了他的钳制。

陈学飞连忙举双手投降："好好好，今天的事都是我的错，是我以小人之心度君子之腹，全都怪我，咱们不生气了不吵架了，好吗？这事儿全都怪我。"

向天歌摇头："陈学飞，这不是我想要的生活。"

陈学飞冲着向天歌吼了起来："我都已经道歉了，你还这么不依不饶的有意思吗？"

"你离开西京五年，在泰平的生命中也缺席了五年。这五年里，从她出生开始，陪伴和照顾她的都是她的爷爷奶奶，就算你是她的亲生父亲也没有权利剥夺这份感情。"

陈学飞嗤笑出声："他们是陈平的爷爷奶奶，那我爸我妈又算什么啊？行行行，总之今天的事情我不跟你计较，我就当没这回事情，以前是我被动缺席，但以后我不会再缺席了。所以这件事情就这么翻篇，以后我会弥补陈平的！"

"你还是不明白我的意思，陈学飞，也许你也永远都理解不了。"

向天歌说着说着，也不知道怎的，竟然笑着哭了。

她仰起头来深吸了一口气："算了吧，陈学飞，我们注定不是一路人。每次你一出现，我的生活都会变得混乱不堪，我们为什么在一起，是为了泰平。但泰平现在每天都不开心，我都不知道自己还图什么呢？"

"天歌，"陈学飞听到这话，语气忽然软了下来，"我这不都顺着你的意了吗？你要是想带着陈平去见泰阳的爸妈，你和我说呀，我带着她去！"

向天歌擦干眼泪与他对视："今天我会搬回我爸我妈那儿去，你不要来找我，我想冷静冷静。"她说完话便头也不回地走了，独留下陈学飞站在原地把泰阳往死里恨。如果不是泰阳，事情哪里会到这个地步？

陈学飞没想到自己千辛万苦设计了两人离婚，泰阳在向天歌心中的位置还是无法撼动。他愤怒至极又冷静了下来，拿出手机给自己的弟弟陈学良打了通电话，既然泰阳阴魂不散，那就别怪他出招太狠！

陈学飞给自己的弟弟吩咐了如何行事，陈学良却尿了："这样能行吗，哥？万一我要是被抓了，怎么办啊？"

"你就这么蠢，花钱的时候跟个二大爷似的，办起事儿来就跟猪一样？"

"得，你别骂我啊！是我嫂子对不起你又不是我，你冲我吼什么啊？"

陈学飞气急攻心，又在电话里说了些难听的话后才将电话挂断。转头去望窗外漆黑的夜色时，他狠狠咬着牙道："泰阳，这次我看你还怎么死里逃生？"

深夜，道馆内突然起火，继而映及了整个楼层。

等火警铃响起，保安匆匆赶到现场，确认火情再报火警时，不只是这一层楼烧得没了模样，甚至还映及了楼上楼下两层。

向天歌半夜接到通知赶到现场，小白和青皮等人已经到了。一见她过来，小白便赶紧汇报说："向姐，我们社虽说受到的直接火灾损害比较小，但因为触发了自动灭火装置，社里大部分机器都泡了水，楼上泰哥他们的情况就更惨了。"

青皮更是一脸后怕地道："要不是我早没住在那里面，今天说不准还得搭上我一条命……不对，要是我还住在里面，也许第一时间就能阻止火势蔓延。哎呀，衰！这谁弄的大火，呸，净祸害人！"

向天歌这时候想起泰阳收养的那群住在道馆里的孩子，还没来得及张口询问，就听青皮说："说来也是走运，上午陈助教才把孩子们带到邻市比赛的比赛，观摩的观摩，幸亏里面一个人都没有，不然真是要被这些浑蛋害死！"

向天歌微微松了口气："知道是怎么起火的吗？"

小白摇头："还不清楚，火警进去勘查已经有一阵了，但就是不放我们进去。"

向天歌四下张望却不见泰阳，远远见到王和平向他们走来，说是火警勘查发现是烟头引起的火灾，但现场摄像头损坏严重已经无法还原经过，所以只能将起火点的老板也就是泰阳带进了拘留所。

"这火又不是我泰哥放的，你们凭什么抓人？"青皮第一个不服。

向天歌和小白也睁大了眼睛费解地看着王和平。

"暂时还不清楚具体的关系。"王和平淡淡看了青皮一眼，又转而对向天歌说，"我刚刚去内部打听到的消息，因为这次火灾造成的损失严重，上面要求严肃处理。再加上起火点是在道馆，所以作为法代，泰阳必须第一个接受调查。在搞清楚原因之前他可能会被关一阵子，等调查清楚才能放人。"

向天歌心跳加速神色凝重，怔怔地望着眼前的一切，只觉得一场暴风雨即将来临。

许久未见的黄多多又回到了西京，她怎么也没想到自己再回来是因为这则火灾的新闻。她到现场的时候，距离那场大火已经过去三天，可这周围依然挤满了围观群众和前来采访的人。

她搭乘电梯上楼，看见了道馆的满目疮痍。她双手掩唇，一个没忍住，眼泪便落了下来。黄多多转身从道馆出去，还没出写字楼的大厅便听到一阵嘈杂的声音，像是一群哭闹的孩子正同身边的大人起了争执。她远远看着那些穿着朴素的孩子，手上拎着或大或小的行李，一边穿越人群想往里走，一边却被身边的大人拦住不让进去。

那些孩子哭着叫着："求求你让我再上去看一眼，就一眼，呜呜呜……"

"别说现在道馆已经烧了，就是没烧，你们也不能待在这里！"身边的大人厉声提醒。

"我要泰哥！我要道馆！我不要跟你们在一起！"

"你已经按了手印，就是同意遣返。你应该感谢政府，感谢教育局，是他们给了你回家的机会！"

"我不要回家！这里就是我的家，我哪儿也不去！"一群孩子苦恼着，竟突然动起手来，想将那些抓住他们以及挡在他们跟前的人都打开去。

新闻记者纷纷蜂拥而上，也不知道是哪个部门的哪些领导派了下属过来，生拉硬拽，将那些孩子从大楼拉了出去。

黄多多无意在人群中看见青皮，刚轻唤了一声，青皮立刻红着眼睛转过头来，一见是她，也不顾上许多，小跑着上前："我以为我眼花了，多多，原来真的是你。"

青皮见着了黄多多，将最近的事情和盘托出。黄多多也没想到自己离开的这些时间里，泰阳身上竟然发生了这么多事儿。

这次的火灾也是奇怪，消防方面判断是人为原因，所以将泰阳拘留了，说是要配合调查，紧接着网上就突然爆出一段视频，名为"血腥与残忍，不打架的孩子只能回老家吃洋芋"……这一系列的事情，像是有预谋的，也不知道泰阳到底是得罪谁了。

黄多多听完，一头雾水："什么视频？"

"就是泰哥带道馆里的孩子出去比赛的视频，他们故意将打牢笼赛的，或者是孩子们打人、被人打的画面截取出来，上传网络。"

　　黄多多还是不明白："道馆怎么会有这么多孩子？"

　　"这些孩子是泰哥前不久收养的，有些是他在街上捡的流浪儿，有些是他从大山里带回来的孤儿，反正都是没人要或生活艰苦的孩子。泰哥把他们带回来养在道馆，免费教他们武术，然后给他们机会出去比赛。"

　　"他为什么要收养这么多孩子？"

　　"泰哥说，那些孩子因为没有一技之长，不是流浪就是在大山里啃洋芋，成天游手好闲，如果不好好引导，很可能就走到歪路上去了。那时候因为他跟嫂子的事情……名声已经坏了，很多人都不愿意再来道馆上课，泰哥就想着，与其让道馆这么空着，不如给这些孩子一个机会，所以他就收养了他们。"

　　"因为火灾的事情，这些孩子也跟着曝光了？"

　　青皮点头："我们当时也不懂那么多，只是单纯地想着给这些孩子一个机会，所以啥手续都没办。他们就说我们利用孩子牟取暴利，逼这些孩子学武，残忍地让他们出去打拳。"

　　"所以今天，他们就是来带走这些孩子的？"

　　青皮急得都哭了起来："现在网上全都是骂我们的人，不只是警方介入，调查我们收养这些孤儿的合法性，和是否组织未成年人参与商业比赛。就连教育部门都跳出来说话，说我们为了赚取暴利只让这些孩子学武，不让他们上学，要求把他们遣返回原籍，接受法定义务教育，还向社会公开声讨我们。"

　　黄多多怔怔地望着眼前的情形，没想到自己才离开没多久，西京就发生了这么多的事情。

　　她上网去搜"格斗孤儿"，发现青皮说得不错。自那则视频在网上公开后，舆论几乎一面倒地痛斥泰阳和他的道馆，说他是社会的渣滓，居然利用孩子圈钱。

她连忙给黄石打去电话："爸爸，我求你，帮我救救泰阳，救救他好吗？"

黄石一口回绝掉："别说他现在跟你没有半点关系，就算他是我的女婿，干出这么多丢人现眼的事情，我也没权利保他。你也不要在西京干耗，差不多就快回来吧！"

求助无门，黄多多只好把那段在短时间内点击量已经过亿的视频再找出来，反反复复看了很多遍，又给青皮打了几通电话，进一步了解和这段视频有关的内容。

青皮说泰阳收养这些孩子不仅没有虐待他们，反而是给了他们人生的第二次机会，帮他们摆脱贫穷。这些孤儿参加的格斗训练不是媒体片面理解的血腥斗殴，而是现在世界上发展最快、前景最好的体育运动，也就是MMA（综合格斗）。现在不管是在国外还是在国内，MMA都是正规、安全的职业体育运动，专业运动员的收入和前途都高于一般工薪阶层。是泰阳免费教他们，才给了他们成为专业运动员的机会！

泰阳的"正阳道馆"，在收养这些孩子之前，早就已经不是籍籍无名和水平可疑的小道馆了，而是国内最为顶尖的武术训练馆之一。这几年它培养出来的选手，很多成为赛事冠军和格斗明星，甚至是走向世界，成为各大国际赛事的签约选手。

"这几年，泰哥把他所有的心血都花在了道馆上。很多圈外的人不知道'正阳'在国内的地位，也不知道我们的整体实力和在业内的影响力，他们就认为我们想利用这些孩子。"

黄多多挂断电话，又去拜访了本地的武术协会。等清楚了解整件事情的大概后，她立刻与各大媒体联系，希望通过自己的力量为泰阳也为道馆正名。

可是这段维护之路走得似乎格外艰辛，人们只想相信他们愿意相信的事情。而媒体则是一边倒地报道这起社会乱象，他们更热衷于将泰阳塑造成一个十恶不赦的坏人，激起无知群众的同情心与善意，来不断扩大这件事的影响力。

黄多多维权维得心力交瘁。

她和王和平、青皮坐在路边摊儿上，王和平一边给她夹菜，一边出声提醒："能够从这件事上获益的人太多，所以真相是怎么样的已经没有人关心了。"

"我不明白，到底谁能从这种事上获益？"黄多多红着眼睛问。

"媒体能够获得关注度，相关单位能够获得政绩，无知群众能够找到释放善意的地方，对于他们来说目前的一切都是共赢的局面，想要打破这种平衡并不是一件容易的事情。"

"那怎么办？就任由我哥这么被人冤枉？"

王和平跟青皮都沉默着，直到姗姗来迟的小白在青皮的身边落座。

青皮神色凝重，小白一坐下便去问他怎么了。他摇了摇头什么也没说，倒是小白一脸轻松地道："我知道你们现在正担心什么，别的不好说，可是媒体这一块儿，忘记我们是做什么的了吗？向姐她一定会帮泰哥的，她现在就在社里写稿。"

几个人浑身一个激灵，刚要双眼放光又迅速暗淡下来，青皮摆了摆手道："算了吧，嫂子她……我是说前嫂子，她跟泰哥都离婚了，怎么还会帮他？"

黄多多霍然起身，什么话也没说便往前狂奔，几个人迅速起身买单也跟着她跑。等一伙儿人盲目地跟到了《真爱》的办公室门口，他们才意识到黄多多是来找向天歌的。

这个时间的写字楼早已熄灯，加上之前道馆大火的影响，与"正阳"挨着的上下两层都受到不同程度的影响。因为《真爱》刚好就在"正阳"的楼下，受到的波及自然超过了其他租户。

黄多多才刚到门口，就看见地上到处堆积着装修材料，也是一番狼狈的景象。

小白说："因为火灾的事情，《真爱》也算是受了重创。大火触发喷水装置以后，我们这里大部分的机器设备都被损毁，再加上之前老杜的子女对入股我们社的事情就是被逼无奈，因为这场大火，他们正好寻到向姐的错处，昨天跟今天都上门来闹，要向姐给他们退股。"

青皮小小啐了一声："无耻！"

黄多多不由分说便往里走，走到最里面的办公室时，见到了向天歌。

向天歌坐在那里，正在笔记本上匆匆写稿。她余光瞥见门口有人，便抬起头来，却没想到见到的居然是黄多多。

"你回来了……"

"我是来提醒你，你一定要帮泰阳，他是无辜的！"黄多多直接打断向天歌。

向天歌淡淡看她一眼，低头继续写稿："我做事从来不需要任何人提醒，该做什么我心里清楚，你回去吧。"

"我已经求过很多人了，也试过各种办法，现在这件事也过去了小半个月，泰阳还在被问话，我知道你跟他已经离婚，从今往后也再没有关系了。可是这次你一定要尽全力帮他，如果你不帮他，他就完了！"黄多多激动地走到办公桌前，望着向天歌。

"《廉价的善意足以毁天灭地——致与'格斗孤儿'事件相关的你和你》，知道这是什么意思吗？"向天歌仰头看着黄多多。

还没等黄多多开口，她又道："我正在努力还原事件的真相，让更多的人去了解这群孩子，以及他们正在做的事情，并努力让更多的人知道什么是 MMA，什么是 UFC。更要让他们知道，UFC 为了发展中国市场，每年都会选送七名最有潜力的年轻选手进入'UFC 中国英才计划'，赴美训练，在世界最顶尖的拳馆进行深造，表现优异的，将获得直接签约 UFC 的机会。而这七个人，有四个是来自'正阳'。"

"所以，这些孤儿离 UFC 的距离并非遥不可及。正是因为在'正阳'，通过正规训练的他们甚至可能走上足以改变命运的职业道路。"黄多多接道。

"没错。"向天歌点头，"我正试图通过网媒，让更多的人去了解和发现事件真相。"

"光靠你的一篇文章并不足以撼动所有媒体，他们最终还是会把泰阳推到风口浪尖上。"

"所以我会亲自走一趟山区，去拜访那些曾经被泰阳收养过的孩子。只有最直观的生活现状，才能让这篇文章变得有分量。另外，我也需要人手，既然你回来了，那就正好给我帮忙。"

"我？"

"找出当年与泰阳一起行侠仗义的所有证据，首先我要树立他的正面形象。"

向天歌的文章一出，再加上她走访山区采访那些"格斗孤儿"的视频佐证，社会上立刻掀起一阵关于"廉价的善意"的讨论。

向天歌在视频里说："正是因为有这些不负责任的媒体，在报道时加入了太多的主观臆断，故意选用大量血腥的特写和激烈的格斗场面，把格斗比赛中的残忍和暴力无限放大，让观者心生厌恶，并跟未成年的孤儿们瘦弱无助的身影进行对比，才让大家觉得，组织这些孩子参加这样可怕的训练和比赛是件惨无人道的事情。

"可是，事情的真相真的是这样吗？《心酸，孤儿，不打拳只能吃洋芋》这样标题的文章，把正常的武术训练和体育培养机制都蒙上了一层灰色，离开'正阳'的这些孩子又怎么样呢？他们回到老家，回到依然没有人管教的贫困的山区，他们依然吃着洋芋并且得不到教育，甚至是面临着走上穷者恒穷的境地，难道这些就是社会、是你们想要的吗？"

视频发布之后，虽然不能从根本上改变整个事态的发展，但至少使网络攻击被弱化，减轻了社会舆论加之在泰阳身上的重量。

泰阳被放出来的那天，因为向天歌还在山区采访，所以来接他的是黄多多、青皮、小白与王和平。

黄多多一见他便狂奔上前，紧紧将他抱住。

他轻拍了拍她的背，安慰她自己已经没事。而她所有的脆弱都在此刻爆发了，抱着泰阳大哭了起来。

王和平上前说："关于那些孤儿，因为'正阳'的大火，这件事被无限放大。虽然社会舆论不再是一边倒地黑你，但是没办收养手续和违背义务教育都是真的，违法事实已经存在，你暂时哪儿都不能去，还是要等各单位的处理意见。"

"这些法律都是给什么人制定的，我们的道馆被火烧成那样，损失已经非常惨重了，他们凭什么还要来处理我们啊？"青皮第一个不服。

王和平看了他一眼："不只是各单位的处理意见，大火虽然被判定为意外，但是波及面过广，已经有几家公司还有物业向'正阳'提起诉讼，要求根据损失照价赔偿。如果赔不了，还得进去蹲着。"

泰阳没有说话，沉默着看着几人，这件事只怕是没有那么好收场，再加上之前和向天歌离婚的内伤，泰阳也是一副精疲力竭的样子。

见泰阳不说话，黄多多便红着眼睛望着他："不管赔多少都没有关系，钱的事我可以帮你，只要人没事就行。"

泰阳拍了拍黄多多，没再多说什么，他也不知道能说些什么。

泰阳出来没多久，竟然接到了陈学飞的电话。陈学飞约他出来谈判，泰阳思考再三还是答应了。等他赶到约定的地点，陈学飞已经拿出一张支票放在了桌上："我知道你需要一笔钱去解决你的烂摊子，这里有两百万，可比你当初跟天歌要的二十万多太多了。"

"你叫我出来就是为了给我钱？我再不济也不至于落魄到找你拿钱！"

泰阳嗤笑一声，转身就走。

"你最近发生了那么多事，不只是即将面临各项处罚，还要面对巨额赔偿。如果没有我的帮助，我想你也没有别的解决办法。"

泰阳继续头也不回地往前走。

陈学飞加大了声音："我知道你身边有几个可以出钱帮助你的朋友，

可是，他们的钱也不是白拿的。那个小姑娘喜欢你那么多年，你要是拿了别人的钱又不跟人家好，那与感情骗子有什么区别？"

泰阳停步，狠狠转身指着陈学飞："你根本什么都不知道！"

陈学飞从座位上优雅起身："黄多多的父亲黄石，业内有名的黑白通吃的企业家，要是让他知道，你为了钱一而再再而三地耍他的女儿，你觉得他能放过你吗？"

泰阳还没来得及说话，又被陈学飞打断了："你当然不怕他不放过你，但他的手段你是晓得的，你就不怕他再出阴招去对付你爸你妈，还有天歌吗？"

"我不会要他的一分一厘！"

"你能有这样的自觉我当然开心，你身边那谁……叫青皮的小流氓是吗？我听说前不久他们家因为拆迁补偿好不容易得了一笔赔款，你是准备去把他给榨干是吗？"

泰阳实在是不想跟陈学飞说话。

"我老婆不是花二十万买你五年吗？我现在就出两百万，要你离开西京四年，不能回来更不能跟天歌还有我女儿联系。"

泰阳怒不可遏，拳头在身侧捏紧。

陈学飞继续道："这桩交易于你于我都是百利而无一害，你不必再去跟女人拿钱，惹一些你本来就不应该惹的人，更不会连累朋友。而我，只要你离开我就能修复这个家。毕竟我跟天歌还有陈平才是真真正正的一家人，既然你已经选择放手，为了她们的幸福着想，是不是应该做得再彻底一些？"

泰阳沉默了。

陈学飞说的全都是实情，而他这次也是真的感到了自己的走投无路。权衡再三，他终于在现实面前低下了头，与陈学飞订下秘密协议。

泰阳一夜之间消失得无影无踪。

而被这起大火牵连的其他单位，则得到了赔偿，纷纷撤诉了。

王和平火急火燎地跑来找青皮："当初放人的时候，我就跟你们说过，相关单位的处理意见下来以前，泰阳哪儿都不能去，更不能离开西京，你们怎么能让他就这么走了？"

黄多多跟青皮也都很着急，尤其是黄多多，急得泪眼汪汪的："他走的时候根本没有跟我们说过……"

看丢人也不能算是谁的责任，王和平抱怨了两句也没法再说什么。

起火的事情私了，而"格斗孤儿"事件的恶劣影响也因为向天歌的努力而渐渐消散了。相关单位的处理意见很快下来了，只是判罚暂时关闭道馆以及勒令整改，并缴纳部分罚款。

一切都尘埃落定，杨美丽突然闯了一次"天旅"。

杨美丽推开陈学飞办公室的门，大声质问他："是你对不对？一定是你！是你派人去烧了泰阳的道馆，还做这么多事来陷害他！"

偌大的办公室里，站在全景落地玻璃窗前的陈学飞缓缓回身，看着突然闯进办公室的女人。

秘书在一旁张皇失措："陈总，对不起我没能拦住她，这位女士非要见您！"

陈学飞扬了扬手，示意秘书出去，而后才一脸淡定地问："我有没有跟你说过不准到我工作的地方来？"

"我受够了！陈学飞，我早就受够了！你把我当成什么，是你能呼之即来，挥之即去的吗？"

"不然呢？不然你还能是别的什么？"

杨美丽大叫着向他冲去，张牙舞爪地拼命撕扯。

陈学飞一个反手，用力将她推搡在地上。

然后，陈学飞理了理自己的西装："你这撒泼的样子太难看了。难怪那么多年了，还是没有男人要你。"

"陈学飞你不是个东西！你利用完我还要去害泰阳，你不得好死，早晚有一天会下地狱的！"

"我听不懂你在说什么，脑子有病就应该去看医生，别到我这里来发神经。"

"你以为你做得天衣无缝？你让人去做的那些事，买凶放火还有行贿媒体引导新闻走向的事情，我手上全都有证据！"

陈学飞终于黑了脸："杨美丽，我以前是不是对你太宽容了，所以才会让你得寸进尺，以为你胡说八道也会有人相信？"

杨美丽提醒着陈学飞："你弟弟打来电话向你汇报工作的那天晚上，你以为我睡着了，出去接的电话……"

陈学飞听到这里，大步上前，一把扣住她的下颌将她从地上提起："你都听到什么？"

杨美丽想要大笑，却奈何下颌被人控制，只能恨恨地伸手去打他箍住自己的大手，然后恨恨地道："我不只是听到，我还录了音，我有证据！"

陈学飞瞬间暴怒，恨不得当场就掐死杨美丽。就在他眼底的凶光逐渐将她侵蚀的时候，杨美丽急道："我只要钱，你给我二十万，我就把录音给你！"

陈学飞微眯了下眼睛，一边用手轻拍杨美丽的脸颊，一边忍不住笑道："你这辈子就那么点出息，谈什么都离不开钱。可我发现我真是越来越喜欢你了，不要脸的杨美丽，你还真的很不要脸！"

陈学飞说完话便放开杨美丽，转身又回到了窗边，维持着他优雅的姿态："知道这些年在美国我学得最多的是什么？就是想要成为人上人，想要把别人玩弄在股掌之中，就要先学会被别人玩弄。"

杨美丽在剧烈的喘息过后连忙爬上前去，抱住陈学飞的腿："我现在什么都没有了，没有钱没有朋友！我的钱被我之前的未婚夫骗光了，因为你我还丢了工作，我现在什么都没有了，不能再没有钱，二十万对于你来说只是小数目！"

"把录音交出来！"

"我会的！我会给你录音的，但你必须给我二十万。我只要二十万，一点都不过分！"

"哈哈哈，我还以为你多爱泰阳，多想得到这个男人呢！看来你这女人的爱情，廉价得还不如狗屁。谁要被你缠上，那才是倒霉一辈子！"

"你给我二十万吧！陈学飞，就算是给妓女，二十万也不够！"

陈学飞低头看了她一眼，飞起一脚将她踹开，然后从口袋里掏出手机，给她转了二十万。

他收起手机，杨美丽的短信提醒响了。她欣喜地查看进账的短信，连忙从地上爬起来就准备走。

"慢着！"陈学飞又说，"把录音给我交出来！"

杨美丽低头从包包里翻出了一支录音笔，扔到了陈学飞的跟前，转身就走。

"还有！"陈学飞喝止住要出门的杨美丽，"立刻给我离开西京，不准再来打扰我跟天歌的生活，因为只要看到你这张假脸，我就觉得恶心透了，你身上的气味简直比腐尸还要臭！"

杨美丽气得浑身发抖："这样都还要睡我的你，更加龌龊！"

"哈哈哈，还记得当年你是怎么羞辱我的吗？就因为我没钱没地位，你不止一次地在天歌和我朋友的面前羞辱我。我这个人有仇必报，过去的恩怨我会十倍百倍地奉还！"

"呸！"杨美丽向陈学飞狠狠吐出口唾沫，"祝你不得好死！"

泰阳失踪后，杨美丽也不见了。

向天歌从山区一回来，就知道了泰阳离开的消息。而且从小白的转述中得知，泰阳走的时候谁也没说，就连专程从上海回来的黄多多都没有告诉就离开了西京。而受害的租客也都得到了相应的赔偿，没人知道他是怎么忽然变出来的这么多钱。

最后，小白犹豫再三还是跟向天歌说了："警方的调查结果说道馆起火是一场意外，可我跟青皮都觉得，一定是人为的。所有事情不会那么巧，在道馆起火的同时被人爆出'格斗孤儿'的事，而且几乎同一时间，所有问题又都解决了。"

　　向天歌经小白提醒，想起这次所有媒体几乎高度一致，都使尽浑身解数去黑泰阳、不断将"格斗孤儿"事件的影响力放大，除却一些跟风报道之外，这背后的确是有人带节奏的感觉。

　　向天歌本来就是学新闻的，研究生毕业后从事这个行业也有些年了，按说这么明显的营销事件她应该一开始就看得出来，可就因为这事牵扯了泰阳，在慌乱之中，她竟然失去了职业敏感。

　　所以小白说出了他们的怀疑，向天歌冷静一想，这一切也就豁然开朗了。要说泰阳和什么人树敌，那真是再好猜不过了。

第九章
我想要你，向天歌

　　向天歌是带着一腔怒火回了一趟陈学飞的家，一进门就与陈学飞吵了起来。

　　她已经多日没回过这里了。这次若不是为了心中的疑虑，她大概一辈子都不想再回来。

　　向天歌一进门就质问陈学飞究竟对泰阳做了什么。

　　陈学飞见向天歌来了，本来是挺高兴的，被这么一质问，一阵火大，反过来质问她跟泰阳是什么关系，为泰阳跑前跑后。

　　向天歌怒不可遏："是你给泰阳钱的，对不对？是你逼他离开西京的，是不是？"

　　"你找他做什么？向天歌我希望你搞搞清楚，你现在和我在一起，你是这么水性杨花的女人吗？"

　　"在我和泰平最困难的时候，在我妊娠反应严重、生孩子九死一生的时候，陪伴在我身边的人都是他不是你！在泰平半夜肚子痛，在她发烧和需要爸爸的时候，给她帮助的人也全都是泰阳！哪怕是我们两个人没有缘分，你也要为泰平，为自己的女儿积点德吧？"

　　"我都说了这件事情和我没有任何关系！"

　　"除了你，还有谁？"

"行吧！既然你不相信我，那今天还到这里来做什么？从答应复合到现在，你问问你自己，有没有一天为我着想过？泰阳、泰阳，全都是泰阳，你以后是要嫁给我的人！"

向天歌不停地摇头："我错了，从一开始我就错了，我根本不应该再给你机会，也不应该试图为了孩子来维系什么。"

向天歌受创不小，不停向后退去，险些站立不住，不管陈学飞再说什么，她都已经听不进去了。

陈学飞忽然站起身，想过去扶住摇摇欲坠的向天歌。可向天歌扶着墙壁转身就离开了，她重重地摔上了他的房门。

陈学飞冲到门口想要追她，就在这时，弟弟陈学良打了电话过来，他接起电话就忍不住怒吼："什么事啊？"

"你干吗，吃了炸药啊？"

"我现在没工夫跟你废话……"

"我又不是来和你说废话的，你之前不是让我查嫂子跟那个野男人的事吗？现在查出来了一点眉目，有人看到过他们在路边亲嘴。这在外面都这样了，回到家还不得更疯狂？"陈学良说到这里，不怀好意地咯咯笑，"我就不信这两人住在一个屋子里，我嫂子又是个美女，那野男人会不起歹心？"

隔着电话，陈学良看不见陈学飞的表情，有越说越兴奋的意思。

"说完了吗？"陈学飞的声音已经冷了，准确地说，夹杂着山雨欲来的狠厉。

陈学良继续兴奋地道："人家是夫妻啊，同一个屋檐下还能不擦枪走火的吗？要真什么都没发生，那才奇怪吧？"

陈学良的话还没有说完，陈学飞已经挂了电话，重重将手机砸向墙壁。金属机身与坚硬的墙壁相撞，先是迅速一个回弹，然后落在地上摔得粉碎。

近来陈学飞的脸皮是越来越厚了，虽然向天歌搬出公寓，也对他们的关系开始重新考虑了，但陈学飞却像是没听到向天歌的这个决定，干脆做起了她的跟屁虫，恨不得二十四小时监控她。

向天歌实在是忍无可忍，上班第一件事就是去质问杂志社前台："你们能不能别什么人都往里放？"

年轻的前台被骂得莫名其妙，小白闻声赶紧过去解围："'天旅'是《真爱》的合作伙伴，陈总有权出入杂志社。"

向天歌对陈学飞的纠缠完全失去了耐心，也让她的好脾气消失殆尽。杂志社和"天旅"毕竟还有合作，杂志社不可能明面上拦着陈学飞不让进！而且以陈学飞的个性，向天歌真的将他拒之门外，只怕是还要搞出新的幺蛾子来。

人不要脸，确实能天下无敌。

向天歌最后还是得从陈学飞的身上找解决办法："你究竟想我怎样？"

陈学飞靠在椅子上温文尔雅地说："于公，我是你们杂志社的合作伙伴，我在你们最危难的时候帮衬了你们一把，现在不至于连进你的公司都不行吧？于私，我们是陈平的爸爸妈妈，就算不是夫妻关系，这一层千丝万缕的联系，你抹不掉的！"

向天歌一拍桌子站了起来，俯瞰着陈学飞："话我已经和你说得很清楚了，我当初是为了泰平同意了复合，但和你在一起生活的那段时间里，泰平却过得一点都不幸福。所以我想重新考虑一下我们的关系，这段时间你最好不要把我逼得太紧！"

"向天歌，你这么做是在过河拆桥。既然你要公事公办，可以！你想解除和'天旅'的合作，也可以！走合同。不过在合作完全解除之前，我恐怕还得经常来造访！"陈学飞说完微笑转身，顺道帮她带上了会议室的房门。

陈学飞前脚走，向天歌后脚就叫来了法务，研究和"天旅"解除合约的事情，解约费不是一笔小钱，但既然陈学飞同意了，她只想尽快结束和他的一切关系！

先前的大火已经让杂志社遭受了重创，这次又要赔违约金，几乎把杂志社掏空了。财务紧张再加上向天歌这些令人匪夷所思的决策，让社里关于她的谣言甚嚣尘上，有人说向天歌是离婚离傻的，也有人说她是被大火烧傻的……负责接洽"天旅"合作的负责人因此跑到向天歌的办公室里闹过一场，最后扔下辞职信摔门走了。

一时之间《真爱》腹背受敌，原先招聘进来的优秀人才也在不断流失。更糟的是，一个老同学突然找上门来，说"真爱之旅"根本就是"淫魔之旅"，他们坑了她的老公。

"饭可以乱吃话不可以乱讲！"小白第一个奔出来迎战，却被来人狠狠扇了一巴掌。

"你怎么可以打人？"有同事冲上来挡住小白。

那女人变本加厉地号道："你们挣这不要脸的臭钱，全都该下地狱！我老公跟着你们的导游出去玩，说什么去喝茶，结果跑出去叫女人。他得了病还要回家来传染我，你们还是人吗？"

事态紧急又严重，还没等这一出解决，几天内陆陆续续又有几个人找上门了。

这件事向天歌真的是一点都不知情，但现在回想起来，陈学飞确实有可能做出这种事情。她亲自跑了一趟"天旅"，质问陈学飞为什么会有人投诉旅行团出现了性爱派对。

"向天歌，你要解除合作我也和你解除了，临了这么污蔑我一把就没意思了！"

向天歌把手里的文件扔在了桌子上，冷冰冰地看着陈学飞，等着他怎么解释。

陈学飞拿起桌上的文件翻了翻，这件事只怕是盖不住了。他笑了出来，不住地摇头："性病？这绝不可能，我手上的妞都很干净，她们定期会做身体检查。"

向天歌震惊地睁大了眼睛："陈学飞你组织的真是性爱旅游？"

"别这么大惊小怪的，天歌，现在做生意，尤其是做旅游，都搞正规的还怎么赚钱？有需求自然有市场，我提供的不过是各取所需的服务罢了。"

"你怎么会变成这样？为了成功为了赚钱，不择手段？"

陈学飞走到向天歌的跟前，居高临下地与她对视："我组织的旅行，都符合当地的法律法规，这不犯法。你不能给我扣这么大一顶帽子吧？"

"因为你公司的违规操作，致使通过《真爱》渠道报名参加旅行的人，权益受到侵犯，你必须要给出一个解决方案！"

"哦！那你就怪不着我了。我的公司有严格的管理体系，经手的每个姑娘都要定期做身体检查，一定是你那边的人本身有病又不注意做防护措施才会生病，所以这事儿怪不着我，让他们自己去解决就行了。"

向天歌简直被刷新了三观，连连呵斥道："你无耻、下贱，破坏别人的家庭！"

陈学飞冷笑："你跟泰阳同居五年，上上床也很正常，可你非要在我面前装清纯、装无辜，不是更无耻更下贱？"

"陈学飞，你不要在这里模糊焦点！我们的用户，因为你导致正当权益受损。如果协商无果，那我不介意采用法律手段解决这个问题！甚至……像你一样，采用舆论的压力！"

陈学飞一把拉过向天歌，恶狠狠地瞪着她，眼睛里甚至冒着绿光。

向天歌却没有丝毫的畏惧，仰面看着他："在国外的部分地区性交易虽然合法，但你在我国拉皮条，这是违法的！现在投诉爆发，迟早查到你，早点准备吧！"

陈学飞极力遏制着愤怒，胸口上下起伏着，最后他一把松开向天歌，转过身从桌上拿来了一个档案袋摔在了向天歌的面前。

向天歌一愣，一边拆文件，一边问："这是什么？"

"证明你下贱的证据！"

向天歌拆开牛皮纸袋，入目的全是文字资料，连一点实锤都没有，就列着根据谁谁谁的口述，在什么时间什么地点看到她跟泰阳都干过些什么。

"陈学飞，你是不是有什么毛病？"向天歌觉得自己当初真的是不该和陈学飞合作，如果当初顶住了来自公司内部的压力，如今就没有这么多的麻烦了。现在的陈学飞偏执而病态，绝对不是一个正常人。

陈学飞对这些文件似乎非常重视，指着向天歌说："你好好看看你手里的证据，我看你还有什么话好说！这上面有这么多人说你的坏话，如果你平常知道羞耻检点一点的话，怎么会有那么多人说你？"

"我和泰阳结婚的时候领过证了，我俩怎么过夫妻生活，你管得着吗？陈学飞，如果你再继续执迷于侵犯我、我女儿、我父母的隐私权，我会向法院申请强制令的！"向天歌丢下这话从陈学飞的公司离开了。

向天歌靠在门外浑身都颤抖。

先是纵火、利用舆论诋毁泰阳，再是因为泰平的事情对泰家两位老人恼羞成怒，到组织性爱旅游，找人去全方位地调查自己……向天歌不敢想象陈学飞还做了什么自己不知道的丧尽天良的事情。

这样的人，有什么资格为人父、为人夫？

向天歌回到社里，就组织了中高层开会。法务那边提出由《真爱》向"天旅"提起诉讼，这样不但所有受害者可以得到应有的经济赔偿，杂志社也能得到相应的补偿。

向天歌点了点头，询问办公室内的所有人："我想知道如果这些活动都发生在境外，好不好举证，以及举证对于我们来说有没有用？"

"我跟那些事主谈过，他们在参加自费项目时给的都是现金，所以没有刷卡记录，没有人能证明他们到底去干了什么。"小白无奈地道。

向天歌沉吟了一会儿："先散会吧，我再想想办法。"

会议室里的人陆续散去，小白抱着文件夹上前："向姐，接下来我们应该怎么做，到底告不告陈总？"

"告他的话，我们手上有证据吗？"

"没有。因为这事不光彩，除了已经得病的，那些没事的根本就不愿意站出来做证。那些得了病的，根本不听我们解释，就一口咬定是我们干的。所以现在别说是物证了，我们连个人证都没有。"

"所以我告他能赢吗？"

小白沉默了。

沉默了一会儿，小白又忽然说："向姐，因为你和陈总的关系……外面很多人都不相信在事情爆发之前，你完全都不知情。"

"所以他们就认为，这是我跟陈学飞策划的？"

虽然有些为难，小白还是点了点头："嗯。"

"告他，我们不一定会赢，因为我们手上没有证据，以我和陈学飞的关系，事情一旦闹大了，对《真爱》也有可能造成致命的打击；但不告他，以《真爱》目前的资金实力，没有办法私了整件事，我们已经没钱赔偿了，结局也是死。"

小白点了点头："向姐……"

向天歌低头笑了起来，特别无奈地笑。

她转头望着落地窗外的风景，对面就是《Mamour》所在的写字楼，此时夜幕已垂，那边却一片灯火阑珊。

《Mamour》还是这个行业的翘楚，它的一举一动总能受到行业内外的关注。向天歌一直知道他们的近况，她看过他们最新一期的杂志，依然是高端路线，依然是高制作水准，似乎并没因为谁和谁的离开而受到一星半点的影响。

那里是她梦开始的地方。

那时候的她一心想通过自己的聪明才智一步步向上爬，从实习生到编辑助理，从编辑助理到编辑，从编辑到主笔，她年纪轻轻就已经有了令众人羡慕的名头。她回想过去的浴血拼杀，步步为营，虽然也有迷茫，但总是在那个杀人不见血的职场里勇往直前。

后来是什么改变了她？

她一直认为只要目的是好的，那么期间不管使用了什么手段都无所谓。可后来泰阳回来了，不只是泰阳，她还遇到了肖琳，遇到了魏冠捷，遇到了老杜还有小白。

这些形形色色的人让她第一次发现，原来有的时候过程比结果还重要！她开始停下来，停下来思考人生，停下来寻找自我。她虽然是被动离开《Mamour》，在进入《真爱》后也遭受过几次重创，但她从来没有后悔过自己过去的决定。

《真爱》绝不会这么结束。

宽敞的头等舱里，穿着深蓝色紧身制服的空姐端着餐盘走过，走到正低头在手中的平板上写写画画的男人跟前，以半蹲的姿势，向他奉上红酒。

司徒锦抬头，接过酒杯，礼貌地同对方说谢谢。

那空姐还不愿意离去，轻声问："司徒先生这次去西京是有什么特别的事情吗？"

"确实是很特别的事。"他微笑回道，似乎不愿意多说。

谁知道那空姐又道："航班抵达西京以后，我会在原地停留三天。所以，如果你有空的话，今晚我们可以一起用晚餐。"

司徒锦仰起头来。

这位空姐是个美丽的女人，金发碧眼，是标准的欧洲人长相，身材也火辣，似乎没有哪个男人会拒绝她的邀请。

他说："你不是问我到西京有什么特别的事情吗？"

空姐一愣，有些不明所以。

"我在那里曾喜欢过一个女人，我向她求婚时才知道原来她早就结了婚，那个男人还是我的朋友。"

空姐的脸上浮现出一丝尴尬，显然并没有要打听他隐私的意思。

司徒锦继续说："我本来差点在西京定居，后来一气之下去了上海，又回到意大利。回去之后我发现，自己其实也没有想象中的那么愤怒。

后来我又在网上看到了一些新闻，我那个朋友的道馆着了火，还有他收养了一些孩子。对了，还有她深入大山的报道，我看了这些后决定回来。"

"为什么？"

"当我一个人在意大利生活的时候，我才发现我有多喜欢这些朋友。"司徒锦说到这里，低头笑了起来。

空姐听到这里，什么都明白了，连连点头，只能送上自己的祝福了。

向天歌分析了眼下《真爱》的全部问题，目前最亟待解决的就是资金问题。她连续跑了几个资方，希望争取到一些有实力有背景的大企业入股，然后从根本上解决《真爱》的资金短缺，从而令其他问题也都迎刃而解。

然而这些精明的商人，早就嗅出了《真爱》的危机，倒是有人开价，可价格完全是在趁火打劫。

向天歌这几天忙得焦头烂额、夜不能寐。

倒是小白，没了当初的执念，劝了向天歌几次别这么为难自己，大不了就把《真爱》关了，一了百了。

向天歌却没一次听进去，还是在不停地做方案、不停地去和客户洽谈。她刚打完一个视频电话，夜幕已经深了，正觉得头疼不已，想吃药缓解一下，小白就出现在茶水间门口，又一次劝她："向姐，我跟大家商量了一下，觉得以我们目前的情况，不管告不告陈总都不会有好结果。所以不如，还是把《真爱》关了吧。"

向天歌吞下药以后才去看她："怎么了，说要守着《真爱》的人是你，为了老杜的心愿你也坚持了那么久，怎么到了这个节骨眼上，你反而要放弃？"

"我不是要放弃，只是觉得这一路走来，太难了。"

"这世上从来就没有好走的路，想要上坡一定很艰难，除非你在走下坡路。"

"可我觉得走了那么久，我们好像一直都在原地打转。我甚至开始怀疑，这个梦想永远都没办法实现，我们永远都是在垂死挣扎。"

向天歌上前拍了拍小白的肩："至少这个过程里我们学到了很多，不管是危机处理还是应变能力，在以后的路上，我们不会再犯相同的错误也是一种进步。"

"可我觉得《真爱》已经跌到了谷底，我们救不了它了。"

"'真爱无坦途'，人生也是一样的。"

小白姑且干了这碗鸡汤，可情况却不会因此而好转。向天歌又连续跑了几个资方，有些愿意花时间见她的，不是要趁火打劫，就是想挖她跳槽，没一个看好《真爱》的未来前景。

"张总，我对《真爱》的整体运营做了一个五年规划。在这五年里，我们的线上阅读量将突破 100 亿，除了引领婚纱界的时尚潮流外，我们还将培养出一批顶尖的国内设计师团队。我们严选新锐设计师，通过独家买断的形式，拿下他们未来五年的作品发表权，所以他们只能跟我们合作。另外，我们结合中外资源，把他们的作品推荐到国外各大平台媒体，在扩大设计师本人影响力的同时，加强合作的忠诚度。"

一间陌生的大会议室里，向天歌带着小白坐在一侧的桌边，通过PPT 的形式向在座各位展示《真爱》。

幻灯片放映结束，会议室的灯打开。

上座的男人突然开口询问："我想知道，现在除了我们，还有哪些个人或企业考虑注资《真爱》？"

"没有。"

男人轻笑起来："向总编倒是诚实得很。"

"张总是聪明人，自然知道《真爱》这段时间发生的所有事情。我们的合作本来就是奔着诚实信用去的，所以我没必要骗你。"

"那你凭什么觉得我会去蹚这浑水？毕竟现在《真爱》已经千疮百孔，比起费力挽救，我完全可以聘请你或是你的团队，重新办个新的杂志社？"

"我不会离开《真爱》，我的团队也不会离开我。"

"向总编，你这样的说法未免太过武断。我知道你对《真爱》的前社长，也就是已故的杜老先生有承诺，可是世易时移，做人还是得现实一点，不然这就不是一门值得投资的生意。"

这大概是这几天里，向天歌听过的最好听的拒绝了。

从写字楼出来，向天歌一转头，就碰上好久不见的尤娜。

尤娜邀她共进晚餐，说是上次离开西京以后，她真没想到自己那么快会再回来。

"你过得好吗，尤娜？"

尤娜笑了笑："你其实是想问司徒锦过得好吗，对吧？"

"我知道他一定会过得很好，没有我他会过得更好。"

"其实回到意大利后，我有很长一段时间都是跟司徒先生在一起工作。佛罗伦萨那边的人没有几个来过西京，也没有什么人认识你，所以能够跟他聊这里还有聊你的人并不是太多。"

"是吗？他还跟你聊起我，怎么骂的？"

"他怎么会骂你？"尤娜笑得更开心了，"司徒先生处变不惊一向最是优雅，他夸你还来不及。"

向天歌只是笑了笑没有接话，端起桌上的红酒淡淡抿了一口，才听尤娜又道："所以我这次回来其实是想问问你，因为我听他说过，在那件事之后，他其实有找过你，表示过他不介意，你为什么不接受他呢？"

"因为我不爱他啊！"向天歌笑了，笑得非常好看。那个时候或许心中还有一些犹豫和彷徨，也曾经为司徒锦的才华倾倒过，然而众里寻他千百度，蓦然回首，那人却在灯火阑珊处。

尤娜皱了皱鼻子，对这个回答表示了可惜。

向天歌又补了一句："他也不爱我，真爱一个人的时候，你的情

128

绪会被那个人牵动，你会因为他紧张焦虑甚至是难过。我看到过他的愤怒，尤娜，可那不是针对我的。他自认为很喜欢我，是因为我给他的创作带去了灵感，认为我就是他想象中的模样，足够好，足够完美到有资格站在他的身边。"

说到这里时，向天歌摇了摇头："可我不是的。我的人生千疮百孔，并不像他想象中那么完美，我更像是他参加完亚洲婚纱大赛扔掉的那件婚纱。他的接受，是因为我还有价值。如果有一天，我连这点价值都没有了，那结局和那件婚纱一样。"

尤娜的眼睛里淡淡放光："你看得很透彻，我还以为，大多数女孩在面对这么优秀的男人的追求时，一定会被喜悦冲昏头脑。"

"那是因为我见过爱情真正的样子，和他的爱一比，别人的都不算什么。"

晚餐结束以前，尤娜又道："还有一件事我没有跟你说，其实这次，司徒锦也回来了。"

再见还是朋友。

既然司徒锦回来了，向天歌就预料到他们会再见，可她怎么也没有想到，他们的相见会是以这样的方式——最后那个伸出援手帮助《真爱》的，是司徒锦。

签署完注资协议，司徒锦突然抬头："你看着我干什么？你再这么看着，我觉得我的脸上好像都能穿个洞。"

她没有想到他的中文竟如此突飞猛进，甚至能不动声色地用中文跟她开玩笑。

司徒锦又道："泰阳好吗？"

她低头："我不知道。"

"其实，这次吸引我回来的，就是关于他还有那群孩子的报道。我跟他都是学武的人，自然都明白武术精神。可我自问没有他那样的胸襟，也做不出他干的那些事情。我很佩服他，这是由衷的。还有你们之间的感情，我很羡慕。"

"我知道有些话说过很多遍或许你已经不愿意再听，可我还是要说，他很珍惜你这个朋友。"

司徒锦点头："也是在离开西京去了上海，又从上海回到佛罗伦萨以后，我才发现，这辈子能够找到一个像泰阳这样，志同道合又聊得来的朋友真是难得。我很喜欢他，也很喜欢你，你们都是我这一生中最值得交的朋友。"

"抱歉，因为《真爱》的事情让我们这段纯洁的友谊蒙了层灰。"

"我是一个设计师，但也是一个生意人，我知道什么生意值得做。"

"无论如何都谢谢你，司徒，真心感谢。"

"NO，NO，NO，你先不要这么急着感谢我天歌，Giovanna-Le注资你是有条件的。"

向天歌疑惑。

司徒锦继续道："那就是回到《Mamour》，接手《Mamour》，正式成为它的总编。"

"司徒，你……"

"我想你最近一定忙于自己的事情，而没大关心过《Mamour》。我叔叔在上个月因为突发心脏病离开了人世，而他过世后，他的子女并无心思经营《Mamour》。所以我这次回来，除了想要找回与你还有泰阳的友谊之外，就是买下并接手《Mamour》。"

"所以你现在是《Mamour》最大的老板了？"向天歌吃了一惊。

"是。"

"那你为什么还要注资《真爱》？"

"因为我想要你，向天歌，我要你回到《Mamour》帮我主持大局。"

Giovanna-Le注资的消息一出，先前以各种理由拒绝向天歌的资方忽然都在一夜之间回来了，都希望能在这个市场上分到一杯羹。做生意看的就是利益，向天歌和小白择优选取了几家进行资源整合。

资金到位，"真爱之旅"的受害者事件也就迎刃而解了。再加上几大品牌的强势进驻，《真爱》再次回到一线网络杂志的位置。

而向天歌，也回到了她梦开始的地方。

搬办公室的那天，向天歌独自一人站在全景落地玻璃窗前，望着窗外的风景以及对面的大楼，长时间静默不语。小白在外面组织大家收拾、搬运，收拾妥当，就等向天歌了。小白赶紧进来唤她："向姐？"

向天歌这才恍惚地回神："哦……东西都收拾好了吗？"

"我已经让他们都搬过去了，现在就差你了。"

向天歌点了点头，拿起挂在椅背上的风衣，往外走时自然抖开穿上，小白轻轻为她带上了房门。

从《真爱》所在的写字楼里出来，再到进入《Mamour》所在的大楼，她们一路通行无阻。电梯门在二十三楼打开，司徒锦就站在门口，而他身后依次排开的各人，在见到向天歌的一瞬都叫道："向总编！"

向天歌这次回来，是经过了慎重的考虑。

她答应回来接手《Mamour》，但她不是作为个人与它合作，而是以公对公的形式，《真爱》对《Mamour》，完成两家杂志在战略上的合并。

《真爱》继续发展它的网刊之路，同时兼并《Mamour》曾经的网刊部门，作为综合网络杂志继续发展它的业务。而《Mamour》则兼并《真爱》的线下业务，从此以后，《Mamour》就是《真爱》，《真爱》就是《Mamour》，在向天歌的领导下合二为一，成为国内线上与线下毋庸置疑的顶级婚纱杂志。

而两家合并，资源共享，《真爱》也就搬到了《Mamour》来。

日子慢慢进入冬天，一向怕冷的向天歌觉得今年的冬日似乎比往年的更冷。

重新回到《Mamour》，她才听说，亚洲婚纱大赛之后没有多久，陆安怡便已经辞职离开了。据说是《Gossip》的总编亲自挖角，在这位总编即将调任亚洲区总裁之际，他需要一个全新的团队以及能够带来新鲜活力的总编在中国坐镇。

于是他找到陆安怡，开很高的条件让她带走了《Mamour》一半的人。

一半的团队抽离，那时候的《Mamour》真是一团乱，老董事长动用了业内所有的关系，借调部分专业人士过来坐镇。可毕竟是借来的人，再加上持续不断的内部动荡，《Mamour》连续三个月业绩总体下滑。而《Gossip》则步步高升，一举取代《Mamour》成为行业龙头。

"不过后来陆安怡也没讨到好，"小白去打听了消息回来说，"原来，当初《Gossip》的总编并不是真心想要请她过去，而是希望借她的手从内部瓦解《Mamour》的实力。这位总编要调任亚洲区总裁的事是真的，可他属意接任总编位置的却不是陆安怡。陆安怡把《Mamour》弄得一团乱后，也就三个月的时间，《Gossip》的总编就把她给赶走了，而且连工资都没给。"

"啊？"

"据说陆安怡当时跟人签的是年薪制合同，金额巨大，还没有月补那种。"

"她会这么大意？"

"那可是《Gossip》总编的位置啊！她大概太想要那个位置了，所以着急过去，什么也没想。"

"《Mamour》总编的位置难道还比不上《Gossip》？"

"她之前不是对你做过很多坏事吗？是我表姐去找的司徒先生，她把这些年陆安怡对你还有《Mamour》干的坏事儿都说了，再加上司徒先生跟你求过婚，陆安怡就怕了。"

小白忽然提起杨美丽，向天歌才惊觉自己已经很久没有和杨美丽联系过了。她顿时生出一丝恍惚的情绪，复又回神，才听小白道："司徒先生回去以后，进司徒董事长的办公室聊了两个多小时。等他们再出来，陆安怡就失了宠，反正她在《Mamour》讨不到好也混不下去。"

向天歌有一些怅然："她和《Gossip》的事……她不像是会善罢甘休的人。"

"所以，她现在正来回于劳动局和《Gossip》之间，想讨说法，而《Gossip》为了撵走她，竟然安排了一整个律师团队等着她。"

"也就是说，他们宁愿支付昂贵的律师费也不愿意多给陆安怡一分钱？"

"没错，所以坏人自有天收，根本就用不着我们亲自动手，社会会替我们教训她的。她这么出卖《Mamour》，《Gossip》又怎么会信任她呢？"

向天歌没有接话。

两人听到有人敲门，小白回过头去，发现司徒锦就站在门口。

司徒锦问："打扰你们了？"

小白赶紧站起身，让出位置："没有，司徒先生，我要说的已经说完了，您跟向姐聊吧！"

小白走到门口与司徒锦礼貌打过照面以后离开了。

待小白出去以后，向天歌才坐在大班椅里抬头去望司徒锦道："找我有什么事吗？"

"我虽然答应过你，不会过问《Mamour》与《真爱》在运营上的一切事宜，但是，有些事情，我想你有必要知道。"

她疑惑地接过他手里的东西，打开看了一眼之后忽然僵硬，再抬头去看他时，他轻声道："这是我在解决'真爱之旅'所带来的负面影响时，无意之中查到的。"

第十章
无 爱 便 无 恨

陈学飞刚打开家门就歪倒在一边，浓烈的酒气来袭，他在原地挣扎了半天，最终还是因为体力不支倒地。

沉重落地的那一瞬间，也不知道是什么触发了他的情绪，他忽然仰头大笑起来。

笑了一会儿又哭，哭了一会儿又笑，如此反反复复之后，他开始通过暴力袭击身边的一切事物来令自己受伤，好像只有等到头破血流，他的灵魂才会得到安歇。

"你从来没有跟我说过你在美国的发家史。"

黑暗的客厅里，沙发旁的落地灯突然被人打开，向天歌就在这昏黄的灯光中，缓缓向陈学飞走来。

忽然的光亮令他觉得刺目，下意识地抬起手臂去挡，却忽然听到向天歌的声音。

"天歌你回来了？我知道你一定会原谅我，只要那个男人走了，永远消失在你跟前，你就还是属于我的！"陈学飞挣扎着从地上爬起，还没靠近向天歌就被后者躲开了。

看着他一身狼狈，她终于还是忍不住开口道："这是我在你房间的抽屉里找到的，你与Katelyn（凯特琳）签署的一份秘密协议。协议规定，你每个月要陪她三天，而她按月支付一定数额的美金给你。这就是你总要回美国的原因，也是你一个穷学生，为什么到国外读完博士回来就有那么多钱创业的原因！"

说到后来，向天歌的音量不自觉提高，拿着手里的协议质问陈学飞。

陈学飞的眼底闪过一丝惶恐，赶忙挥散酒意，上前一步想靠近向天歌。

向天歌却一脸厌恶地躲开了他："我念在你是泰平的爸爸，哪怕你做了那么多坏事错事，我都在忍你！我没有去告你，就是因为我不想让泰平才跟自己的爸爸相认，就要去知道你是个多么不堪的人！"

"你以为是我想这样吗？"陈学飞双眼布满了血丝，试图伸手去拉向天歌。

向天歌却对着他厉声吼了一句："你不要碰我！"

"我不想的，天歌，我从来都没想过要变成现在这样。"他无法靠近向天歌，只好用力拉扯自己的头发。

"Katelyn，就是 Professor Katelyn（凯特琳教授）对吗？引荐你出国的那位指导老师？"

"嗯。"陈学飞痛苦地点了点头。

"陈学飞，我看你是疯了，她老得都能做你妈了，为了你的功成名就，你居然把自己卖给了她？"

"我不想的！天歌！是她禁锢我，毁了我的一切！"陈学飞将在美国发生的事情都说了出来。

初到美国，优越的物质条件和人与人之间的攀附比较让他意识到，想要生活在这个资本的国度，首先你得拥有资本。为了出国他几乎花光了所有积蓄，想要通过打工来改变命运是不可能的。Jannie（珍妮）的出现让他看到了希望，她年轻、富有、充满活力，最重要的是，她是 Professor Katelyn 的女儿，只要搭上"公主"，他不仅能够顺利完成学业，还能顺利地留在美国。

所以当时向天歌发现自己怀孕，给他打视频通话的时候，他刚刚同 Jannie 在一起。

他当时是不想接向天歌的视频的，可感性到底战胜了理性，他也想她，哪怕漂洋过海隔着道屏幕，只要能看看她就行。他趁 Jannie 去上厕所的时候打开了电脑，接了那通视频。而那时候向天歌看到的内衣，就是 Jannie 的。

他迅速挂断视频，并为自己的冲动而觉得后怕。他的人生是没办法重来一次的大厦，他的每一步走得都比别人艰辛百倍千倍，所以他太渴望成功了。渴望通过成功，来重塑自己，重塑别人对自己的看法。

可现实永远没有想象中的美好。

没过多久，Jannie 就对他腻了，并主动把他推荐给了自己守寡多年的妈妈——Professor Katelyn。也是在那时候，他突然明白了 Professor Katelyn 在面向国内招生时，为何会特别强调只招收未婚的男学生。

原来这就是她们的游戏规则。

资助贫困而又渴望成功的留学生，恣意地把自己的欢乐建立在别人的痛苦之上。他没有权利拒绝，也没有资本拒绝，为了成功他愿意付出任何代价，包括尊严。但他没想到的是，身心的双重折磨令他开始变得变态、扭曲甚至罹患过各种各样的疾病。他艰难地痊愈后，就被告知丧失了生育能力。

他恐怕再也无法拥有属于自己的孩子了，从此以后，他对金钱以及权力的向往日益鼎盛。

有了 Professor Katelyn 的资助，他在美国的生活已经足够体面。但他想终结这一切痛苦，他想回国了，他想念天歌以及他们的曾经。他想换一个地方重新开始，就算这辈子不能再拥有孩子，他还想拥有金钱和爱情。

决定回国之前，Professor Katelyn 同他订立了一份新的协议。除了按照旧的协议每月按时向他支付酬劳之外，在她死后他还将会获得一笔丰厚的遗产。

说完这些，陈学飞一脸神经质地对向天歌说："她要死了！那个老女人马上就要死了！在我回国之前，她就得了癌症，我看她那个鬼样应该坚持不了多久了！"

"……"

"我到现在只要想到那张老脸，还有她发臭的身体以及全是褶皱的皮肤我就想吐，跟她在一起的每分每秒都让我恶心！要不是想着你，还有回国以后我们就能享受到的幸福生活，我真是一天都撑不下来，恨不得马上死了算了！"

"这是你的选择，你没有离开，你同意了这笔交易，交易的双方同样可耻！"

"我已经什么都没有了，天歌。为了去美国，我放弃了国内的一切，甚至是我最爱的你，我已经没有办法从头来过了！"陈学飞忽然哭道，"天歌，求求你不要离开我！如果连你也放弃我的话，那我真就一无所有了……"

向天歌沉痛地闭上眼睛，仓皇后退。若不是身后还有个柜子支撑，她可能早就受不了这些打击，摔倒在地了。

她无法想象他在美国的那些日子，也不能完全体会他所遭遇的痛苦。

她只觉得真相远比自己想象的还要残酷，在《Mamour》的办公室里，司徒锦递给她的东西，就是在调查"真爱之旅"的事件中，他亲赴美国带回来的资料。

那些资料里，除了对"天旅"在美国开展的业务进行纵向调查，而且还搜集了一些陈学飞在美国本土的资料。资料里显示，短短五年的时间，他因为身体上的各种疾病看过医生或是进过急诊。这些病痛里面有一半以上是因为私生活不洁所致，而另外一半，则是长期遭受虐待和精神失常所致。

向天歌呼吸急促，也不知道怎的，那些经历明明没有发生在她身上，可她还是感到痛苦。所以这一晚，她破天荒地又回了这里，去了他的房间翻找所有可能有用的资料，最后找到了陈学飞同 Professor Katelyn

签署的秘密协议。

她看着陈学飞近乎癫狂的模样，再想着这些年他在美国的辛酸和卑微，等到仰起头来的时候她发现，原来对于他的可怜早就大于了恨。

无爱便无恨。

放下便只剩漠然以对。

回家吃完饭，向天歌在厨房里洗碗。

向爸忽然伸了个脑袋过来："有没有兴趣陪我出去走走？"

这时候已经将近年关，家里买了大大小小的年货和礼品。向妈正拿着个小本子在餐桌前清点，一听见向爸说要出去，立刻就嚷嚷："你出去了，谁帮我分这些东西？"

"我来！"小泰平坐在餐桌前举起手，"我会分这个，还有这个！"

向妈开心地揽住她的后颈亲吻了一下她的额头："哎哟，我的孙女亲死了，外婆看谁都不亲，就你最亲，你都快把外婆给亲死了。"

"嘻嘻嘻……"小泰平笑得像花一样。

向爸便趁这关头拉着向天歌赶忙奔出门去。

从楼上下来，向天歌挽着向爸的手臂往外走。再过两天就是年三十，大院里的小朋友们有些过了饭点就会出来玩，在院子里打闹、骑车或者放电光花、小礼炮，到处都是过年时的热闹景象。

向天歌说："我还记得以前小的时候，只要到年关，您跟我妈就会给我买各种礼花，有拿在手上的，也有魔术弹。只要站在窗口往外放，'砰'的一声，漫天开花。"

"从前的日子真是好啊！"向爸感叹，"就是没想到时间会过得那么快，我的小女儿现在都长成大姑娘了。"

"时间改变得最多的其实是我妈吧？她以前不是最烦回农村老家，还死活不承认自己是农村人吗？我看她现在跑得比谁都快，还准备了那么多礼物。"

向爸低头笑了起来："你妈年轻的时候是为了你，为了我们这个家，才会变成小辣椒的性格，见谁呛谁的。你奶奶那时候一直嫌弃你是个女儿，那种老农村的思想观念就觉得应该生个儿子。你外婆也成天催着她再生一个儿子，她是听烦了听腻了才不想回去，一回去就跟她们吵，你都不知道她有多爱你。"

"我一直都觉得爸您是这世上最能包容我妈的人。"

"这个世上没有天生合适的人，只有相互包容的心。如果我连自己的老婆都包容不了，那我娶她回来干什么呢？"

"您都不知道我有多羡慕您跟我妈之间的感情，虽然吵吵闹闹一辈子，可也相濡以沫相亲相爱，谁都没有办法代替。"

向爸见向天歌情绪低落，才开口道："我知道因为很多事情你跟学飞之间闹得不算开心……"

"爸爸，我不想和他结婚！"向天歌忽然抢白，说完话时，她双唇颤抖，眼睛都红了，"我想和他分手，我本来想给小泰平一个幸福的家，可我发现我根本就做不到！我是不是很没有用？把自己的日子过得一塌糊涂……"

向爸站定转身将向天歌轻轻揽进怀里，等向天歌的脑袋靠在他的肩膀上后，他才道："想做就去做吧！人有时候就是因为顾虑得太多，所以才会一错再错。"

"可泰平怎么办？"

"'过你想要过的人生，成为你想要成为的人'，我还记得这是很早以前我就对你说过的话。我不需要我的女儿成为多么优秀的人，我只希望你能够成为在面对任何艰难和挫折时，都能勇往直前的人。"

向天歌点了点头，重新站定身子，才抬手揩了一把眼角道："我在努力做得更好，我会尽力做到最好的，爸爸。"

"不必事事苛求完美，残缺也是一种美。这个世界上本来就没有什么是绝对完美的。生活也是这样，想要过什么样的生活，想要拥有什么样的生活状态，完全取决于你自己。"

向爸的一席话，是给向天歌吃了定心丸，让她可以没有后顾之忧地处理自己与陈学飞之间的关系。

父女俩聊完回去，向天歌就到楼上去看了泰爸泰妈，又帮他们整理了一会儿年货后，才重新回到楼下。

向爸跟向妈两个人正试图将分好的年货和礼物拿进房间，可一个说腰疼，另外一个说提不动，小泰平都在屋子里来回蹦跶几圈了，这两个人还没提两样东西进房间。

"外婆，我帮您搬……"

小泰平刚要伸手就被向妈给挡了："哎哟哎哟，泰平你别碰，你刚刚都给外婆摔了一个了，再摔就没有了！"

"你们在干什么呢？"

向天歌拿着钥匙站在门边。

向爸赶忙招呼道："天歌，快来，你妈非要把这些东西都搬房间里去！"

向天歌赶忙上前将他们手里的东西接过，来回搬了几趟以后才问他们："好好的在餐厅里放着，往房间搬什么啊？"

"你还说呢，向天歌！你这女儿跟你小时候一模一样，净给我帮倒忙，这半天都摔了我几个东西了，再在餐厅里放着，保不准给我都摔咯！"

"啪"的一声响起，向妈的话音都没落，那边小泰平又从餐桌上扫了样东西落在地上。

向妈嗷嗷叫着向前冲去，还没到跟前就又把脚给扭了。

向爸着急去扶向妈，忽然被向妈一拉扯，猛地闪了老腰，两个人瞬间"阵亡"。

小泰平望着眼前的一幕哈哈大笑，向天歌已经赶忙奔过来将二老扶了往沙发上带。

"哎哟哎哟！我的东西！我的礼盒！"向妈一看见小泰平在餐桌边就尖叫。

向天歌只好将调皮捣蛋的小泰平给抓来他们身边，让向妈扣住。

向妈一边斥责小泰平，一边摇头叹气地说："要是泰阳在这里就好了，往年这些东西都是他帮我搬的，现在真是大不如前了。"

向天歌正在整理东西的手一顿，很快又恢复正常："不管他在不在这里都一样，妈您不是说不重男轻女吗？怎么临老才来这一出啊？我不干，现在才嫌弃我可晚了啊！"

"我不是嫌弃你，就是觉得一个家没男人不行。"

"嗯！"向爸横眉毛竖眼睛，"这话过了啊！你侮辱谁呢？"

"去，不是说你！"向妈一挥手根本不去理会，反而对向天歌道，"我的意思是，不管是泰阳还是陈学飞，这家里还是得有个年轻男人，不然这干活的时候一个都不顶用。"

"嗯？"向爸又打岔道，"你是有多少活要干啊？咱家有几亩地要耕是吧？"

"嘿！你这死老头，今天怎么话这么多啊？我跟我闺女说句话怎么就这么费劲啊？"

"行了，你那些东西就放在那里，待会儿我去提，我去提成了吧？"

"不管谁提，反正就是这么个理儿，我在关心天歌，你没听出来啊？这不管是跟泰阳还是跟陈学飞，反正得有个男人在身边，这日子才能过。"

"谁跟你说一定要有男人在身边才能过日子了？我女儿坚强独立，她自己一个人过也挺好的。"

向妈一听就不乐意了："她离了两次婚了，你还想让她单过啊？向前进你这是想害谁啊？"

"她是我女儿，我能害她吗？"

"你要真不想害她，不如就撮合她跟泰阳在一块儿过！反正我是看出来了，来来回回也只有泰阳对我们是真心的，他才是最适合这个家的人。"

向爸沉默了，一屋子的人都跟着沉默了。

最后还是向天歌首先打破沉默："妈，我一个人过也挺好的，我能照顾你们跟泰平，真的。"

晚上洗完澡从浴室出来，向天歌才发现本来已经上床睡觉的小泰平忽然又坐起来了。

向天歌看到小家伙就坐在自己以前读书的时候坐过的小板凳上，拿着笔在桌上画画。

"怎么还不睡啊？"向天歌走近泰平的身边，才发现小家伙手里拿着的竟然是泰阳的照片。只不过是泰阳小时候的照片，就藏在自己儿时的影集里。

她不知道小泰平是什么时候把相册翻出来的，又是怎么发现的这张老照片。总之照片里的泰阳，年轻又帅气，仰头直面着阳光。

向天歌本想轻声斥责小泰平乱翻自己的东西，可待看清楚她正在照片上画的图案，却怔住了。

那是一个大人和一个小孩的模样，孩子的笔触，完全没有任何规律的线条，就这样勾勒在"泰阳"的旁边。

向天歌忍不住低头亲了亲小泰平的头顶："不早了，泰平，我们睡觉吧！"

"爸爸什么时候回来？"小泰平忽然开口，"他是不是永远都不会回来了？"

"他……有些事要去处理……"

"马上就要过年了，可他还不回来。我今天上楼去看奶奶，她都哭了。"

向天歌一阵心酸："那你有安慰她吗？"

"嗯，我抱抱她，跟她说她还有我，可她哭得更伤心了。"

向天歌轻轻搂住女儿："爷爷奶奶都很爱你，爸爸不在身边的时候，你要帮他好好爱他们，知道吗？"

"可是楼下的叔叔阿姨都说我不是他们的孙女，爸爸也不是我的爸爸，是叔叔。"小泰平的声音低低的，好似马上就要哭出来。

向天歌正准备出声安慰，忽听小泰平又说道："可是没关系，我爱爸爸，也爱他们，他们也爱我呢！"

女儿的懂事听话让向天歌觉得很是欣慰，也相信泰阳，终究有一天会回来。

向天歌遇到事习惯性地给泰阳打电话，电话里传来的却是冷冷的声音告诉她：您所拨打的电话暂时无人接听。

这已经不是这个月她第一次给泰阳打电话了。自从过了年关，再到入夏，这一整个春天，她都在试图以各种方式去联系他。

他离开以后，照顾泰爸泰妈的责任便落在了她的身上。虽然两家人还是有嫌隙，但为了小泰平，这一切又都不算什么了，两家人偶尔还是会来往。生活仿佛归于平静了，就在这时候，泰妈出门买菜被路边的小推车给撞倒了。

泰爸行动不便，没法照顾泰妈，只能给向天歌打电话。

向天歌火急火燎地赶到医院，再一次不停地拨着泰阳的号码。

可还是没有人接，起初是没有人接，后来就默默就成了空号。

她突然意识到，这场告别似乎比上一次更加彻底，也许她这一辈子，都不可能再见到泰阳了。

上海。

石心集团的办公大楼内，黄石穿着一身商务休闲装领头在前面走，而他的身后则跟着四五个穿正装的男人。

"蒋总和王总的商务午餐就订在威斯汀酒店，从这里过去您大概有一个小时的时间可以同他们餐聚，然后就要赶下一个行程。蒋总跟王总都是东北人，东北人都很能喝酒，我听说他们这次到上海来，自带了一箱白酒。可他们只在上海待一天，见完您就走。"

"大中午的喝酒，那我下午什么都不用干了。"黄石听罢，嘱咐身后的人，"你去我家拿一箱茅台，别挑好的，一般的就行，这些人喝酒就跟喝水一样，也喝不出什么味儿。我得保持清醒，不能喝他们的杂酒。"

那人迅速领命去了，黄石一个回身，正好打开办公室的大门往里走。

他一开门就见一名同样穿着休闲的年轻男人坐在会客沙发上，他只管自顾自地往办公桌前走，边走边甩出一句："来了？"

沙发上的人正是泰阳，听到黄石的声音缓慢起身："嗯。"

黄石在办公桌前又同跟进来的属下交代了几句工作，才转而对站在沙发前的泰阳道："铃兰工地的事都搞定了吗？"

"今天上午刚刚完成收尾工作，下午'石心'的员工就能正常开工。"

"行啊你小子，我的人去了几次纠缠了半个月都搞不定的事，你去一次，几个小时就搞定了。"

"如果没什么事的话，我先出去了。"

"等等，中午陪我出去吃饭，正好有几个人让你见见。"

黄石要让泰阳见的是与"石心"合作多年的老供应商，他有意将泰阳推出去，先是熟悉公司内部业务，再到外联。明眼人一看都知道这是岳父在培养女婿呢！

当时离开西京之后，泰阳去了云南，离开这个当兵的地方太久，没想到再回来的时候，早已物是人非。当年一起当兵的战友多是从各省市来的，所以真正的本地兵和退伍后留在当地的并不多。他走访了几家，也拜会了曾经的老领导。他们有些是知道他发生了什么事的，有些则不知道。

他们一起吃饭，一起喝酒，一起回忆那些年当兵的种种。

临到离开云南之前，他特意去了趟湄公河附近，那里是他九死一生的地方。却没想到，他竟在这里遇到了黄多多。

泰阳不知道，黄多多在他离开西京后就一直在找他。如今总算是找到了，她冲到了他身边，在流水潺潺的河边一把抱住了他。

她说："我不知道你会去哪儿，也不知道你会在什么地方停留，我只是跟着自己心的声音，果然找到你了。"

之后，黄多多就一直在游说泰阳去上海发展，她也极力推荐他进入黄石的石心集团工作。考虑到种种，泰阳最后还是来了上海，也进了集团工作。短短数月，仅凭单枪匹马之姿，他便帮"石心"解决了大大小小各种问题。

中午用完商务餐从酒店出来，黄石坐上停在路边的车，便开口询问泰阳："有没有想过以后就留在上海不走了？"

泰阳在席间喝了酒，哪怕是并不怎么辣口的茅台，也因为量大，从胃部一直烧到了喉管。

他仰头靠在座位上，用手臂压着眼睛，直到确定那种烧灼的情绪稍微缓解了以后，才应声道："没有。"

"还真是无情的一句话啊！我的女儿对你有情有义又不离不弃，你却对她无情无义还总想着离开。"

"我跟您说过，黄总，我在'石心'工作只是为了赚钱，不想谈感情的事。"

"谈感情也是一种赚钱的方式。我只有多多这么一个女儿，我的一切早晚都是她的，包括现在的'石心'。多多在西京学的是工商管理，可以她现在的水平和能力还是太稚嫩，不足以应付很多事情。所以，我需要一个能够帮她撑得起场面的人，来共同继承这份家业。"

"对不起，我对您的家业没有兴趣。"

"你这么视钱财如粪土，最终还不是被钱财愚弄，随便被人踩在脚底？"

"……"

"我知道你在西京发生的所有事情，也大概猜到你为什么会来上海。想要挣两百万并不是一件容易的事，相反，跟我的女儿结婚，却能使它变得简单又纯粹。"

这些话，黄石不是第一次说了，但泰阳是不可能听进去的。他实在是喝得难受，岔开话茬和黄石请了个假。

刚刚那场饭局，黄石带着泰阳去的目的就是挡酒。泰阳拿着他的工资，喝的是卖命的酒。

从车里出来，泰阳觉得非常不舒服，尤其是在上海明晃晃的日头照耀下，总让人有种妖怪要现形了的感觉。他几乎是有些仓皇地奔进公寓所在的楼栋，凭着最后那点清醒的意识找到楼层再开门进去。

入目一室黑暗，想要在上海这样寸土寸金的地方短时间内挣到两百万，还得租间离市中心不太远的便宜的房子几乎是不可能的。

泰阳不肯再接受黄多多的好意，自己找了这间不到四十平方米的一居室。屋子采光极差，若是不开灯，哪怕是白天也昏暗、潮湿、冰冷。

上海的夏天其实挺热的，可他几乎没有开过空调，常常一个人静坐着，全身都觉得冰冷。那股寒气从脚底一直蔓延到心尖，他经常在深更半夜的时候被冷醒，他想着西京的一切，内心的寒意就更甚了。

泰阳独自在沙发上仰靠了会儿，感觉胃里的汹涌总算是被遏制了下去，他起身点了一支烟。刚刚抽了一口，他就接到了黄石秘书打来的电话，说是中午的几位老总都很喜欢他这个人，想在晚上离开上海之前再见一面，黄石便安排他去送机。

"知道了。"

挂断电话，房门又响了起来，泰阳猛吸了一口手中的烟，然后把烟熄灭了，起身去开门。

黄多多手里提着大包小包的菜，正侧身往里走："我爸是不是又让你喝酒？我都跟他说过八百回了，让他喝酒的时候别带上你。"

"我给黄总打工，替他挡酒是应该的。"

"哪有什么应不应该，他手底下那么多人，难道就你能喝？我看这分明就是想整你。不行，回头我得说说他去。"

泰阳接过她手里的东西："怎么又买这么多东西？"

"我看你的冰箱都空了，再加上刚刚听 Ada 说，我爸爸又带你去喝酒，我猜你肯定没吃什么东西，外面的食物又不健康，就想说来你家我做给你吃。"

泰阳还是感觉头晕，黄多多趁势上前扶了他一把："你快去床上躺一会儿吧！等我做好了就叫你起来吃。"

泰阳才沾床不到十分钟，厨房里一阵鸡飞狗跳，吵得他根本就睡不着。

不得已，他起床循着声去了厨房，发现黄多多正拿着菜刀与一条鱼战斗。她试图用菜刀将鱼给劈成两半，谁知道那鱼忽然一蹦跶，吓得她一声惨叫，不仅鱼落在地上，就连手上的菜刀也忽然摔落。

"小心！"泰阳大叫一声上前将她往身后一带，那菜刀正好落在她原先站立的位置。

黄多多被吓白了脸，倘若不是泰阳刚刚冲了出来，可能那把菜刀就直接落在她的脚背上了。

"泰阳！那条鱼会动！它的内脏都没了，怎么还会动啊？啊！太恐怖了……"

"那是脊椎动物都有的神经反射弧。当鱼死了以后，鱼脑的高级活动已经停止，但是机体的死亡还需要一段时间，所以神经反射弧就表现为肌肉痉挛和抽搐。"泰阳看着乱七八糟的厨房无奈地问，"你以前没做过饭吧？"

黄多多还陷在刚才的惊惧中无法回神，这时候听到泰阳问话，只是从身后抓着他的衣角拼命摇头。

泰阳轻叹一声将她推出门去，才转身系上围腰，没一会儿便折腾出了一盆热腾腾的水煮鱼和一盘红烧肉。

黄多多惊讶极了："你会做饭？"

"你又不是没去我家吃过饭。"

泰阳忽然一怔，想起上次黄多多到他跟向天歌的小家吃饭时，那顿火锅还是向天歌做的。向天歌平常虽然不大做饭，但她人聪明学习能力也强，只要吃过或是看别人做过一次，回来就能模仿个七八成像。

泰阳忽然沉默不语，盯着那一桌菜看了良久。

黄多多进了厨房拿了两个碗，准备添饭，打开电饭锅忽然大叫一声。

"怎么了？"泰阳赶紧奔了进来。

"我忘住按键了。"电饭锅里还装着一锅生米。

泰阳什么都没说，上前扣上电饭锅盖子以后重新按键，然后又从冰箱里拿出几个馒头，扔蒸锅里去。

"你家怎么会有这么多馒头？"黄多多好奇地看着泰阳的冰箱，冷藏室里放着的居然全是馒头。

"喜欢吃。"

泰阳回到沙发上坐下，用筷子先夹菜吃。黄多多这才跟到他身边坐下，一脸愧疚地道："对不起，哥哥，身为一个女人，我是不是特失败啊，连饭都不会做。"

"也没人规定女人就必须得做饭啊！再说，你们家不是有厨师嘛！"

"我发誓我一定好好学做饭，我从明天……不对，从今天就开始学。先学这两道菜，我从青皮那里打听到你最喜欢这两道菜了！"

泰阳笑了笑，没再说什么。

晚上送机，因为泰阳中午喝过酒，黄多多便主动请缨开车，先去酒店接了两位老总送去机场后，再送泰阳回家。

回家的路上，两人有一搭没一搭地聊着，突然远远看见前方的机场高速路上，发生了一起连环追尾事故。

此时上海正在下小雨，进入梅雨季节以后，有时下着下着就会转为狂风暴雨。

黄多多小心翼翼地开着车，就在经过事故现场时，有人打着一把黑伞在雨里向他们伸手，狼狈地求搭车。她好心将车开了过去，那人立马拉开车门，然后收伞，坐进后座。

"谢谢……"

六目相对，三个人都惊呆了，没想到求搭车的人，竟是司徒锦。

第十一章
他 从 海 上 来

　　"上次离开西京以后，我就把 Giovanna-Le 的工作室搬到了上海。后来因为圣诞假期回佛罗伦萨，再到在网上看到你跟天歌的事情回来，想想一切都跟做了一场梦似的。"

　　外滩 3 号的 Mercato by Jean Georges 餐厅里，司徒锦就坐在窗边，一边品尝着手边的意大利菜，一边用餐巾擦拭嘴巴后道。

　　泰阳敞开心扉，先是诚挚地同司徒锦道了歉后，才向他说起自己与向天歌整个假婚的经过，以及藏在心底很多年的他对她那脆弱又不敢表露的爱意。

　　泰阳说："我不是有意隐瞒的，只是在那样的情况下，我觉得她跟你在一起比跟我在一起更好……而且现在也证明，你确实是更适合她的人，可我当时真的不知道该怎么向你说起。"

　　"没关系。"司徒锦道，"现在说出来也不晚。你知道那件事后，我又去找过天歌，我说自己不介意那些事，我只想和她在一起的时候，她是怎么说的吗？她说我是蓝龙虾，而她喜欢的是小龙虾……当时不明白的很多道理，也是到今天听你说完这些话后，我才明白，这不是什么龙虾的问题，而是你爱她，她爱你，所以她才没办法接受其他人。"

"我最后还是让她失望了。"泰阳有些失落地笑起来，他的笑声很低沉，转头的时候眼睛里布满了血丝。

"那就去把她追回来。"

泰阳继续盯着窗外，自嘲一笑："太晚了。"

"如果，她同陈学飞在一起过得并不开心呢？她只想你陪在身边呢？"

"火灾以后我收了陈学飞两百万，答应他暂时离开西京，给他们时间去培养属于他们的感情，更何况他们才是真真正正的一家人。"

在座的几人忽然沉默，仿佛过了很久之后，才听司徒锦道："所以，你是为了钱离开她，离开西京？"

"不是的，"黄多多赶忙打岔，"我哥是为了向姐的幸福才会离开，更何况，她也得到补偿了，不是吗？"

"如果你是说关于《真爱》的维修费的话，抱歉，把两百万平摊到每一家，真的不多。而且对于一家网络杂志而言，这并不足以弥补它无形中的损失。"

"她说过我什么吗？"沉默了很久之后，泰阳才忽然问道。

"没和我说过，"司徒锦犹豫了一下，决定还是将向天歌的近况告诉泰阳，"你走之后，《真爱》发生了很多事，她过得也很辛苦。"他将向天歌解除和"天旅"的合作、"天旅"的旅游陷阱的事情一一告诉了泰阳。

司徒锦倒是没说关于陈学飞的那段往事，只说了向天歌的不易。

听完这些，泰阳的呼吸越发急促："你的意思是，陈学飞坑了天歌？"

司徒锦不置可否："现在你还觉得自己当初离开的决定是对的吗？"

"那她现在怎么样了？还有泰平，她们怎么样了？"

"天歌已经带着泰平搬回她爸妈家去住了，现在大概是她们最困难的时候吧！"

泰阳不小心碰落了桌上的水杯，发出"啪"的一声，引来了全餐厅的围观，他着急弯腰去捡。司徒锦和黄多多想去拦泰阳，并提醒服务生过来收拾的时候，泰阳已经被地上的玻璃碎片划破了手。

鲜血滴在了地上的一摊水渍里，浸染了一片。黄多多轻叫一声赶忙将他拉起来，并叫服务生取来急救箱帮忙包扎。

泰阳手上的伤口处理完了，人却仍旧失神，呆呆地看着伤口。

也不知道为什么，他的手一直抖。

大脑也是一片空白，他什么都想不起来，也不知道要怎么办，只能一遍遍地问司徒锦，向天歌现在怎么样了。

一直到席散，从餐厅出来，黄多多才对司徒锦道："司徒先生，对不起，关于之前我在您的求婚宴上捣乱的事情，我当时是被误会冲昏了头脑，所以才做了错误的事情，对不起。"

司徒锦大度地笑了笑："没事，那些事都已经过去了，你不必在意，我都忘了。"然后才转对泰阳说，"我能给予天歌的永远是物质上的帮助，而精神上的慰藉，只有你能给。"

告别司徒锦以后，泰阳迅速回到自己的公寓，一进公寓他就开始收拾东西，说要回西京。

黄多多红着眼睛跟在他的屁股后面打转，不停地问他："你真的要回去了吗？"

"我不能把她们母女扔在那里，我不能让任何人欺负她们！"

"可是，你要怎么回去？因为火灾赔偿你拿了陈学飞两百万，还有'格斗孤儿'的事情，如果从一开始就是由陈学飞策划的，那他根本就不可能放过你！"

"我管不了这么多，我现在就要回去！"

黄多多冲上前抓住泰阳："你知道你一回去可能就要面临更严重的处罚，还有陈学飞一定会想尽各种办法整死你！"

"死就死，我死不足惜！在她们最需要我的时候，我没有陪伴在她们身边，我曾经抛下过天歌一次，所以这次绝对不能再丢下她一个人……"

"不要去！"黄多多激动地一把抱住他的腰肢，"我求求你，不要去！我不想你有事！更何况司徒锦会帮她，如果你回去了，陈学飞不但对付你，也许还会把矛头指向她，这是你想要的结果吗？"

泰阳停住了手里的动作，僵在那里。

泰阳最终没有离开，却在见过司徒锦之后连续失眠。他整日都在回与不回之间痛苦挣扎，惶惶不可终日。

这天夜里，手机忽然响了，他没有想到这个电话会在半夜响起。

来了上海之后，泰阳就不再用西京的号了，但是又不敢把号码注销了，留着这个号就像是还留着与向天歌在一起的可能性。这半年的时间里，向天歌打了很多次电话，他就那么静静地看着向天歌的名字在手机的屏幕上一闪一闪。

起初的一个月里，每天都能接到好几通。

后来打得多了，泰阳就把她的电话拉进了黑名单。她每次拨出去也只能听到一句冷冰冰的提醒，提醒她这是一个空号。

见了司徒锦之后，泰阳又把向天歌从黑名单里拉了出来。

却没想到，她的电话又来了。

泰阳今夜如同往日一样，还是没接这个电话，不接、不敢接。到最后，电话铃声在漆黑的夜里终止，他重新又倒回床上。他从来没想过她会和自己联系，他在她最需要他的时候都没能够陪伴在她的身边，又有什么资格去祈求她的原谅呢？

上一次一走七年不回去，那是带着深深的误会和无可奈何。

这次明明可以却不回去，是因为他从来没有哪一刻像现在这样如此痛恨自己，恨自己的无能为力。

很快，泰阳又收到了一条短信息，还是向天歌发来的："接电话！泰阳，我求你了，你接电话！泰平不见了！"

不待他看清屏幕上的信息，向天歌的来电再次响起。

这一次，泰阳没有任何犹豫，直接把电话接起。

电话那边是向天歌带着浓浓哭腔的声音："泰平不见了！司徒告诉我你在上海，小泰平当时就在旁边，她知道你现在就在上海，我睡到半夜发现她不在身边了！她一直想见你，我担心她是去找你了！"

小泰平这些天在幼儿园里，一直都闷闷不乐的。大宝问了泰平怎么回事儿，便嚷嚷着要去帮她找爸爸。可小泰平问了向天歌很多次，向天歌也不知道泰阳到底在什么地方。

刚巧那日司徒锦打来电话和向天歌说在上海遇到泰阳的事情，全被小泰平听了去，第二天两个孩子就在幼儿园里预谋从家里溜出来坐车去上海找泰阳的事情。当天半夜，两个孩子偷偷从家里跑出来，小泰平是在向天歌熟睡后，起身用自己的小书包装上零食和一沓现金，跑到门口踮起脚，自己打开门出去了。

向天歌迷蒙中转醒，总觉得好像听到什么人开门又关门的声音。当时的她还没意识到出去的人是小泰平，迷迷糊糊中见床铺空了，便去厕所找泰平，找遍了整个屋子却都没找到女儿。

向天歌这才一个激灵清醒过来，赶忙去将向爸向妈都叫起来。一家人打开大门又跑到外面去寻，就连陈学飞也在接到消息的第一时间赶来，几个人来来回回把大院搜了个遍，都没能找到小泰平。

向天歌急疯了，到处去找，终于在大院的监控室里看到，小泰平从楼道里出来以后，便与大宝一起出了院门。

正在慌乱中的向天歌决定再给泰阳打一个电话，电话通了的时候，她松了口气，可那边传来的仍旧是无人应答。把她拉出黑名单的原因，她大概猜得到；而不接她电话的原因，她大概也猜得到。

如果是别的事情，不接也就不接了，可是泰平不见了，她必须要联系上他！她给他发了一条信息，告诉了他这件火烧眉毛的急事，电话再拨过去，终于拨通了。

去了大宝家后，向天歌就确定两个孩子是去上海找泰阳了。

大宝妈妈这一听，整个人也崩溃了，一行人连夜订了机票飞往上海。

而另外一边的上海，在接到向天歌的电话以后，泰阳也急了。他通知了黄多多和司徒锦，两个人先后跑出来帮忙，各自发动了公司的几百号人出去专门盯着从西京到上海的各个站点，希望能在人海茫茫中碰到小泰平和大宝。

向天歌和陈学飞还有大宝的妈妈赶当天的第一班航班飞到了上海，陈学飞一路上都在想孩子为什么要到上海来找泰阳这件事，甚至怀疑这一切都是背后有人在撺掇。

向天歌听着他的话里有话，难过地转开头去，根本无心在这时候同他吵。

陈学飞却恨恨咬着牙道："怎么，你心虚了？不是你说，陈平怎么会知道泰阳在上海？泰阳在上海……哈哈哈，原来你们早就有联系了！"

"闭上你的臭嘴，陈学飞！如果今天你到这里来只是为了跟我吵架，那就滚，我没心情，我现在只想尽快找到泰平！"

"陈平！我说过一千次一万次，我的女儿是姓陈的！"陈学飞一把扣住向天歌的手腕，冲她咆哮。

两人这么扭打着从机场出来，大宝妈妈在一旁手足无措。泰阳一见到这一幕，冲上前去将陈学飞推到了一边去，将向天歌护在身后。

陈学飞立马指着二人道："好你们个奸夫淫妇，孩子都丢了，还有脸在我面前装恩爱啊？"

"我告诉你陈学飞，这里不是西京，我不会再让你欺负她了！"泰阳转身就拉着向天歌往外走，将陈学飞甩在身后。

陈学飞却摆出一副地痞流氓的无赖样儿拦在两人的面前："我跟

我自己的老婆说话，你算老几啊？"

"现在先找泰平！一切以找泰平为主……"

"我呸！你个道貌岸然的伪君子，拿了我的钱还在这儿装什么啊？我的女儿就是被你给拐了的，直接报警抓你就对了！"

黄多多和司徒锦狂奔而来。

"现在都什么时候了，跟他有什么好吵的？赶紧先去找泰平！"

大宝妈妈在一边哭着点头。

从西京到上海，就那么几种交通工具，王和平负责在西京查两个孩子到底是怎么走的，三个家长在上海遍地寻找。几个人分析，小泰平根本就不知道泰阳到底在上海什么地方，也不知道泰阳在上海的联系方式。她要是来了，只能在茫茫人海中碰运气或者是找警察。

泰阳找了人，让警方留意着这件事，而飞机场和火车站都有黄多多和司徒锦公司的人在帮忙寻人。饶是如此，也还是没有丁点的消息传回来，两个孩子昨晚出发的，而三个家长到了今天正上午才赶到这里，他们也不知道孩子是到了还是没到。

泰阳忽然一个激灵意识到："如果没有家长的陪同不能坐飞机和火车的话，她只能坐大巴车才能到上海。"

"忘记这茬了！"黄多多接嘴道。

司徒锦立马回身招呼身后的工作人员，让他派几个人到几个汽车站去找人。向天歌和大宝的妈妈也要跟着去，必须要亲自去车站确认！

到了下午，终于有消息传回来了。在一个车站的调度口打听到，确实曾经见到过一个穿红裙子的小姑娘和一个胖胖的小男孩，两个人手牵着手从车上下来，然后打车走了。

打车？

泰阳立刻抬头张望，看见了调度口的房檐下立着个监控。他立马带着一群人到总公司的监控室去，在回放的录影里找到了小泰平跟大宝上了哪辆出租车。这群人又顺藤摸瓜在街上找到了出租车，司机告诉了他们两个孩子下车的地点，再追到那里，已经过了晚饭时间了。

几人赶过去，四下寻找，两个孩子应该不会走得太远。泰阳大眼扫过人群，觉得有点不对，便往前走了几步，看见了人群中的两个孩子。他们被附近的乞丐盯上了，一个老乞丐说要带他们去找爸爸，两个孩子倒都是聪明孩子，死活不肯和这些人走。

但两个孩子哪里架得住这些大人的拉扯，差点就被抱走的时候，泰阳一个箭步冲了过去，三两下摆平了距离孩子最近的几个人。

那些人见状，也就四散逃跑了。

小泰平十分激动，跳起来大喊："爸爸——"

泰阳回头就见女儿红扑扑的小脸，还没来得及冲上前去，已经被随后赶到的向天歌和大宝妈妈挡住了。

两个妈妈扑上前去各自抱着自己的孩子，陈学飞也跑到跟前，大声训斥小泰平："你这是谁惯的毛病？不听话到处乱跑！要是被人贩子抓了去，砍手砍脚还要把你扔街上，到时候你让我们到哪里去找？"

小泰平被陈学飞怒目圆睁的模样吓到了，双眼一红，一个没忍住，就哭了起来。

向天歌虽然也气，但她更心疼女儿，也感到自责。当初如果不是自己一厢情愿地为女儿好，做了那些错误的决定，哪里至于会出现今时今日这个局面？

上海现在虽然是夏天，可是因为梅雨到处都湿漉漉的。小泰平衣着单薄，再受了些雨气，全身正冻得瑟瑟发抖。

小泰平哭着从向天歌的怀里挣脱，张开双手要泰阳抱。

泰阳红着眼睛正要上前，却又在原地止住了："你为什么不听妈妈的话？我跟你说过不要来找我！"

"爸爸……呜呜呜……我要爸爸……"

小泰平的哭声撕心裂肺，在已经入夜的大街上，听得向天歌心疼到无以复加。但她没有给小泰平反应的机会，抱起小泰平转身就走。

泰阳的拳头捏得死紧，还来不及上前就被身后的黄多多拉住了。

她说："别去，求求你别去。你现在还不能回西京，你违背了和陈学飞之间的约定，他一定会整死你的，到时候你一样没办法保护她们母女！”

看着向天歌的身影越走越远，司徒锦才转头对泰阳道：“你只记得你对陈学飞的承诺，那么你对天歌的呢？你跟她难道就没有承诺？向天歌根本就没和陈学飞复婚，所以他才恨不得你赶紧消失。退一万步讲，就算他们现在是一家人，可向天歌和他在一起是痛苦的！你也看到刚才陈学飞是怎么对泰平的了，这还是在当着你的面的时候！没有当着你的面时，在你看不到的地方，你想没想过她们的日子有多难熬？”

泰阳咬牙闭眸，只有极力克制才能控制自己追上前去。

司徒锦越发着急：“难道‘血缘亲情’这四个字对你来说就这么重要，重要到你觉得泰平现在是爱陈学飞比爱你多吗？”

“如果婚姻只和我们两个人有关，我一定会追上去，我什么都可以不在乎！可是不是的，现在这个局面，我给不了天歌幸福，有什么资格去追？”泰阳沉痛地道。他和向天歌之间要克服的困难太多了，他根本不舍得让向天歌走一条那样难走的路。

“如果是因为钱的话，我可以帮你，我给你两百万，你去拿给陈学飞，然后解除同他之间的约定！”

泰阳转头望着司徒锦。

司徒锦又继续说：“我知道你有能力解决除了钱以外的所有困难，我相信你，所以钱的事情，就让我来解决吧！”

向天歌找到了小泰平之后就离开了上海，可是没过几天，泰阳就在公司的楼下见到了向爸。

公司前台打给泰阳说有人在楼下等他。泰阳也没多想，就下楼去了，刚到楼下就与背着手在大厅里的向爸四目相对。两个人随即从写字楼里出来，在附近的小道上散步。

向爸问泰阳：“你知道当年我为什么会跟你妈妈离婚吗？其实这

个原因我之前有跟你讲过。"

"我记得您跟我说过'假的就是假的，永远都成不了真的'，所以你们要找真对象，你们都不那么喜欢对方。"

向爸摇了摇头道："恰恰相反。我那时候是真的喜欢上了你妈妈，而你妈妈也喜欢我。但我们都知道，我们的婚姻是假的，那只不过是一场交易，而交易就有交易完成的时候。如果我们不顾后果地将交易延续下去，那它永远都不会纯粹。这段婚姻就永远都是一段交易，它会经年累月，成为我们心底的刺。"

泰阳怔怔地望着面前的向爸，才听他又道："所以为了终止这种不道德的感情，我提出离婚，才会永远地错过了这段感情。"

向爸说到这里，抬手拍了拍泰阳的肩："我今天到这儿来找你，是想告诉你，倘若当年的我能多一分勇敢，能不那么迂腐，死死抓住你妈妈的手不放开，也许后来的我们也不会是这样的结局。"

"可你说过，经年累月，这些东西总会成为你们心底的刺。"

"我们毕竟没有经年累月过，哪知道会不会成为一根刺？人啊，总是喜欢想得太多，给自己预设很多困难，然后就可以心安理得地举步不前。"

"……"

"天歌和泰平都爱你，也都需要你。我也知道你有顾忌，所以放开了她的手，这件事我们都能理解。如果你还爱她，我当然希望我的女儿和相爱的人在一起。她已经做出了选择，我不知道你是想一辈子和那些流言蜚语过，还是要为爱情勇敢一回？"

向爸的一番话，令泰阳下定了决心。他起初以为所有的家长都是反对的，如今有向爸的支持，他原本的顾虑消失了大半，他决定回去，争取属于自己的幸福。

司徒锦一收到泰阳的消息就立刻赶过来了，当面给泰阳开了一张两百万的支票，让他带回去还给陈学飞。但他借这两百万是有要求的！

要求就是：泰阳必须把向天歌给抢回来！

泰阳已经收拾好自己的背包了，看了一眼司徒锦手里的支票："不用了，我自己会想办法，不用你给我钱。"

"你能有什么办法？两百万不是个小数目啊！"

泰阳将背包往身上一甩，只同司徒锦比了个手势便径自向机场去了。

去机场的路上，他又接到了黄多多打来的电话，黄多多问他："你真的决定回西京了吗？"

"嗯。"

"那你……什么时候回来？"

"不回来了，我要回家。"

"可是你知道你就这样回去，他们一定不会放过你，不会放过你们。"

"我有办法解决。"

泰阳挂掉了电话，走进了机场的候机大厅。他又接到了几个电话，等挂断再看短信，自己的账户上多了两百万。

收到钱的第一时间，他迅速给对方回了条短信，然后才拿着身份证去办理登机牌，等过完安检，便直接关机。

另外一边的"石心集团"办公室内，穿着修身职业连衣裙的秘书Ada忽然抬头，对坐在大办公桌后的男人说道："泰先生已经关机。"

"你再好好打！一定要把他的电话给我打通！"

黄多多这时候推门进来："爸爸……"

"你别打岔，Ada，不管用什么方式务必把人给我找到！"

领了命的Ada赶忙起身小跑出了办公室。等她出门后，黄石才忽然从座位上起身，转身去望身后的大落地窗时，一只手叉腰，另外一只手狠狠摸了一把自己的后脑。

黄多多说："您是在找泰阳吗？他已经回西京了。"

黄石猛然回身，指着黄多多道："你说什么，再说一遍！"

"就在刚才，我给他打电话的时候，他已经在去机场的路上了。"

"不可能！他还没拿到两百万呢。我刚刚才对他委以重任，他怎么可能现在离开？"

黄多多有些颓然地在会客沙发前落座："爸爸您觉得泰阳真的值两百万吗？"

"我说他值就值！他的思维活跃、人也敢想敢做，他能解决'石心'很多员工都解决不了的问题，只要好好培养，我相信他以后绝对不会只值两百万的。女儿，这个人你没有选错！"

黄多多仰头笑了一会儿才转而对黄石道："连您都看得清楚的事实，跟您一起做生意的那些合作伙伴谁又看不出来呢？"

"什么意思？"黄石刚一皱眉，忽然又一副恍然大悟的神情。

他单手撑在自己的大办公桌上，另外一只手轻拍了一下自己的脑袋，想着想着忽然大笑："原来他问我能不能给他一份两百万的工作是这个意思？他并不是想从我这里要两百万，甚至压根儿都没有想过从我这里拿钱，好小子，他是为了吊起来卖！"

泰阳在机场关机以前，发出的最后一条信息，就是给东北的蒋总。

"谢谢您的工作邀请，等我处理完手上的事就过来。"

泰阳堂堂正正地回来了。

回来的第一时间他便在泰爸泰妈的面前下跪，说自己不孝不听话，终于还是没有办法放下向天歌和泰平，所以他回来了。

泰爸双目通红，闭上了眼睛，沉默不语。

泰妈上前将他从地上扶起来道："以前是妈妈错了，对不起，泰阳，是妈妈害你受苦了。"

"妈，是我欺骗你们在先，又害你们被别人指指点点，我不是个东西，您打死我吧！"

泰妈哭着摇头，又去抚了抚泰阳的脸："你走了以后，都是天歌和他们家在照顾我们，也是经历了那么多事我才明白，血缘亲情是重要，但也没那么重要。我曾经害怕外面的流言蜚语，也怕你被人指指点点，才让你们分开。我以前的事就弄得满城风雨，我是不想让你变得跟我们一样，不想你被人戳着脊梁骨骂，才会逼你们分开的。"

本来准备了一大段说辞的泰阳一句话都没用上，还得反过来安慰不停地自责的母亲。

而陈学飞收到泰阳回来的消息，变得如坐针毡。

他给陈学良打了通电话，还没等那边开口便一顿虎骂："你当时放的那把火怎么没有把泰阳给烧死啊？"

他恶狠狠地摔掉手里的电话，深呼吸良久才终于平静了下来。

陈学良的电话这时候打了回来："哥你干吗，怎么跟吃了炸药似的？"

"我要你找人给我把他干掉，不管用什么办法、花多少钱，必须干掉他！"

"杀人的事情我可不做！那是要坐牢的啊！"

"我让你亲自动手了吗？我怎么有你这么蠢的弟弟？你就不晓得多花几个钱找人去把这件事做了？"

"要找你自己去找！上次你让我找人去威胁记者，让他们猛爆孤儿的料，他们现在一个个都跟吸血鬼一样缠上我了，成天跟我要钱。我哪儿来的钱啊？你赶紧给我打钱，不然我就让他们去找你了。"

"废物！"

陈学飞挂断电话后气不打一处来，在办公室里绕了一圈，气儿还没解，秘书的内线电话就打了过来，告诉他泰阳来了，来还钱。

陈学飞震惊不已，他怎么也没想到，这个男人居然能在这么短的时间内凑齐两百万还给自己。

陈学飞拿着支票笑道："这次给你钱的又是什么人？"

"我们的约定解除了，从今往后我不再欠你任何东西，我会与你公平地竞争天歌。"

"想要跟我竞争，你凭什么？"

"凭我这次绝对不会再放开她的手了，而你永远都得不到！"

陈学飞绕过大办公桌来到他的跟前："我想弄死你就跟踩死一只蚂蚁一样容易，你那'格斗孤儿'的事情还没完呢！我随时能够联系那些孩子的家属，让他们再告你拐卖幼子！"

"爆料那件事的人果然是你。"

"你如果识相一点，现在就给我从这里出去，不要让我再看到你！"

泰阳逼近到陈学飞跟前，低头看着他，语气平静地告诉他："我早就跟你说过，如果你再欺负她们母女，即便追到天涯海角我也不会放过你，现在我来履行承诺。"说完这话，他还笑了笑。

泰阳笑得陈学飞两腿发软，泰阳走后许久，他才站稳，回到了自己的位置上坐下。

而泰阳径直去了《Mamour》，他去找向天歌。

正值午餐时间，向天歌拿着钱包同小白一起往外走，准备在楼下吃个简餐。二人走到门口，看见了泰阳，小白识趣地先走了。

杂志社里的人陆陆续续地出来，不少员工在同向天歌问好。向天歌没敢与泰阳继续对视，转头与他人点头示意。直到人群全部离开，她才拿着钱包转身往办公室走。

"你怎么来了？"

她的声音里藏着的，全都是陌生和冷漠的情绪，没有期待，没有欢迎。

她应该恨他，至少是讨厌他。

在向天歌进入办公室的一瞬间，泰阳忽然从身后一把将她抱住了。

他把头放在她的头顶，深吸了一口气才道："我想你……"

她试图挣开他，却被他抱得更紧。

泰阳在向天歌的耳畔说："对不起，我不会再走了！我发誓，我再也不会离开你，不会丢下你一个人了！"

"你的承诺已经不值钱了，泰阳！"向天歌大喝一声，铆足了全力挣脱了泰阳，"你一次又一次地转身，一次又一次地离别，我没办法再相信你说的任何话了！"说完这话，原本平静、淡定的目光忽然变成了愤怒，她所有的伪装到这一刻全都化作眼底深处的痛苦和愤怒了。

"我知道我一直都在伤害你，对不起，天歌！"

向天歌忽然笑了，眼睛里含着泪，却努力地没让泪水流下来："我也不明白为什么每个人都觉得我是一个招之即来、挥之即去的女人，陈学飞是，你也是！"

泰阳蓦地攥紧了拳头，这世上大概没有哪句话比这句更伤人了。

"既然爱情不是必需品，这些天以来我也想通了，我一个人可以带泰平，我一个人也可以生活。一个人的生活至少不需要别人来指手画脚，不需要顾及别人的想法，这样挺好的。"

他不怒反笑："看来你长大了，小傻瓜。"

"我用不着你来嘲笑！"

"跟你比起来，我觉得自己可笑得多。"他说着，眼睛都红了，"因为，我明明比任何人都爱你，都想要拥有你，可还是让你离开我了。"

向天歌没有被这句情话感动，她只是点了点头，算是已阅的批复，不带任何感情。

泰阳离开了《Mamour》，却没停下他的追妻计划。

泰阳不知道怎么追女生，回想起自己当初那会儿暗恋的日子也是一筹莫展，他便开始写情书，又写情书又送花。

向天歌收到第一束花时，还有些哭笑不得——花里夹着一封情书，厚厚一沓纸，写得像流水账。接下来，隔三岔五就有新的情书和新的花送到杂志社。向天歌的办公室现在就像个鲜花市场，但凡是有点花粉过敏的，都不敢靠近了。

小白替向天歌取了第八封情书，她靠在向天歌办公室的门口，晃着手里东西："这已经是这个月的第八封，我泰哥还真是执着，每天一封情书，还真是感人。"

向天歌还没来得及接话，陈学飞就闯了进来。

这些天，陈学飞又开始频频光顾了。向天歌交代了几次前台，可这里的小姑娘根本拦不住陈学飞，他想让向天歌带着小泰平搬回他的公寓去。

向天歌觉得眼前的男人简直可笑至极，冷冰冰地重申一遍："我是不会跟你回去的。你不要以为'真爱之旅'的事我不告你，是给你留面子，是我不想扩大它的负面影响，不想影响《Mamour》！"

陈学飞看着一屋子的鲜花，转了一圈才道："看来他这次真是下了决心，连脸都不要了，非要来当这个小三。"

"我已经和你说得很清楚了，我不想再和你在这里扯皮，请你出去！"

"天歌，我知道因为'真爱之旅'的事，你生我的气，可工作是工作，生活是生活，你已经任性得够久了，是不是该带着陈平回到我的身边？"

"我以为就这件事我们之间已经达成共识，你跟我除了是泰平的父母以外，没有任何关系。"

陈学飞微微叹了口气："你还在怪我，可我今天所做的一切都是为了你们母女，想想你马上就能不用上班，想想我们马上就会有那么大笔遗产要继承，你难道不觉得兴奋吗？"

向天歌看着陈学飞，她简直不能想象他心中的自己是个什么样子的人。

"如果可以，我真的希望泰平和你也没有半点关系！"

"泰平泰平泰平……你究竟要我说几遍，你才明白，她是姓陈的，她叫陈平！"

"《Mamour》不欢迎你，如果再来，我就请保安解决问题了！"

向天歌快步走到门口，将门打开，一副逐客的姿态。

陈学飞缓步走到她跟前，西装革履又举止优雅，真是半点看不出他内里的龌龊和恶心。

他一抬手便将她手边的门板给推关上了。

"你……"

"天歌，为什么我好言好语地同你说你就是听不进去呢？如果你非要这么逼我，那我只好去跟记者聊'真爱之旅'了，到时候我有什么说什么……"

"陈学飞，你这样做对你一点好处都没有，你这是玉石俱焚！"向天歌抢白。

陈学飞双手随意插在休闲西裤的外袋里，才一脸悠闲地对向天歌说："你说什么呢，这件事是我公司个别员工的私人行为！我已经开除了该员工，并向家属郑重道歉了。但你呢？《Mamour》是那个什么，司徒锦的，他可是给你雪中送炭的，你要让他因为你而受到牵连吗？"

向天歌气得浑身发抖，她早就知道陈学飞无耻，但不知道他无耻到这个地步。

第十二章

如果爱，请深爱

向天歌还是会收到泰阳寄来的情书，几乎每天一封，雷打不动地放置在她的办公桌上。只是她从来不去看，也不敢去看。收到之后她本来想扔了，但犹豫再三，又放进了办公桌的抽屉里，将它们锁好，就像是锁住了自己的心。

向天歌不能让《Mamour》在自己的手里受到威胁，只能暂时带着小泰平搬了回去，只是这次她同陈学飞约法三章：一是不允许他再带别的女人进家门，尤其是不能给小泰平看到；二是他们继续维持同居不同房的生活状态，互相不干预对方的生活；三是他必须立刻停止"天旅"的不法勾搭，不准再做那些见不得人的事情。

陈学飞虽颇有微词，但总算同意，向天歌这才带着小泰平搬了回去。

搬家那天小白专程来了一趟，说是要帮向天歌收拾行李，其实根本是来做泰阳的说客："向姐，我不明白，泰哥既然都已经回来了，你还搬回去干什么？"

"就是因为泰阳回来了，我才要搬回去。"向天歌一边收拾东西，一边往外拎。

"难道你爱陈总更多，你跟他还能过到一起？"

"我跟陈学飞在一起不是因为爱情，至于泰阳……我结婚又离

166

婚、结婚又离婚，你觉得他跟我在一起还会有幸福吗？"

"幸不幸福跟结过几次婚有什么关系？重要的是他的婚姻幸福只有你能给他啊！"

"小白，你又是为什么一定要找'拆二代'呢？"

"我想要稳定的生活……"小白话还没有说完，忽然睁大了眼睛望着向天歌。

向天歌微笑回道："我现在的想法也是一样的，没有什么爱不爱情，去追求这些太累了。我就想安安稳稳地把自己的生活过好，然后看着泰平长大就好。"

"可是你不爱陈总，你爱的是泰哥！"

"你跟青皮在一起难道是因为爱情？"

小白哑口无言，上次向天歌劝她，她就是这么怼的，谁知道风水如今轮流转了。向天歌微笑着拍了拍她的肩膀："在这个世上，每个人都有自己想要的安稳，只是有些安稳，与爱无关。"

向天歌不愿意多说，小白也不好再问。

两个人提着行李出门，小泰平突然大叫了一声："爸爸——"

几人一齐向上望去，正见泰阳从楼上下来。

小白激灵了一下，说带小泰平去院门口买东西，便把时间和空间都留给他们。

"你这是……"

"回家！"向天歌抢白道，"陈学飞的车就在大院门口等我，我们今天就回去了！"

"你是不是到今天还不相信我？"

向天歌赶忙避开他的眼睛："没有什么相不相信，我只是跟泰平回到我们原本的生活轨道上去。"

"你原本的生活轨道应该是我！"泰阳近乎咆哮。

"你先放手。"向天歌提醒他。

泰阳想要上前，向天歌迅速后退，她看也没看他，低头就顺着楼

167

梯下去了。

他一路追寻，在大院门口叫住了她，他说："我给你写的信你看了吗？"

"看了……"

"那你就没什么要对我说的吗？"

"没有，"向天歌回头，"以后都不要再给我写信了，不要再往我办公室送东西，还有，永远别在楼下等我。"

泰阳摇头："你没看信。"

"你觉得你做的这些事有意义吗？我们已经分手了，泰阳，协议到期，这段虚假的婚姻已经不存在了。你对我没有责任，对泰平也没有，所以拜托你放过自己也放过我吧！"

"这是你真实的想法，还是你有什么困难没有跟我说？"

"没有！我什么困难都没有，这就是我的真实想法！"向天歌说完话即刻转身，出来时，陈学飞的奔驰轿车果然就在门口。

小泰平已经提前上了车，小白就站在车边同她说话。

向天歌快步上前拉开前座的车门坐进去后，驾驶座上的陈学飞看了看从大院里出来的泰阳，再去望身边的向天歌，淡淡抿唇一笑，最终什么都没有说，直接将车开走了。

泰阳依然会来，于每一个深夜。只要她加班，他都会独自一人，站在昏黄掩映的路灯下，只要她在窗口一低头，就能看见他了。

但是他们从不交谈，向天歌也尽量不站在窗边。

可他的情书还是会来，还是会雷打不动地出现在她办公室的桌子上。

她努力压抑着去拆开它们的冲动，努力让自己的生活回到正轨上，再不被任何人干扰。她的心一面无法抑制地向泰阳倾斜，又一面被理智撕扯。她知道自己只有从大院搬走，去一个看不见他的地方才能重新开始。

她白天维持着表明的平静，但到了晚上，她每次回到陈学飞的那个公寓之前都要不断地给自己做心理建设，才有勇气回去——她不知道这样的状态还要持续多久，却想不出还有什么更好的办法，只能让自己不停地加班，用这种方式去逃避。

加班到深夜，向爸突然打来电话，说原定今天晚上要住在他们家的小泰平居然到现在都没有过来。

"天歌，你是不是忘了把孩子送过来？"向爸询问。

"怎么可能？不是说好了我妈去接吗，她没去幼儿园？"

"你妈说今天中午陈学飞给她打过电话，说他去接，跟泰平吃完晚饭就送她回来。"

"你们给陈学飞打电话了吗？"

"打了，你妈见过了十点还没把孩子给送回来，立刻就给他打了。可他那边不晓得怎么回事，一直暂时无法接通，打家里的电话也没人接，我们实在是坐不住了，这才给你打的。"

向天歌转头看了一眼桌上的时钟，已经快要十一点了。

"你们给幼儿园的老师打过电话吗？"

"你妈刚才就给老师打了，老师说陈学飞连午觉都没让孩子睡，直接就把泰平接走了。"

向天歌的大脑"嗡"的一声，实在想不出陈学飞会在大中午把小泰平接走是为了什么。但陈学飞这样的人谁也说不准他会做出什么事情，她不敢让爸妈知道她的恐慌，只能佯装镇定道："爸您稍微等等，我给陈学飞打个电话再给您回过来。"

她说完挂断就给陈学飞打，反反复复几次都是无法接通。此刻心底莫名的惶恐愈演愈烈，她努力地保持镇定，给陈学飞的秘书打了一通电话。秘书那边也是等了很长时间，才接了电话，对方先是礼貌地唤了声"陈太太"，才万分谨慎地道："您找我有什么事吗？"

向天歌绕了个弯问："刚才学飞给我打电话说他手机快没电了，让我给他送点东西，你把他的地址再跟我说一下吧！"

"不好意思，陈太太，我现在没有跟陈总在一起。"

"我在原地绕了三圈就是没找到，打他电话已经关机可能是没电了。你赶紧把他的具体地址再给我说说，不然车又开过了！"向天歌故意让自己的声音听上去焦急万分。

"陈太太，您现在在在北京吗？"

向天歌的心"咯噔"了一下，面色一白，顿时整个人都不好了。

"他带泰平去北京干什么？"她的声音立刻就冷了。

秘书小姐这才忽然意识到向天歌在试探自己，声音不住地颤抖："我不知道，陈太太，我真的什么都不知道，您还是直接给陈总打电话吧！"

电话那边传来忙音以后，向天歌立刻起身望着窗外。

在此之前一切都是好好的，至少表面上是这样。早上出门的时候，她还给一家人做了早餐，小泰平虽然仍然有点害怕陈学飞，但毕竟还小，不会记恨人，对陈学飞也就没有那么排斥。

陈学飞出门后，先开车送女儿去幼儿园，然后再送她到《Mamour》的楼下。

临走之前，他问她："今天晚上一起吃饭吗？"

她说："不了，《Mamour》下周就要出新刊，所以《真爱》今天晚上要做系统测试，晚上我会留在社里通宵加班。泰平放学以后我妈会接她，今晚她在我爸妈那儿住就行了。"

他点了点头说："行。"

那时的陈学飞没有半点不对的地方。

可是为什么中午刚过，陈学飞就把小泰平带去了北京。

向天歌在公寓的沙发上一直坐到了次日的清晨，大门发出"咔嗒"一声，被人从外面打开。门一拉开，小泰平看见了向天歌，就跑着朝她冲过来，大喊着："妈妈！"

陈学飞的手还拉在门把上，他没料到向天歌会在中午以前出现在家里。

他先是一愣，才微笑着道："怎么这么早就回来了？通宵累了吧？赶紧睡一觉吧。"

"你这是算着我要通宵加班，绕开我带着泰平去了趟北京？"

陈学飞似乎并不意外向天歌会知道他去了北京，他一脸淡然地在玄关处换了鞋，然后走进厨房给自己倒了杯水。再出来的时候，他用杯子示意了她一下才道："现在的人真是越活越倒退，作为秘书一点职业道德都没有，看来我回去以后，就可以请她走人了。"

"你是不是应该先跟我解释一下为什么要带泰平去北京？"向天歌的嘴角抽了一下，转头望着站在餐厅门口的陈学飞。

陈学飞沉默了一会儿，才叫小泰平进屋去把东西放好。小泰平本来就有些惧怕他，这时候赶忙提着自己的小包奔回房去了。

等到女儿在客厅里消失，陈学飞才绕到向天歌的跟前来："我就是带孩子出去玩了一趟，我不明白你有什么好大惊小怪的。"

"这是我大惊小怪吗？"向天歌激动得从沙发上站起来，与他面对面，"你中午给我爸妈打了个电话，什么也不说清楚就把泰平给接走了！要不是我给你的秘书打电话，知道你去了北京，你是不是还打算把我瞒在鼓里，当这件事从来都没有发生过？"

"我没有打算要一直瞒着你，只是决定出发的时候有些匆忙，你看，我们现在不就好好地回来了吗？"

陈学飞在就近的沙发上坐下，抽出一支香烟，点着了。

向天歌居高临下地望着他："你带泰平去北京干什么？"

"没什么，就是去做一些检查而已。"

"检查？泰平她怎么了？为什么要去北京做检查？"向天歌被陈学飞说得慌了起来。

陈学飞吐出一口烟圈，平静地道："我刚好有个朋友在北京的鉴定中心工作，能够当天出结果，所以我就带陈平去了一趟。"

"什么……鉴定中心？"心底的震惊在一步步扩散，若不是拼命压抑，向天歌根本没办法控制住自己不往歪了去想。

"还能是什么？"陈学飞缓慢起身，摁熄了手里的烟头才试图伸手去抱向天歌。

向天歌仓皇后退，怔怔地望着他。

陈学飞微微叹了口气后，才对她微笑道："对不起，天歌，过去是我多想了。可是这趟北京之行确实去得值得，我很高兴，我们有个女儿。"

陈学飞的笑容逐渐扩大，那种喜出望外的神情简直溢于言表。

"所以，"向天歌颤抖着，"你是带泰平去北京做亲子鉴定？陈学飞你还是人吗？"

"天歌你别这么激动，我不过就是带女儿去做一个早就该做的检查罢了。现在有了科学的验证结果，才能更好地帮助我们一家人永远都在一起。"

"你既然不相信泰平是你的女儿，你根本没必要这么做，我可以带她走，现在！"

向天歌要往泰平的房间走，陈学飞却抓住了她的胳膊，重重地一拉，她又跌坐回沙发上。

"这跟相不相信没有关系，我不过是寻求一种保障，更何况以你跟泰阳的关系，谁知道她到底是谁的种啊？我忍到现在才带她去做鉴定，已经够意思了。"

"陈学飞！"向天歌抓起身边的东西向陈学飞砸去。

陈学飞一个闪身躲开了，才皱眉看着向天歌道："这事儿你就不能怪我，要怪就怪你跟泰阳的关系太不清不楚了。还有那谁，司徒锦是吧？我听说我不在西京的时候，他都向你求婚了，你身边跟着这么多不清不楚的男人，我能放心吗？要是陈平不是我的女儿，那我成啥了？我可不能给人白养孩子。"

"我宁可她不是你的女儿，是谁的都比是你的好！"向天歌恨得咬牙切齿，一字一顿地告诉陈学飞。

"过去你跟别的男人怎样，我不在乎。既然陈平确实是我女儿，那从今往后咱们在一起好好过，我不会亏待你的。"

向天歌简直快疯了，整个大脑里都是"嗡嗡嗡"的声音，再听不见其他。

陈学飞还在继续说："你也别怪我怀疑你，你去看看，那些不要脸的男人都在干什么。一个成天在你们杂志社楼下站岗，另外一个更是出钱买了你手上的烂摊子。真别说我怀疑你，这但凡是个正常人都会怀疑，你能保证你跟泰阳在一起五年都没啥。那司徒锦凭什么要出钱帮你？而且如果不是因为你在给司徒锦打工，我的威胁会那么快奏效吗？"

"陈学飞！"向天歌声嘶力竭地冲他大吼，"你太无耻了！"

"我们俩到底谁无耻？过去的事儿差不多得了，从今往后你应该适可而止。你就算还不是我陈学飞的老婆，也是陈平的妈妈，做人还是要检点一点。"

向天歌长这么大从没被人如此颠倒是非黑白地侮辱过，她觉得一阵眩晕。她本来以为有些事情是可以逃避的，可越是逃避，现状就越惨烈，继续这样和陈学飞纠缠下去，她觉得自己会先崩溃。

陈学飞起身靠近，想要抱她，她却用尽全力推开了他！

向天歌转身回屋，小泰平一副泪眼汪汪的样子，显然被外面的争吵声吓到了。她抱着一个洋娃娃缩在床上，见向天歌一进来就伸手要抱。

向天歌抱过泰平，转身就出门往外走，陈学飞拦在门外："干什么去？"

"我跟泰平今天会搬出去。"

"我没听错吧？就为了那么点小事儿……"

"接下来的事，会有律师来跟你对接的！我也不会和你复婚！"向天歌这次连行李都不打算收拾，只想尽快离开这个地方。

陈学飞拉住她的胳膊，不断祈求她："你不能这样，天歌，我们是说好了的，你答应我会搬回家来住的！"

"我为什么会回来，你心里不清楚吗？"

"我如果不威胁你，你怎么会乖乖带着女儿回来？这是我们的家，我不能让你就这样把它给拆散了！"

"陈学飞，你太可怕了。泰平不应该有你这样的父亲！她还那么小，她不应该在这样的家庭环境下长大。就算我一个人，也能够给她更好的！"向天歌将怀里的女儿抱得更紧了，一只手捂住她的耳朵，不希望她听见太多大人间的对话。

泰平紧紧地抱着向天歌的脖子，她浑身都在颤抖。

陈学飞发现拽不动向天歌，便伸手去拽小泰平。小泰平刚才只是颤抖，此刻已经大哭了出来，整个楼道里都是孩子哭喊的声音。陈学飞也不管自己是不是弄疼了孩子，只想把小泰平从她母亲的怀里扯出来。

可向天歌心疼啊，她哪里见得了小泰平受这种苦，不由得就松了手。陈学飞一把拽过泰平，紧紧地抱着哭泣的小泰平往后躲："陈平是我的女儿，我不可能让你带她离开。天歌，你也不要走了，好不好？我知道你是气我没有跟你说就带陈平去了北京，可我那不是为了这个家的稳定和谐才这样做的吗？现在事实证明她就是我的女儿，我们从今往后一家人好好在一块儿过还不行？"

陈学飞已经疯了，向天歌不想再和他多说什么，她从口袋里拿出手机就按下了110。电话正要接通，陈学飞一个箭步冲上来，抢过向天歌的手机砸在了地上，摔了个粉碎，然后一把拉回向天歌将她推倒在地。

向天歌摔在地上，浑身吃痛，冷汗瞬间就布满了额头。可她哪里顾得上自己的状况，只希望女儿没受伤害。

"嘭"一声巨响，陈学飞锁上了门。

"把女儿还给我，你吓到她了！"

"从今天开始，你和陈平就给我老老实实地在家里待着，哪儿也别去了！"陈学飞将泰平放了下来。

小泰平飞奔到了向天歌的怀里，向天歌搂住女儿也跟着她哭了出来。她心里是不断蔓延的绝望，她不敢想象陈学飞还会做出什么极端的事情，也不敢激怒他，只能奢望父母能来这里救自己出去。

向天歌紧紧地抱住怀里的女儿，她给女儿安慰，也用女儿安慰自己。

陈学飞锁上大门之后，又拔了家里的电话线和路由器。

做完这一切，他居然笑了出来，狰狞地对母女俩说："以后你跟陈平都不用出去了，有我养着你们。天歌，我还记得过去咱们谈恋爱的时候，我就一直想这么做来着。你在家里相夫教子，我在外面赚钱养家。现在这样真好，这就是我最想要的生活。除此之外，什么都不重要了。"

向天歌三天没回杂志社了，小泰平也三天没有去过幼儿园了。

向爸向妈头一个意识到不对了，向天歌去找小泰平怎么找着找着，把自己也找得不见了。小白也是急得就差报警了，向天歌从来不会忽然失联，尤其是杂志的工作还卡在了关键节点上。

泰阳也很快知道了消息，一问来龙去脉，他就断定向天歌就在陈学飞的公寓里，他叫上了青皮和王和平几个去找了陈学飞。

陈学飞开门一看是泰阳，冷淡地问："有什么事吗？"

"天歌呢？"

"泰阳，天歌是我老婆，你给我老婆送花写情书也就算了，居然还跑我家里来找我老婆？"

"我现在没工夫跟你废话，天歌呢？"

泰阳着急地正要往里冲，却叫身旁的青皮与王和平给拦住了。

王和平以尽量冷静的语气对陈学飞说道："向天歌已经三天没到杂志社去过了，还有泰平也三天没去上过幼儿园，我们就是想来看看，到底发生什么事了？"

王和平身上还穿着警服，陈学飞虽然不待见他，但也不想惹这种麻烦。陈学飞转开视线和王和平说："不知道，不要来问我！"

"妇女儿童失踪是可以立即立案的，向家父母已经报了警，今天我来找你，希望你配合调查，否则一会儿过来的就是专案组的人了！"

"吓唬谁呀？我倒要看看这世界到底是个什么样的，警察不帮苦主，尽帮着小三来挖别人墙脚是吧？"

几个人在门边争执不休，最里面的卧室里突然发出"咚"的一声。

所有人的动作忽然一顿，正当陈学飞还想掩饰些什么的时候，泰阳在青皮的掩护下直接冲了进去。

陈学飞随后而来，想拦没有拦住，眼睁睁地看着泰阳奔到最里面的卧室门口。他先是拧了下门锁，发现被人锁上之后，立刻飞起一脚将门给踹开了。门开了，却并不见里面的人影，声音是从更往里一些的洗手间传出来的。

泰阳踹开了那扇门，才见手脚被缚、嘴里塞着条毛巾的向天歌和小泰平。

小泰平早被吓得浑身发抖，向天歌则是红着眼睛。刚才她是听见门外的动静，拼尽全力用身体去撞击什么弄出了声音，这时候看见门被踹开，母女俩都惊恐地抬头望去。

视线在与门边的人接触上的那一瞬间，向天歌睁大了眼睛。

泰阳紧紧咬住牙齿，上前解开了捆在她们身上的束缚，转身就要去找陈学飞。

"不要去！"

在他拿掉塞在她嘴里的毛巾时，向天歌轻呼了一声，然后立刻张开双臂紧紧抱住他的肩。

泰阳气得浑身发抖，却也能感受到抱着自己的向天歌颤抖得更厉害。

小泰平也在这时候扑过来将泰阳抱住，用奶声奶气的哭音唤他："爸爸……呜呜呜……你怎么才来？呜呜呜……"

泰阳暂时压抑住心底的怒意，用力将小泰平从地上抱了起来，揽着向天歌往外走。

这时候陈学飞已经挣脱开青皮与王和平的钳制要往这边冲，却在距离她们还有一米左右的距离时，被泰阳狠狠一脚给踹翻在地。

陈学飞捂着被泰阳踹到的地方抬起头来，猩红着眼睛对向天歌大叫："天歌——你不能走，天歌——"

向天歌疲惫地转开头去，根本就不想理他。

王和平这时候迅速冲上前来，取出手铐将陈学飞反手铐住，以非法拘禁罪直接将陈学飞给带走，而向天歌和小泰平不得不跟着一块儿去做笔录。

笔录做到一半，陈学飞的律师来了，一通胡搅蛮缠非要王和平立刻放人。

青皮实在是不能忍，当场同那律师吵嚷了两句差点又打起来。王和平只好加快速度处理完向天歌的笔录，让泰阳带着几人先离开。

几人走到门外，王和平不乐观地告诉泰阳和向天歌，他们会先拘着陈学飞。但是估计也拘不了多久，这桩案件实在是不好定性，尤其向天歌同陈学飞还一直在同居，泰平又是陈学飞的女儿。

"非法拘禁的行为，只有达到相当严重的程度才构成犯罪。所以，一般会根据情节轻重、危害大小、动机为私为公，还有拘禁时间长短等因素，综合判断，告不了他的可能性也是有的。"王和平分析着。

青皮还在气头上，咬牙切齿地撸起了袖子："要是告不了他，咱们就把他也绑在他家，他也拿咱们没办法！"

王和平看了青皮一眼，没有说话，而是转对泰阳道："累了半天，你先陪嫂子回去休息吧！"

泰阳点头，怀里抱着的小泰平早已困得靠在他的肩头上睡着了。听到他们说话的声音，小泰平呜咽了一下，泰阳轻抚她的后背拍了拍，等她均匀的呼吸再次传来，才转而去牵向天歌的手。

这一次，向天歌并没有把他的手挣开，大概是经过这几天的折磨，她已经疲惫不堪了。

泰阳和青皮送她们回了向爸向妈那儿去，二老见女儿总算是平安回来了，心头卸下了大石头，早早就站在门外迎了。见着他们过来，向妈赶紧冲过去，心疼地接过泰阳怀里的小泰平。

向爸稍显冷静一些，可这三天来也憔悴了不少。他上下打量着女儿没出什么事儿，才转而去问泰阳："已经没事了吧？"

向爸将几个人迎进门，泰阳坐在沙发上把整件事情和王和平的结论复述了一遍。而向天歌红着眼睛靠在沙发上，一直都没说话。

怀里还抱着小泰平的向妈听得气红了眼睛："怎么能说这种话？我就知道陈学飞不是什么好东西，当初在我们面前答应得好好的说是会照顾天歌，会好好对她们母女！现在他就是这样对她们的？法律如果制裁不了，那我就乱刀把他给砍死！"

向爸赶忙上前安抚了向妈两句，才让向妈先抱着熟睡的小泰平回房间。

向爸又拍了拍向天歌的肩道："回来了就行，你也累了，早点回房休息吧。"

向天歌红着眼睛点头，由泰阳扶着进了房间。

这时候向爸一个仰头，泛红的眼里都是止不住的泪水。可他没有任眼泪往外流，兀自冷静了一些，才低头下来，拍了拍青皮的后背，示意青皮出去说，然后开门关门，两个人就这样消失在了屋子里。

向天歌躺在床上也睡不着，泰阳陪她回来以后，在房里说了会儿话就先走了。此刻剩下她一个人，一夜在床上辗转反侧，直到第二天日上三竿，才蒙蒙有了些睡意，睡着了。再醒过来的时候夜色已深，她饥肠辘辘又想起还有小泰平，猛地翻身下床打开了房门。

向天歌这才想起已经回家了，长长地舒了口气。看见泰阳在客厅的长沙发上和衣仰躺着时，她愣了一下，没想到他会在这里，而且还睡在他们家的沙发上。

听到向天歌的动静，他转过头来："怎么起来了？"

她看着他，没有说话。

泰阳掀开盖在身上的薄被起来，对她说："叔叔阿姨已经睡了，

178

泰平跟他们在一起。"

不常听到他叫向爸向妈"叔叔阿姨"，至少是在两个人维系了五年的婚姻关系期间，她多是听他叫他们"爸爸妈妈"的，这一下转变为"叔叔阿姨"，向天歌只觉得心里怅然得很。可她终究什么都没有说，只走到厨房去给自己倒了一杯水。

泰阳赶紧挤了进来，一边架锅，一边问她："吃点面条吧？"说话间，已经拿出醒好的面擀了起来，她本来还想说不吃了，可见状也只得沉默下去。

泰阳说："这是我跟你爸学做的面条，他说他每次哄你妈的时候就这么做，给她做了一辈子的面条。之前我也没做过，连擀面都是第一次，怕做得不好。反正你将就一下，以后我多做几次，就能做得更好。"

向爸给向妈下了一辈子的面条，这个向天歌是知道的。

她只是没想到，有一天，在这个小小的厨房里，还会有一个人，想给她做一辈子的面条。

没过一会儿面条上桌，是一碗热气腾腾的臊子面，还给她搭配了个煎蛋。

向天歌拿起筷子夹了一点面条，那蒸腾的热气险些让她落下泪来。她什么都没有说，默默地吃面。泰阳起身去给她倒水，回来时下意识地在她头顶揉了揉。

这一揉，向天歌的泪腺再也绷不住了，立刻就掉了一滴眼泪下来，而后便像是一发不可收拾，眼泪一滴滴地都落进了碗里。泰阳的大手按在她的肩上，温热从肩膀传到心坎儿，他没说什么，重新回到了沙发上，拿起遥控器将电视打开以后，把音量调到最低。

向天歌费尽全力也只吃下小半碗，她起身的时候，泰阳的动作比她还要快，抢在她前面把碗筷都收了。他的注意力根本不在电视上，而是时刻关注着她。

她什么都不想说，只想睡觉。她刚一起身，泰阳又回来跟在她身后进了卧室。等她在床上躺下之后，他又帮她掖了掖被角，然后又揉了揉她细软的头发："有事就叫我，你知道我一直都在。"

她睁大了眼睛，在昏黄的光线里望着他。

他又唤了她一声"小傻瓜"，说："早点睡吧！醒来就没事了，有我罩着你呢！"

就像小时候一样，他是她的天。

向天歌不敢再想下去了，赶忙闭上眼睛。

泰阳便转身出去，走前帮她关了房间里所有的灯。

她一夜好眠，也不知道是因为那碗温暖的面条，还是因为知道泰阳一直都在。

等再醒来，已经是第二天的早晨了。迷迷糊糊中睁开眼睛，向天歌躺在自己的床褥里，睡在自己家里，心中踏实而宁静。

她起床准备梳洗，在经过曾经存放玻璃球的那个窗台时，她忽然定住了身。这一转头，发现窗台上真的多出了一个透明的玻璃罐子。

之前也放过一个，是她用来装玻璃球的。后来两人闹离婚，她拿着那个罐子去找他，里面的玻璃球随着罐子一块儿被摔碎了。当时所有的玻璃球都碎了，那曾经是一个句号，他和她之间的句号。

后来窗台就一直空着，也不知道是在什么时候多出了这个。清晨的阳光一照，玻璃罐上流光溢彩，向天歌拿过玻璃罐，里面装的是星空棒棒糖。

她还记得同泰阳假结婚的那年，在他生日的时候，他就给过她一支棒棒糖，后来陆陆续续又给过几支，说是在这五年里，但凡遇到她跟他的生日，他就会给她一支。

他确实是给过她糖的，她对甜食没什么兴趣，只是单纯觉得这糖漂亮，所以收到了就把它们存了起来。

向天歌把罐子拿到眼前，数了数里面的糖，竟比他当初给她的要多得多了，大概是他又放进去了几支。

向天歌正盯着罐子里的"星空"发呆，门口忽然多出一个人来，是泰阳。

他说：“你还记得我给你的第一支棒棒糖是什么星球吗？”

“……”

“你一定不记得了。”泰阳有些自嘲地笑，“那天是我的生日，我约你吃饭，其实是有话想跟你说。那时候你跟陈学飞结婚三天就离婚，我虽然替你不值，但心里其实特别高兴。我就想着寻一个机会，想跟你说，咱们能不能不做兄妹了，来做点其他的？”

泰阳说到这里自己都笑，不管两人之间经历了什么，像这样正儿八经地说以前的事时，他还是会觉得不好意思。

他一笑，向天歌就想起似乎是有这么一件事情。那时候他约了她吃饭，就是他的生日。结果她因为刚刚发现自己怀孕而心烦意乱，最后给忘了这事儿，她进家门的时候，他就给了她这么一支棒棒糖。

泰阳继续道：“嗨！我那时候脸皮薄着呢！想说的话又不敢说，总觉得咱们毕竟分开了七年，也许我走的时候你就怨上我了。我要是直接跟你说我喜欢你，你不喜欢我也就算了，万一你要羞得受不了，一气之下不得把我给打死啊？”

向天歌低头看着手里的棒棒糖，没有接话。

泰阳说：“所以那时候我就跟自己说，反正七年都过了，咱们还有时间。每年生日的时候我给你一支棒棒糖，两个人一年就是两支，等到一盒都给完的时候，我应该就有勇气说了。可是，还没等到把糖给完，咱们就结了婚，我就更不敢说了，说了怕下不来台。”

“……”

“直到后来发生了那么多的事情，我才终于想明白，如果爱，就要大声说出来，不能等到什么都没了再来后悔。我知道曾经放开你的手是我不对，所以我已做好准备，让你虐我一辈子，我也不会再放手。”

第十三章
春 风 也 曾 笑 我

　　泰阳说完准备转身，却忽然听见向天歌说："是水星，对吗？"

　　他恍然回身看着她的眼睛，又听向天歌继续说："先是水星，然后是金星、地球和火星，你是按照八大行星离太阳由远及近的顺序在给我，对吗？"

　　泰阳霍然一怔。

　　"它们离太阳由远及近，我每收到新的一支棒棒糖，都比上一支更靠近'太阳'，对吗？"

　　原来她什么都知道。

　　泰阳说："我知道已经摔碎的玻璃球没有办法再复原，所以这一罐子星球棒棒糖是我给你的，一支代表一个愿望，咱们从头再来好吗？"

　　"你觉得咱们还能从头来过吗？"她红着眼睛，微笑着望着他。

　　"能！一定能！现在那十支都在这里面了，我不想再隐藏，我就是想跟你在一起，天歌！"

　　向天歌已经泣不成声。

　　泰阳迅速上前用力一把将她拥进怀里。

　　她终于拆开了那些信，那一封封泰阳写来的情书。上高中的时候，他就写过一封，但她没读到，所以一直耿耿于怀。她问他里面到底写了些什么，他总是笑着说："我那时候哪会写什么情书，都是抄的！"

"你抄的什么？"

"在杂志上看到的一首诗。"

"你还会看诗？"

他抬手刮了一下她的鼻子。

她越发感兴趣地往他的怀里蹭，询问："是一首什么样的诗？"

"一首酸诗。"

"念来听听呗！"

"还听什么，我整个人都是你的了，就别读那些酸诗了。"

她缠他缠得更紧了，缠到他无以复加的时候才不得不道："你就那么喜欢酸诗？"

"我就那么喜欢你，所以我特别想知道你当时都给我写了些什么。"

他忍不住轻吻了吻她的额头，再到她的眉眼和鼻尖。

在就快要触上她的唇时，向天歌才听见他道："爱情，也许在我的心灵里还没有完全消亡，但愿它不会再打扰你，我也不想再使你难过悲伤。我曾经默默无语、毫无指望地爱过你，我既忍受着羞怯，又忍受着嫉妒的折磨，我曾经那样真诚、那样温柔地爱过你，但愿上帝保佑你，另一个人也会像我爱你一样。"

向天歌好整以暇地望着面前的男人，望到泰阳终于忍不住道："都说了是一首酸诗。"

他说话的时候脸都红了，明明是单手将她揽抱在怀里的，却忽然要抽手躲藏。

向天歌一见他这样便凑上来说："想不到你也喜欢看酸诗。"

"我哪是喜欢看酸诗，我是喜欢你，我是看到就觉得当时我的心情就是那样的！"他一说完脸更红了，她便笑嘻嘻地往他怀里蹭。

她说："嗯，我喜欢你，你也喜欢我，这就是最好的时光，而我们总会在一起。”

向天歌正式通知陈学飞，与他复婚是不可能的事情！

而陈学飞在派出所被关押了四十八小时后被放了出来，陈学飞还反咬一口，要告泰阳和青皮等人私闯民宅。

青皮收到消息的时候，气得跳脚，大骂陈学飞无耻："他要告就让他去告好了！小爷现在有钱，咱跟他斗得起！"

陈学飞自知复婚无望，又起了新的幺蛾子，想要小泰平的抚养权。律师提出向天歌必须主动放弃小泰平的抚养权，让小泰平由陈学飞抚养。否则，他们只能向法官举证，证明向天歌男女关系混乱，不适合抚养孩子！

向天歌只回了一句话："那就法庭上见！"

抚养权官司闹到了法庭上，却没想到庭审前一周，网上突然爆出新闻，说《Mamour》的总编私生活混乱不堪。

那新闻极尽抹黑之事，将向天歌塑造成一个通过踩着男人向上爬的女魔头。

她先是抛弃出身寒微的前夫，接着又在怀孕期间火速嫁给身材性感火辣的合气道教练泰阳。但是这种身体上的迷恋没有持续多久，她又勾搭上了意大利来华的富家公子司徒锦，准备一跃进入豪门。结果谁知道丑事败露，她被富家公子狠狠推下马来，正值豪门梦碎之际，她那个本来出身寒微的前夫突然衣锦还乡。

于是乎，这个现代潘金莲果断同健身教练离婚，想同前夫复婚。前夫看在孩子的面子修复破裂的关系，可她死性不改又勾搭上教练，不仅诬告前夫，还要以孩子作为要挟分割家产……

总之整个新闻胡编乱造之程度，令所有知情人士咋舌。

小白和青皮看到时本以为向天歌会发火，结果向天歌看了只是哈哈大笑："太能编了，泰阳身材性感火辣倒是真的，可是其他这些都是什么啊？我又不是什么大明星，网上也会有人关注这个的吗？"

"因为有几个大 V 转发，你现在这点事儿都快上热搜了。"小白看着向天歌，"更何况你现在是《Mamour》的总编，也是半个公众人物，还有很多人都想借着打击你来打击《Mamour》，现在简直是全网黑。"

向天歌从来不去在意网上这些评论，若说之前还有什么在意的，在经历过这么多事后，她已经觉得名声这种事根本就无所谓。

可她的律师还是提醒她："通常情况下对方出这一招，就是想在声誉上打垮你，让法官对你留下一个坏印象。"

所以，为了争夺小泰平的抚养权，陈学飞已经使阴招来害她了。

"那要怎么办？"小白急道，"网上这些新闻根本就是假的，他要黑我们的话，我们也能黑他，而且他的黑料都是实锤！"

"互相黑不是解决问题的办法，而且到了法官那里，如果你们两个人都不适合承担抚养责任的话，孩子可能会被判给福利院等监管机构。"

"我们就这样看着向姐被黑下去？我看我们很快就要被网络暴力了！"小白叫道，"还不允许我们还手啊！"

律师笑了笑，小白这是典型的关心则乱，她提醒向天歌："你们是做媒体的，怎么应对舆论压力应该比我有经验。"

向天歌一合计，忽然笑道："他不是想黑我吗？那就再给他加点猛料。"

一时之间，向天歌的黑料越爆越多，说她不止同陈、泰、司徒等人有染，还同时搭上了古今中外各知名人士。有人用 P 出来的图冒充实锤，又有人带着科学的眼光出来拆雷，最后整件事变成了闹剧。

网友开始站队，一队吃瓜群众认为向天歌的黑料是真的，另外一队开始自发拆雷。

这样的状况一直持续到开庭，法庭上双方唇枪舌剑为小泰平的抚养权争执不休，对方律师果然就拿网上的新闻来猛打压向天歌，说在这样一位臭名昭著的母亲身边，小孩子根本不可能得到正面的教育。

"什么叫'正面的教育'？"向天歌这边的律师质问对方律师，"正面的教育，就是让小朋友在一个和谐稳定的家庭环境当中成长。而我方当事人，在对方当事人离开后不久发现自己怀孕，她曾经试图将这个消息告诉远在异国他乡的对方当事人。可在视频通话中，让我方当事人发现，对方当事人已经有了别的女人……"

向天歌的律师话还没说完，对方律师就赶紧站起身反对，反对这种没有真凭实据的猜测，同时强调向天歌怀孕后并未将情况知会陈学飞。

法官转头看向向天歌一方："如果有事实根据，你们要拿出证据。"

"我们有人证！"

法官听罢，以为他们要传唤证人，却没想到向天歌的律师说的却是："证人目前不在西京，我们正在积极地联系她赶来。"

陈学飞的律师笑了："你这种人证，我们要多少有多少，都在美国不方便回国！我方有理由相信，是对方律师在混淆视听，想通过打击我方当事人的声誉，来挽回对方当事人已经扫地的名誉。"

向天歌听到这里，不由得急了："对方所谓的我的名誉扫地，是指你们颠倒是非黑白杜撰材料，让不知真相的网友对我做出评价吗？造谣是要付出代价的。"

"向女士请你冷静，我方从未编造过任何关于你的材料。如果你认为是我方造谣，也要你拿出证据！而且，据我们调查，你同我当事人结婚时，你的家人因为我当事人农村出身而对这桩婚事不满，这件事也直接造成了我当事人出国深造！也就是说他的离开是为了你，而你却刻意隐瞒怀孕事实，剥夺他做父亲的权利！直到我当事人衣锦还乡，你发现他有利可图，再寻复合。复合期间，你仍旧与多名男性保持暧昧关系，我方拒绝与你复婚，你就恼羞成怒，不允许我当事人与女儿相见。由于对方当事人是一个生活作风混乱，性格品质极其低劣的人，她并不适合为人母！"

"我没有！"向天歌轻喝一声站立起身，身旁的律师赶忙去拉她，可已来不及了。

向天歌对着陈学飞控诉："你扔下我，一走了之，是泰阳照顾我，让我顺利地生下泰平！当我妊娠反应特别严重，当我因为情况紧急被送往医院进行剖腹产的时候，你在干吗？你在哪里？我知道你也是生活的受害者，可是加害你的人从来都不是我！"

"现在我要跟你讨论的不是谁加害谁的问题！"陈学飞比向天歌冷静得多，他一副文质彬彬的样子，用不容辩驳的语气说，"你想带走陈平就不行！"

"女儿是我生的，也是我养的，你凭什么不准我带她走？"

"就凭我是她的亲生父亲！这是任何人都不能割断的血脉联系，而我在与你离婚之后，始终未曾再婚。我能在女儿的身上倾注全部的爱，而你不行，你的世界里只有那些混乱的男女关系。"

陈学飞的污蔑叫向天歌失去了控制，立刻站起身与他大吵了起来。庭上的情况越演越烈，到后来庭警都出动了，才把争执不休的两人暂时带离了法庭。

法庭外，向天歌的律师一声叹息："我跟你讲过不要冲动，你怎么还是跟他吵了起来？"

只要是遇到跟小泰平有关的事，向天歌都没办法冷静。

她正慌乱无措时，泰阳在身边揽住她的肩头，示意她要坚强挺过去。

"是啊！向姐，网上的那些攻击，我们已经化解了大半，现在你最需要做的就是冷静，千万不要被陈学飞牵着鼻子走。他现在就是想看见你自乱阵脚，所以才会找人在网上那么黑你。"小白和青皮提醒。

"我们现在应该怎么办，律师？从刚才开始他们就在质疑天歌的人品，如果再继续这么下去，我怕形势不利。"泰阳询问。

"接下来我会请你们依次做证，尽量还原完整的事情经过，来力证向小姐的人品。"

"光证明人品没什么用,他的'天旅'不是经营海外的性爱旅游吗?咱们就爆他这个,也黑一黑他的人品。"青皮提议。

"没用的,"律师摇头,"这件事并没有证据。"

"他在网上爆我嫂子的那些料,不也没有证据?"

"我记得之前向小姐跟我说过,性爱旅游的事情《真爱》也有参与。不管当时《真爱》参与的程度高低,也不管你们是不是受害者,一旦这件事被拿出来说,最终对方律师都会往向小姐的身上引,对我们争夺抚养权的形势更加不利。"

"那怎么办?就让陈学飞继续抹黑向姐?"小白询问。

向天歌已经慌乱得不行,整个大脑里一片混乱,早没了往日的平静。

律师看了看在场诸人,才沉着声音道:"能做的我们都已经做了,接下来只能打感情牌,让法官相信,向小姐和泰先生并不存在对方律师所说的各种不轨行为,他们是真心相爱,并且能够给小朋友提供一个完整和谐的家庭。"

再次上庭,双方都拿出了看家本领,一方继续质疑向天歌同泰阳的人品,一方持续不断地打出感情牌,希望法官相信。

就在庭审激烈地进行当中,法官准备宣判的时候,双开的大门忽然被人从外面推开——是大宝带着小泰平闯进了法庭。

本来为了不给小泰平造成任何心理阴影,向天歌和泰阳临出门前,是专程把她交给了向爸向妈代为照顾的。可是没有想到,小泰平会在关键时刻冲了出来,指着陈学飞大喊他是一个坏爸爸,他从来都没有爱过她跟妈妈!

陈学飞着急想要上前抱住女儿,却被她闪身躲开以后,迅速跑向另外一边的泰阳。

小泰平一头扎进泰阳的怀里,哭着要跟这个爸爸永远在一起。

泰阳连忙低头安抚着女儿,可她却根本不听。

她呜呜哭着:"你是不是不要我了,爸爸,你不能不要我啊!呜呜呜……"

"泰平，泰平，你听爸爸说，爸爸没有不要你，爸爸每一分每一秒都想跟你在一起！过去是爸爸不对，爸爸以为把你跟妈妈还给你的亲生爸爸以后，你们就能得到更好的生活。现在爸爸才意识到是自己错了，对不起宝贝，我再也不会离开你！"

"爸爸……呜呜呜……我要永远跟你在一起……"

原本一直很克制的陈学飞见到这一幕，彻底地失去了理智，他从座位上跳起来，冲到泰阳的身边去拉小泰平。

小泰平被吓得哇哇大叫，陈学飞还在拼命地扯她的胳膊，他对她大吼："你叫谁爸爸？我才是你爸爸！你认贼作父，我才是你的亲生爸爸！"

"你不是！你不是！我要我的爸爸……呜呜呜……"小泰平哭着抱紧泰阳，就是不松手。

泰阳怒极攻心差点动手打人，却碍于还在法庭上没有动手。

向天歌这时候冲过来抓住陈学飞的手，希望陈学飞不要拉疼了女儿。谁知道陈学飞一意孤行，不仅猛拽着小泰平不放，还动手去打向天歌。泰阳再也忍不住了，赶在陈学飞的手碰到向天歌的一瞬就将他用力推开了。

"我要回我自己的女儿，你们算什么东西！不知羞耻的狗男女以为这样就能打击我了吗？我告诉你们不可能，只要有我陈学飞在一天，我就不会让你们有好日子过！"

"陈学飞你给我把嘴放干净！我跟天歌清清白白，当年要不是你丢下怀孕的她一走了之，她又怎么会在走投无路的情况下跟我结婚？"

"你们为什么结婚，只有你们自己心里清楚！恐怕你只是没想到闹了半天是替我养了孩子吧？"

向天歌再也听不下去了，出言喝止陈学飞继续说下去："陈学飞，泰平还在这儿呢，你说的这都是什么话？你自己干过什么，你自己心里清楚，你跟我最好的朋友在一起，你还为了遗产跟你的教授签秘密协议！"

"证据呢？你拿出证据来啊！"陈学飞的面目变得狰狞，"没有证据，你就是在这里放屁！"

向天歌痛心疾首，再不想理他，只紧紧地抱着女儿，而泰阳则把她们护在自己怀里。

陈学飞还要上前动粗，却叫庭警给拦了下来。而整个法庭内都是小泰平的哭声，她一面哭着要爸爸，一面哭着要妈妈，在场的人看见这一幕，无一不替这个孩子心痛。

陈学飞的律师提出要休庭。

向天歌的律师则立刻站起来说："常有人说，父母是孩子的镜子，什么样的父母照出来的就是什么样的孩子。这句话一点也不假，在孩子小的时候，他们会在耳濡目染中去模仿父母的互动模式。先不论上一辈的感情纠葛，至少在孩子心中，她是最能够分辨谁是真的对她好。就算不是亲生父亲，也胜似亲生父亲。比起一味通过黑对方来争取抚养权的亲生父亲，把她放归回原生家庭不是对她的成长更有利吗？"

对方律师还想说些什么，小泰平已经对着上座里的法官哭喊道："我要跟我的爸爸妈妈在一起！为什么要把我们分开，是我做错什么事了吗？我改，我都改，我以后肯定做个听话懂事的小孩，求求你们让我跟我的爸爸妈妈在一起……"

小泰平边哭边喊，场面一度令人十分动容，就连法官都跟着红了眼睛。

陈学飞和他的律师还要争论，却被法官打断了："一个家庭的纷争，受伤最深的莫过于孩子。本案审理到现在，我所看到的，都是一个父亲完全不顾及孩子的意愿，甚至通过伤害孩子的母亲来争夺抚养权。我不知道你们几个人之间的感情纠葛究竟是怎么回事，我很同情陈先生你曾经在孩子的生命当中，被动缺失的那几年。"

向天歌和泰阳忽然紧张起来，对望了一眼。

又听法官道："但是，每个人的人生都没有重来一次的机会，当初你既然选择背井离乡到国外去求学，那么后来的缺失就是你理应承担的后果。孩子需要一个良好的家庭环境，一个真正懂得爱她和保护她的爸爸妈妈。很遗憾，我在你的身上没有看到这样的品质，所以我判决，孩子的抚养权归妈妈。"

小泰平的出现，令形势忽然逆转，法官最终把抚养权判给了向天歌。所有的人都长舒了一口气，而陈学飞却不甘失败，还没出法院就开始打电话。

一行人从法院出来，陈学良不知道从什么地方忽然蹿出来，趁众人还未反应过来就抢过小泰平狂奔。

向天歌吓得大叫了一声，而泰阳已经追了出去。

陈学良只顾着猛跑，根本没注意自己冲到了马路上，一辆轿车突然驶来。千钧一发之际，泰阳加快了速度追上去，将还抱着小泰平的陈学良拉了回来，自己被车撞倒了。好在那辆车踩了刹车，泰阳的伤不算太重。

但陈学良惊慌失措地摔坐在地上，怀里的小泰平也被摔了出去。

后赶来的向天歌急忙上前去看女儿，确认了小泰平没有受伤便将她交给随后赶来的小白一行，自己冲出马路去找泰阳。

泰阳坐在地上，一边是奔向自己的向天歌，一边则是陈学飞踩着油门开车冲来。

"天歌，别过来！"

向天歌先是一愣，身后的几人已经惊叫了起来，她再一转头就看见陈学飞的车正在加速朝这边开过来。

陈学飞的眼里都是疯狂和暴戾，刚刚在陈学良抢走小泰平的那一瞬，他就转身上了停在路边的车。这边泰阳才为了救陈学良和小泰平把人推开，那边陈学飞便开着车冲过来。

泰阳受的伤虽然不算太重，但起身困难，只能眼睁睁地看着陈学飞把车开了过来，还大声提醒向天歌不要过来。向天歌只是愣了很短的时间，很快便做出反应，她立刻向泰阳冲过去，赶在陈学飞的车撞上来以前一把拥住了泰阳。

说时迟那时快，对面的一辆警车突然开了过来，横挡在两人跟前。

陈学飞没刹住车，狠狠地撞在了警车上。

待他意识到发生什么，打开车门就要往外狂奔，王和平已经带队从车上下来，三下五除二将他摁住了。

向天歌惊魂甫定，就听王和平说已经把人抓住了，她才松开了抱着泰阳的手，颤抖个不停。

小白和青皮帮忙叫来了救护车，赶忙把泰阳送进了医院。

泰爸泰妈接到消息赶去了医院，望着急诊室里的泰阳哭泣不止。

向天歌夹在一群惊慌失措的老人当中，安慰完这个又去安慰那个。等在手术室外的时间实在是煎熬，不久后医院通知病人的手术结束，被送往病房了，她又赶忙冲过去。

刚一进病房，向天歌就看到白布盖在泰阳身上，他一动不动地躺在那里。那个瞬间，她仿佛遭了雷劈，整个人站定不动。待回过神来，她才慢慢地走向那张床，用颤抖的手轻轻地掀开泰阳面上的白布。

白布下的泰阳双眸紧闭，面色苍白，不论她怎么叫他，就是半点反应都没有。

她颤抖着双手去试探他的鼻息，却在伸出手的一瞬，她先自己把自己吓哭了，断断续续地喊："泰、泰阳……"

见对方没有反应，她彻底崩溃了，趴在了白布上大哭了起来："泰阳？泰阳，你怎么了，泰阳？你不要吓我好不好？你不是说过不会再丢下我一个人，你这个骗子……你不是说过你爱我的吗？"她说着又开始捶打他，却忽然感到身下的人动了一下。

向天歌一愣，站了起来。

而躺在床上龇牙咧嘴的男人半睁着眼睛："我这刚睡着，你吵什么？"

向天歌一蒙。

泰阳抬手在她头顶揉了揉："刚才里面的灯光太刺眼，我才拉床单上来挡一挡的。"

向天歌大喜过望，忽又觉得哪里不对，又哭又笑地道："所以，你刚才是在逗我？"

他刚一弯唇立刻挨了她一下打。

向天歌吸着鼻子，红着眼睛："我这么担心你，你却在逗我？"

泰阳"嗷嗷"几声惨叫突然就没了声音，本来站在一边同人交代事情的护士回头，赶忙冲上前去检查泰阳："打什么？他内出血，再打就要进重症监护室了！"

向天歌定睛一看，泰阳果然是真的晕过去了。

她被吓得心里七上八下，一边道歉一边手忙脚乱地帮忙，却完全不知道应该先干什么。

等到泰阳在病床上苏醒，向天歌感觉自己像经历了九死一生。

他迷迷糊糊地睁开眼睛，看见坐在床边的泰妈，便赶紧问："天歌呢？妈，天歌在哪儿呢？"

泰妈抬手抚了抚他的额头："你好些了吗？刚才你又晕过去了，可把我跟你爸爸吓坏了。"

"妈，天歌呢？"

"她就在外面，她不想见你，你先躺一会儿吧！"

泰阳知道向天歌是气自己刚才用这种事儿逗她，所以赶忙连声哄着泰妈出去把向天歌叫进来。

泰妈出去没有一会儿，门边的身影便晃了进来。

他扯着笑向她伸手："过来。"

向天歌站在原地一动不动。

他说："好了，我知道刚才是我不对，我不过是看气氛紧张，跟你开个玩笑嘛。"

她还是一动不动。

他继续道："你看你多猛，车都没把我撞晕，你推我两下就晕了。

这都第几次了？我敬你是条汉子，咱们不生气了，好吗？"

"你觉得刚才那样逗我很好玩吗？"向天歌歪着头，望着他。

"刚才我觉得还行，现在……好像不是很好玩。"他感觉到她是真生气了。

向天歌红着眼睛仰头深吸了一口气后，才低头对他道："我不是一个爱开玩笑的人，我觉得一点都不好玩。"

"是。"

"今天谢谢你陪我上法庭，我知道如果没有你在，我也许根本就拿不到泰平的抚养权。"

"她也是我女儿。"

向天歌摇头："泰阳，我可能是克你，你还是离我远一点吧。"

泰阳到此刻，总算察觉出不对了，赶忙挣扎着从病床上起来："等等等等，你这话什么意思？"

"意思就是我不想跟你好了，我怕，你好好活着吧！"

"不是，我刚刚就是跟你开了个小玩笑，就是一玩笑啊！"

"你觉得特别好笑，但我觉得不是，咱们以后还是不要说话了吧！谁再跟谁说话谁就是猪！"

向天歌说完转身就走，病房里顿时响起泰阳杀猪般的叫声。

"向天歌——不带这么玩的，向天歌——我错了——我真错了还不行吗？姑奶奶饶命啊——"

陈学飞的事情很快有了结果。

据王和平说，陈学飞是在开车去撞泰阳的时候被抓的现行，算杀人未遂。

只是在将陈学飞和陈学良带走的时候，后者因紧张过度竟然再爆猛料，说出当初是陈学飞指使他到泰阳的道馆去放火，还有也是陈学飞找记者在道馆蹲点，通过控制新闻舆论来一步步把泰阳打垮的。

青皮一听，直接开骂了，骂陈学飞无耻、不要脸，骂他们烧了道馆还毁了孩子们的前途。倒是小白冷静地说："现在咱们能不能告他？这么多罪加起来应该够了吧？别再让他出来害我向姐和泰哥了。"

王和平摇头："证据还不充分，现在咱们知道的都是陈学良说的，陈学飞那边一口咬定这些事都跟他没有关系，是陈学良自作主张。"

众人也不知道陈学飞怎么就这么好的运气，次次都能逃过一劫。

而泰阳那边，等自己腿脚稍微利索一些，可以下地了，他便伺机逃出医院去寻向天歌。可是他的右手和右脚都打着石膏，左手杵着拐棍，整个人东倒西歪地往医院外面走，常常是走不了两步，就被楼层的小护士给逮回来了。

次数多了，泰阳也恼，问那个小护士："你是不是成心跟我作对啊？"

小护士也恼："谁有那个时间跟你作对？总之你这样就不能走！"

"我告诉你，我可是去追老婆！我老婆要是跑了，你负责啊？"

"你老婆跑不跑我管不着，我只管你跑不跑！"

泰阳急得不行："我告诉你小姑娘，我丈母娘可是你们医院的护士长！"

"是院长都没用！只要你一天没办出院手续，就一天是我的病人，我的病人就不能这么跑！"

泰阳孔武有力却奈何伤病在身，拿这小护士一点办法都没有，只能回到病房去卧床休息。躺着躺着，他又受不住，只能天天到护士站去缠那小护士，要么借电话来用用，要么就是要见护士长。

小护士被他缠得烦了，忍不住骂人。

王和平到医院探望泰阳，一见这情形便冲上前劝架，一来二往的，弄得泰阳都奇了，看着王和平道："以前从来不见你像现在这样，耐力这么好，怎么天天都往医院跑？"

"我这不是……想你了吗？"

泰阳浑身一颤，抖掉一地鸡皮疙瘩，正准备开口损王和平，却发现王和平的一双丹凤眼净往人小家护士身上瞟。

得！

这是一个煮狗的季节，泰阳总算明白过来怎么人人都被自己烦怕了，唯有王和平天天都到医院来，原来探病是假，探小护士才是真的。而这小护士也是奇怪，还真就有两副面孔，她对着自己的时候总是横眉毛竖眼睛的，只要自己一动弹她就嚷嚷，打针也专拣疼的地方扎；可偏偏就是在面对王和平的时候，眉眼弯弯，笑得像一朵花儿一样。

泰阳的控诉，这两人压根儿不听。时间久了，他也能摸清楚这两人的套路，再等王和平来看他，他便偷偷趁着他们的注意力都不在自己身上的时候，杵着拐棍遁了。

到门诊大楼这边，急诊门口人来人往，泰阳拄着拐棍感觉无处下脚，这才打听到是南二环附近发生了连环车祸，现在里边乱成了一锅粥。

泰阳杵着拐棍缓慢地往里移，果不其然就看见向妈正在人群之中奔走。

他赶忙追上去喊了一声："阿姨！"

向妈回头，一见是泰阳，立刻睁大了眼睛："泰阳？你不在楼上好好休息，跑下来干什么？"

"那个，我就是想问问您天歌呢？我都几天没见到她了，打她电话她也不接，我知道是我犯浑惹了她，可她这连一个纠正错误的机会都不给我，我挺冤的……"

"护士长，这边又有两个立刻需要手术的病患，可是病房不够了！"有小护士跑来，打断了泰阳的诉苦。

向妈转头对小护士说："先确定手术时间，马上联系普外，赶在手术结束之前给我腾几个病房，腾不出就加床！"

那小护士领命去了，又有医生过来说需要 A 型 RH 阴性血，医院库存不够用。

向妈立刻掏出手机给最近的血站打电话，然后安排手下的小护士去验血，随时准备补缺。

向妈低头去看泰阳，一副火急火燎的模样："泰阳，你看阿姨这挺忙的……"

叫了好几年"妈"，一下子改唤"阿姨"，两个人的脸上都透露着些许尴尬和不自然。

"我就是问问！天歌还在生我的气对吗？她为什么不来看我啊？"泰阳急道。

向妈欲言又止，但还是说了："泰阳，天歌要不想见你，我也没有办法。其实阿姨特别感谢你，感谢你一直这么照顾天歌，还有为了她跟泰平还被车撞了。可是，你跟天歌……我们也弄不清楚你们这闹的是哪出，有些话她不让我说，我也不太好说，反正……反正你自己好好养着，等身体好了自己去问她成吗？"

泰阳再想问些什么，向妈已经转身就走。

他看着一头扎进忙碌里的向妈，再回想着刚才她话里的意思，只觉得这次自己真是作过头，把向天歌给伤了。他的心里实在是难过，想即刻冲出医院去寻她，可奈何身上一毛钱都没有，行动更是不便。

犹豫间，王和平和他的小护士已经追了过来，把他硬拖回了病房。

这一回病房，泰阳就彻底蔫了。没等王和平安慰，他忽然积极配合治疗。

王和平满脑子疑问："你这是咋了？"

"赶紧养好身体，去把老婆追回来！"

第十四章
种一片花海，给你

　　出院当天泰阳就去医院附近的花店买了个花篮，赶在向天歌下班的时候到了杂志社。

　　小白正在前台交代工作，转头的间隙看见了拎着花篮的泰阳。小白边说话边给泰阳指了指办公室的方向，示意向天歌在。

　　向天歌实在没有想到泰阳会在这时候过来，更没想到他还给自己买个花篮。

　　"你怎么来了？"

　　他手上还杵着拐棍，但已经忍不住过来揽她的肩。

　　向天歌以为他因腿伤站立不稳，赶忙上前去扶，他就势靠压在她的身上，弯了嘴角："我得来拿回我的身份啊！"

　　向天歌扶着他，让他在会客室的沙发上坐下。她正要起身，他却用力一把将她抱住了。

　　她下意识地挣扎："你别这样，快放手！"

　　"不承认我的身份我不放手！"

　　"你什么身份啊？"

　　"暂时当不成老公，至少也得是个男朋友吧！总之我们现在就去吃饭，然后去看电影，刚才在来的路上我把票都买好了。"

"我还在工作！"向天歌强调。

"那你先忙！"泰阳倒也不急，做了一个请的手势，大有赖在这里的架势。

向天歌无奈，只得转身回自己的办公室处理文件。等把手头的工作都做完，她出来就看见他正在茶水间里与一群同事相谈甚欢。

向天歌探了头进来，泰阳一眼便看到了她。

他赶紧同周围的人道别，从茶水间一瘸一拐地走了出来。

向天歌本来不想理他了，可看他这腿脚不利索的模样，又赶忙上前去扶。

"你跟他们说什么了？"

"说我怎么想你，怎么稀罕你呗！"

"骗人！"

他收紧了手臂，重重一把将她揽进自己的怀里道："我骗谁都不能骗你。我已经知道错了，保证以后不再拿自己的生命同你开玩笑了，你就原谅我吧！"

不提这事儿还好，一提向天歌便转开头去，根本不愿意理他。

泰阳又凑上前来，俯在她的肩头轻轻去吹她的耳朵："你当时哭得那么投入，我怕突然打断你，你下不来台啊！"

"你……"向天歌举起手就要揍过去。

泰阳赶紧抓住了她，他倾身上前去吻了一下她的额头："你都不知道我有多喜欢你，我太喜欢你了，向天歌，你的'不喜欢'会要我的命的。我那时候就想，你要是真不在乎我，我倒还不如死了算了。可是看见你哭，看见你被吓得话都说不出来，我就知道自己做错了，我后悔了。"

向天歌松开扶着他的手臂："你走开。"

他却不松手，贴了过来，低着头不停地往她跟前蹭："任打任骂，求原谅，我承认我是猪，我先开口跟你说话了，你就原谅我呗！"

向天歌被他逗得哭笑不得，轻轻推了他一把："你就是猪！"

"你说什么就是什么，从今天开始我们谈恋爱吧！"

向天歌怎么也没有想到泰阳所说的"我们谈恋爱吧"，是真的要同她谈一场实实在在的恋爱。原本两人都算是患难恋人了，却要从头开始吃浪漫的烛光晚餐，去电影院里吃一桶爆米花，站在喷泉前面拍比心的合照，还要在夜幕降临之后手拉手轧马路……

可向天歌搀扶着一瘸一拐的泰阳，她觉得他大概是故意的。他们倒成了整条街上最奇妙的风景，来往的行人频频回头看着两人，这是得来不易的幸福，这是得来不易的一场恋爱。

晚上泰阳送向天歌回家，她要关门的瞬间，泰阳用单手撑了一下，焦急地询问："我今天……及格了吗？"

他说话时认真的模样，令她脸都红了。

她沉默了许久，终究还是点了一下头。

回家洗完澡准备上床休息，想着他重伤的模样，向天歌还是忍不住感激和担心。她拿起手机正准备询问一下他的情况，却发现半个小时前他就发来了信息。

泰阳的第一条微信就是："今天的恋爱不太完美，主要原因是我体力不支。等我养好身体以后，绝对不会再在看电影的时候睡着，对不起。"

一分钟后，他又说："我有没有打呼噜？应该没有吧！我不可能打呼噜！"

两分钟后，他又发来一条："你睡了吗，向日葵？我的表现是不是很令你失望？扣了多少分？"

后面连着几条都是"在吗""你睡了吗"以及"已经睡着了吗"诸如此类的。

向天歌滑动手机屏幕，看到的来自于他的最后一条信息是："从今天开始我也是有身份的人了！"

她看着只觉得好笑，摁动按键给他回复一条："没人给你身份，不要想太多。"

那边秒回:"你吃了我的饭、看了我的电影、逛了我的街,还拍了我的照,既然上了我的贼船,就是我的压寨夫人,立字为据,你不认没关系,我们可以明天再来一遍,明天晚上我再问你!"

"上次的事还没来得及跟你道谢,我真心感谢你这么久以来给我跟泰平的帮助,还为了她受伤,感激(表情)。"

"我救我自己的女儿要你感激?我对我的老婆孩子好是天经地义,所以你不要有什么犹豫,赶紧到我的碗里来,奸笑(表情)。"

向天歌看着泰阳发过来的信息忍不住笑,与他又聊了一会儿才说自己要睡了,然后放下手机。

夜里无梦,只觉一夜安稳。

第二天清晨睁开双眼,竟也是许久未见的轻松。

在去杂志社的路上收到泰阳发来的信息,说今晚要再走流程,向天歌忍不住轻笑出声,速度给他回了信息:"昨天及格了。"

他说:"我想过了,今晚这顿是要叫上你爸你妈吃的,咱们一家人多久没有一起吃饭了?"

"啊?"

"光你的朋友和同事承认我的身份还不行,我得让他们二老也承认我的身份。"

这一天的时间过得仿佛格外快,也许是心里盼着下班,没什么感觉就已经五点半了,向天歌打过招呼,先离开了公司,坐上了回家的公交车。可能是因为走得快,公交车上还有位置,她坐下来就给泰阳发了信息。

临窗的位置上,有风吹过的时候拂乱了向天歌颊畔的碎发,却难掩她唇畔的笑意,迷迷糊糊之中,竟然就睡着了。再醒过来时已到总站,准备下车的公交车司机过来摇了摇她,她才赶忙起身准备下车。

可是，下来后她却完全搞不清楚自己到了什么地方。

向天歌无奈地看着站牌，这个地方也太偏了！天色渐晚，她还有些害怕。

"又坐过站了吧，小傻瓜？"身后忽然传来泰阳的声音，向天歌心头一暖，转过身去看着他。

她问："你……怎么在这儿？"

"刚见你没回我信息，我就猜你可能是坐过站了，所以专程到终点来等你，又睡着了吧？"

她没来由地鼻尖泛酸："你才是傻瓜吧？这世上怎么会有你这样的人啊？我万一要是没在终点，你不就白跑了吗？"

"我白跑有什么关系？最重要的是你没事就行。"

"我能有什么事啊？"

"你不是怕黑吗！"

泰阳说得理直气壮，明明自己还杵着拐棍，却恨不得就这样为她遮风挡雨一样。

泰阳接了向天歌回大院，两人经过门口的花坛，她总觉得哪里不太一样，驻足观望了一会儿。

"怎么了？"

"这里好像跟之前不太一样。"

之前她在路边买过两颗向日葵的花种，在这里种下了，但没过多久因为疏于照料，还没开花便已经死了。

"我重新在这儿种上花了。"泰阳说。

向天歌瞪大了眼睛："你种花？你为什么要种花？"

"之前你说要种花，我就知道不会长久的。女人哪能种花，你这么漂亮，要气死花的。"泰阳笑看着她。

向天歌"扑哧"一声笑了出来，泰阳说得倒是委婉，她自己清楚自己是个连仙人掌都会养死的人，就别说要种向日葵了。

"那你种的什么花？"

泰阳没有明说，而是指了指她家阳台所在的方向："等到明年这个时候，你往这儿一站，就能看到了。"

她仰起头来，泰阳的这片花圃，竟然正对着她家阳台。

她怔怔地去望泰阳，泰阳又说："我不知道应该怎么追女孩，也不懂怎么谈恋爱，我就想当你需要我的时候，我都能够陪在你的身边，还能给你种种花。当你想哭的时候，只要看见这些花就会笑了。"

向天歌紧紧盯着他的眼睛，看着看着，转头笑了。

很快，陈学飞涉嫌纵火案的一审判决便下来了。

陈学良作为纵火案的第一嫌疑人与实际作案人，被判处五年有期徒刑，并处以两百万罚款；而陈学飞因为证据不足，以及陈学良中途翻供承担下所有罪状，这事儿就这么不了了之了。

青皮与小白专程去了法院听审，听完后气愤不已。

陈学飞与律师边走边聊，路过小白一行时，一副志得意满的样子。

青皮见状愤愤不平："真是没有天理了，我们这么多人、这么多双眼睛看着，他先绑向姐后开车撞泰哥，这都不能把他给我扔牢里去，这就是乱判！乱审！"

王和平说："一案归一案，现在审的是纵火案，其他情节较轻的案子都得分门别类，往后靠。等这个案子审完了，才会轮到下一个。"

小白说："王哥，那陈学飞伤害向姐和泰哥的罪能定吗？"

"这个还不好说。"王和平面色凝重。

所有人听到这话，都叹了口气。

至于向天歌和泰阳，根本没去听审，他们接到小白打来的愤愤不平的电话，非常平静地"哦"了一声，就算是知道这件事了。

夜幕低垂，两个人并肩一起往大院的方向走，小道上树影婆娑、路灯昏黄，倒也格外令人放松。

楼道下，泰阳转身望着向天歌："你怎么什么也不问？"

"问什么？"向天歌莫名。

"问我今后是怎么打算的。"

"嗯，那你是怎么打算的？"

"道馆失火以后，陈学飞给过我两百万。"

向天歌突然转头望着他。

泰阳又道："我那时候还不知道是他唆使陈学良来放的火，所以即使心里不愿意，我还是收下了他的钱，用于补偿因为这场火灾而被无辜牵连的人。同时，答应他离开西京几年，给你们的相处留点时间。"

"你为什么突然跟我说这些？"

"因为我想跟你坦白，不想再像之前那样，莫名其妙就把你弄丢了。"

向天歌低头轻笑起来，泰阳忍不住去拉了她的手道："你就喜欢我吧！以后只喜欢我一个人就行了，别再考虑别人。从今往后我都只认你向天歌一人，你也发挥一下向日葵的本事，就跟着我行不行？"

她抿唇轻笑，他一伸手就将她带进了怀里。

向天歌晚上和小白在微信里聊了会儿天，她把晚上泰阳说的那些话都告诉小白了。转述这些话时，她脸颊还是有些热热的。

小白迅速回道："我怎么感觉你这辈子都再嫁不出去了？"

向天歌反驳："你这是……在咒泰阳？"

"不敢不敢，关键是泰阳现在没有道馆，他连一份稳定的收入都没有，正处于'一人吃饱全家不饿'的状态，怎么存钱买房子，怎么养你，怎么给女儿攒嫁妆？惆怅。"

小白发的是文字，文字后附带上一个叹气的表情。

向天歌回道："小白，你要知道，21世纪了，男女平等了！"

小白腹诽了两句给向天歌回了一连串叹气的表情。

向天歌笑了出来："像你这种拥有几套拆迁补偿房和巨额补偿款的小富婆，是不能深刻理解我们这些为了房生为了房死的小老百姓之疾苦的。"

"什么小富婆啊！最后那些房是谁的还不知道呢！"

"什么意思？"

"自从青皮拿到拆迁补偿款后，他一次都没有提过要跟我结婚的事。"

"我以为当初你们在一起的时候已经把条件说好了。"

"是说好了，而且还签了协议，我们是协议恋爱的，你知道吗？"

向天歌被年轻人的恋爱方式弄糊涂了，问她："那现在是怎么个情况？"

小白："他的心里一直有另一个人，而他也知道我是因为什么才会跟他在一起，现在就是在博弈呗，看谁先撑不住跟对方分手。"

小白与青皮之间的事，向天歌的心里多少还是清楚的。

青皮也不知道哪根神经搭错了来追过她，一场闹剧之后，倒是成全了他和泰阳的不打不相识。后来又喜欢了黄多多，一直视黄多多为女神，他倒是知道自己配不上黄多多，再加上黄多多的眼睛根本看不见青皮，青皮后来只得将注意力转移到小白身上。

小白一直都活得特别清醒。她知道自己想要什么，也知道怎么去得到自己想要的东西，所以她不介意青皮的心里还有另一个人。可小白这段文字发出来，向天歌总觉得心里多了份怅惘。

向天歌问小白："你有一点点喜欢青皮吗？"

编辑完这句话，向天歌就觉得不妥，赶忙又删了。

她改成了："你还是决定要为房子跟一个人在一起？"

小白："那不然呢？我知道，我现在所做的事情，在很多人看来都很奇怪。可是，在我的眼里，所有的男女关系都是契约关系，有契约婚姻，自然就有契约恋爱，我们跟当初你和泰哥契约结婚的性质是一样的。"

向天歌："我跟泰阳假结婚是因为迫不得已，事后伤害了我们身边的很多人，我不想你像我这个样子。"

小白："我没有什么人好伤害，我也不在乎外面的流言蜚语。我们跟你们，只是契约的内容不一样而已。现在是契约恋爱，将来就有可能是契约结婚。我们各取所需，做彼此的契约爱人，谁都不吃亏。"

向天歌："可你甘心一辈子就这样了吗？没有爱，只有房子？"

小白："都说了爱情是奢侈品，而我还没达到温饱。"

向天歌叹了口气，知道自己是劝不动小白了。她收拾了一番，准备睡觉，谁知道一挨枕头竟然就睡着了。

梦里，她跟泰阳回到了中学时期。

还是那所高中，还是同一条上学的路，她与杨美丽有说有笑地往前走，而泰阳突然骑着自行车与她擦肩而过。

他阳光帅气，即便同样是穿校服，他都穿得比周围的人耀眼许多。他走到哪里，哪里的男生女生就会不自觉地多看他几眼。

她看了泰阳一会儿，身旁的杨美丽用手臂撞了撞她："你们多久都没说话了，还在玩那个'谁先跟谁说话谁就是猪'的游戏啊？"

她没有回答。

一上午的课她上得心不在焉，到课间操的时候，她又看到他了。他在他们班里，和同学们相谈甚欢。他不看她，他的眼里没有她，不管是上学的路上，还是课间操休息，他的世界永远都不缺一个她。

她突然转回头不愿再看下去，他怎样与她又有什么关系？

课间操结束，她与杨美丽照例去学校门口的小卖部买零食。两个人从大铁门的门缝里伸手出去，接过校外小卖部老板递来的零食。

两人一边吃一边往回走，快到班门口的时候，她又看见了泰阳。

他也是在一抬头的间隙与她打了个照面。

她还没来得及说话，他已经低着头匆匆从她身边经过了。

他的肩头撞上她的肩头，却偏偏一句话都没说。

杨美丽转头看了泰阳一眼，才转对她道："他这回的气性还挺大的，我看他以后都不会理你了。"

她吃着零食往前走，又听杨美丽说："不过这也难怪了，听说他在追校花，跟你保持点距离是对的。"

她突然抬头："你说什么？"

"我听隔壁班的同学说，上次校花的自行车在马路中间掉链子，把她都吓傻了。泰阳骑车从后面经过，以最快的速度把她带离现场，才避免了好大一场事故。一个女生在那么关键的时刻被一个男生英雄救美，是我也会对这个男生有那么点好感。再加上这个故事的主人公又是个美女，他们可不是要在一起了吗？"

她完全抓不到杨美丽的逻辑，但还是感觉被一盆冷水狠狠从头顶淋下，心情简直跌落谷底，她是强撑着回到教室的。

放学收拾课本，她刚把书包从抽屉里拿出来就听见"啪"的一声，是《五年高考三年模拟》掉在地上了。

"怎么什么事儿都不顺心！"她带着点怨气把书从地上捡了起来，扔进书包就回家了。

到家的时候，她在大院门口碰见了提着一兜菜的向妈。向妈一见她回来就说："我刚刚忘买酱油了，你到街口给我买一瓶去。"

她刚要转身又被向妈叫住："还有醋也没有了，来一瓶白醋，顺带再买两包盐吧！你就别背书包了。"

向妈说着，动手拿过了她的书包。

她乖乖把书包摘了，接过向妈递来的钱往街口走。

再回来的时候，向妈不在家里，书包就在沙发上放着，而茶几上堆着几本书，最上面那本，就是《五年高考三年模拟》。她淡淡看了一眼，上前将书包和书都抱起，回到卧室去做作业了。

向妈气势汹汹地回来，一打开房门正见她在书桌前做作业。

她转头，一脸茫然无措，似不明白发生了什么事情。

向妈正要发飙，就想起现在正是女儿的关键时刻，没有几天便要高考了，她不能影响女儿的情绪，深吸了口气，佯作心平气和地说："干什么呢？"

"做题。"

"赶紧做了出来吃饭,今天我给你炖了鸡汤。"

后来的事如走马观花。

当天晚上,泰爸提着泰阳的耳朵从大院外进来,他在楼下对站在阳台上的她大喊:"向天歌,我不喜欢你!我最不喜欢的人就是你了——"

然后他就被拎去当兵了,她去火车站送他,发现那个传说中的校花也在人群里。她没有勇气上前,觉得自己的出现太过多余了,所以她静默地躲在人群中,看他离开后,也转身离去。

梦里都是压抑的情绪,向天歌在床上挣扎了一下,哭了出来。

同样的梦,又做了一遍。这一遍的梦里,向天歌的视角变了,她能看见自己和杨美丽在前面有说有笑,泰阳和几个哥们骑车过来。其中一个哥们看见了向天歌,正准备张口去喊,却被泰阳制止了:"别叫!"

"干什么啊?看见向日葵怎么能不叫啊?"说着,他便放了只手在唇边,作势大喊。

泰阳赶忙猛蹬脚踏向前奔去,另一个同学骑车上前扯了一把刚准备大叫的同学。

"干什么你?泰阳不是给你说了不准再叫向天歌'向日葵'了吗?尤其这周围都是她同学,到时候她得哭鼻子!"

两个人一起骑车去追赶泰阳,就在与向天歌擦肩而过的时候,泰阳偷偷用眼角余光去看她的身影。

这一看差点打滑,他迅速稳住车头向前骑去。

他发现自己忘记打招呼了,正觉得懊悔,单手捂着心口,想着捂在那里准备待会儿交给她的东西,心乱如麻,既羞且臊。恍恍惚惚等到课间操,从她走进操场,他就在看她。

他在想,不如就做一回猪吧!可刚刚鼓足了勇气,他多看她一秒,又泄气了。他决定再等等，等会儿把那东西交给她。他故意和旁边的人说笑打闹，是因为不敢让她察觉自己在偷看她，最后还没做完操他就偷偷遁了。

他去了她的教室，找到她的座位，拿出捂在心口的白色信封，先是直接放进抽屉，后来又觉得不妥，反反复复折腾了几回，才看到放在桌面上的《五年高考三年模拟》。

课间操已经结束，操场上的同学开始陆陆续续往教室走。

泰阳紧张了起来，飞快地打开《五年高考三年模拟》将白色的信封往里一塞，再赶忙将书塞进抽屉里，然后快步往外走，只想趁向天歌回来之前赶紧离开现场。

谁知道他才出教室门口就与校花碰了个正着，那校花人美声甜，一见是他，免不得红着脸颊上前与他多说两句。

他整个人心不在焉，一颗心都在那封信上面。

他慌乱无措却又莫名兴奋，想着藏了那么久的心意如果不在现在一次与她说明，只怕高考之后两人分道扬镳，自己这辈子就再也没有机会去说清了。

所以他一咬牙就对校花冷声道："你说够了吗？"

"嗯？"校花一脸蒙。

"你上次遇到的状况，谁见了都会帮的；我看见别人在那种状况下，也会帮的！不是特意要帮你，所以别总跟别人说我要追你，我对你没兴趣。"

校花的脸红过一阵就白了，而泰阳则潇洒地转身，走了没多远就碰见正往这个方向来的向天歌。刚才的潇洒此刻变成了狼狈，他看着向天歌一双漂亮的大眼睛，就觉得做贼心虚，丢了魂似的匆匆从她身边经过。

他的肩头撞上她的肩头，他一句话都不敢说。

在她看不见的地方，其实他早就红透了脸。

而她却没看到那封信，甚至不知道有那封信。

向妈拎着女儿的书包回家，刚把她的书包丢在沙发上，里面的书就哗啦啦地滑到了地上。

向妈一边数落着女儿一边捡，然后把捡起的书整齐地堆叠在茶几上。捡到那本《五年高考三年模拟》时，白色的信封从书里掉了出来，向妈本能地拆开了，看完后怒火攻心，起身就要去找泰妈吵架。

可泰妈根本没在，她扑了个空，转身碰见了泰爸，两个人一见面简直就是彗星撞地球。

向天歌被吓醒了，她睁眼躺在床上还觉得梦中的气氛没有完全褪去。

向天歌早上出门，泰阳就等在楼下，看见她从楼上下来，他微笑转身。

她匆匆下来："你怎么在这里？"

"准备送你到公交车站去。"

结果最后直接送到了杂志社写字楼的下面，向天歌准备上楼，却又突然回过身来："你给我种的到底是什么花？"

"不是说了花开的时候就知道了吗？"

"那要等很久啊！"

"等到那时候，我希望我们就已经结婚了！"

"泰阳。"

"嗯？"

"这次你是认真的吗？"

"嗯。"

向天歌笑了，她转身进了大楼。

泰阳也在身后跟着笑了起来。

等再也看不见向天歌的背影，泰阳才拿出手机打给律师，询问了一下纵火案最新的情况。对方告诉他，因为没有新的证据证明陈学飞参与其中，而陈学良又服从判决，所以该案暂时不会上诉了。

"那造成经济损失的补偿款呢？"

"陈学良本来就没几个钱，从农村出来以后也没正经工作过，以前他都是靠他哥给养着。出了事后，陈学飞就公开同他断绝了关系，不会为他偿清债务。"

"也就是说，陈学良没有履约能力，而有履约能力的陈学飞根本不会履约。"

"是这样。"

"那还有什么办法吗？"

"找证据。"

泰阳挂断电话，面色凝重，忽然看见马路对面的一道人影，便快步追了过去。

有了爱情的滋润，最近一直洋溢着幸福感的向天歌在事业方面更是节节攀升。连着做了几件大型的热点营销事件，《Mamour》团队现在可以说是如日中天，不但是坐稳了业界第一的位置，也有越来越多的广告商以及明星团队向向天歌投了橄榄枝。

小白过来汇报工作的时候，脸上都洋溢着掩藏不住的得意："现在业内无人不知无人不晓向姐你的名字，现在很多名人明星都愿意跟我们合作。"

向天歌太了解小白了，她面上没有浮起一丝笑意，反倒是又严肃了几分："合作不是炒作，我知道你想说什么，这个方案不能通过！"

"咱们这不是炒作呀，咱们是做慈善夜呀。这也能提升你、提升咱们杂志的整体形象！你看之前你打抚养权官司的时候，陈学飞为了抹黑你，现在外界的人都对你有误解的呀！"

"我无所谓，随别人怎么说，我又不跟他们一起过。"

向天歌经历了这么多事儿，已经很明白这个道理了，和她在一起过的是泰阳、泰平还有她的家人，她根本不在意外界的声音。

小白道："话是这么说没错，但你现在代表的可是整个《Mamour》。

我们开会讨论过，一致认为现在是时候启动'Mamour慈善夜'的项目了。以向姐你在行业内的号召力，到时候一定会有很多人愿意参加。既是做善事，也是一次增加曝光度的互惠互利的活动……"

向天歌打断了小白，强调了一遍："但我不想让商业与慈善挂钩。"

"可是，司徒先生同意了。"小白说罢，赶紧解释了自己早晨误发电子邮件给司徒锦的事情。司徒锦看过了策划案，非常满意，敦促小白等人尽快落实。

向天歌听了这话，不由得头大，她打电话给司徒锦。

司徒锦先发制人："我也不喜欢把慈善商业化，可是，天歌，这个社会教育我们没有曝光率的慈善寸步难行，你想更大力度地促进慈善，你就需要更多的曝光与商业化。同样，你想更好地推进商业化，有了慈善的包装这条路才能走得更加漂亮。"

"司徒，我一直以为你是个艺术家！"

"更多的时候我也是一名商人。"

向天歌说不过司徒锦，两人僵持了一会儿，最后司徒锦退了一步："好吧！你不想做慈善夜也行，但《Mamour》给你配了专车和司机，你为什么还是搭公交车上班？"

"这是我的私人事情。"

"你是《Mamour》的总编，从你坐上这个位置的那一天起，再没有所谓的'私人事情'。"

"……"

"我知道你想尽可能地把自己放得很低，低到泰阳可以够到的位置。你怕一下走得太远、去得太高，他会来不及追上你。"

向天歌心里的小九九被司徒锦戳破了，她实在是接不上话。

司徒锦又道："其实，你有没有想过，好的爱情一定是两个人互相扶持，为了彼此的理想与共同的生活努力奋斗，而不是一方为了将就另外一方，不断地拉低自己的档次和对生活的要求。"

"司徒，档次不是纯粹的物质世界。泰阳对这个世界的善意和人味儿，是很多人都缺失的东西！他学合气道，不是为了伤人，而是为了让更多的人学会怎么去保护自己！他给青皮重新来过的机会，也帮过那些孩子自己站起来！他默默为这个社会做着力所能及的小事……与这些比起来，我做过什么？我现在连做一个慈善，都是为了营销？"

司徒锦在电话那端轻笑："天歌，既然你说泰阳不在意这些物质层面的东西，那你为什么还非要逼自己挤公交车呢？"

被司徒锦这么一说，向天歌发现自己所有的解释全部成了掩饰。她只得沉默着，默认接受了司徒锦给《Mamour》总编的一切配置。如今有了专车、有了司机，向天歌失去的就是和泰阳一起坐公交车时，他送她的小幸福。

向天歌害怕这件事会让泰阳接受不了，她每天都会刻意加会儿班，然后让司机把车开到大院公交车站的对面，自己下车走过去。

以往泰阳都会在公交车站等她，可是今天她却没等到他。她以为是自己来早了，便站在站台上等。等来等去，等到的是泰阳发来的信息，说今天在外面办事来不了了。

向天歌默默转身，穿着八厘米的高跟鞋独自往回走。只是过条马路，今天她却觉得这条回家的路这么长、这么难走。

到家的时候，她的脚酸痛不已，在玄关处脱了鞋便弯腰揉脚。

小泰平听到妈妈回家的声音，从沙发上扭下来狂奔而来，在门口一把将她抱住。

"妈妈，我好想你！"

向天歌一个没有站稳，差点摔倒。向爸赶忙过来将外孙女拉开，看向向天歌道："怎么，鞋磨脚？"

"不是，就是不知道怎么了，感觉今天回家的路特别难走。"

小泰平眨着一双漂亮的大眼睛道："妈妈，爸爸今天怎么没有送你回来啊？"

"爸爸有事，所以今天没来。"

小泰平乖巧懂事地点了下头后，又抱了抱向天歌，才跑到正播放动画片的电视机前。

向爸看着向天歌道："没什么事吧？"

他的身上还系着围裙，今天向妈值班，所以做晚饭的责任就落到他身上了。

"没事。"向天歌笑着摇了摇头，可她心里知道有事。

也不过才坐了一天专车，她好像整个人都娇气了起来。

也不过少了一天泰阳的陪伴，她就觉得这条从公交车站往家走的路又长又难。

第十五章
流年记得我和你

连着几日，向天歌都没见到泰阳。

泰阳说是有重要的事去办，暂时离开了西京。

往后的几天，向天歌也就不再执拗于让司机把车停在对面了，干脆停到大院门口。奉命保护向天歌的青皮见状，几天后也就不再来盯着了。他还给向天歌打了个电话，表示自己不是不想去保护她，只是道馆被烧了以后，他和几个朋友合伙做了点小生意，每天都要离开实在是不合适。

向天歌"扑哧"一声笑了出来，自己哪里需要什么人保护，自己需要的只是泰阳而已。她让青皮赶紧去忙自己的事情了吧。

青皮听完一阵欣喜，又想起泰阳，怯生生地问："那你能不能别跟泰哥说啊？他走的时候再三叮嘱我，让我一定保护好你，要是让他知道我没来送你……"

"我不会跟他说的，你放心，而且我也不需要什么保护，陈学飞应该暂时无暇分身来骚扰我。"

近日，陈学飞的确是分身乏术了。一天前，网上有人爆料"天旅"打着"互联网+"的旗号，实则是通过性爱旅游牟取暴利。网上甚至还有人放出视频，疑似"天旅"高层人员的对话，指出这一事件并非境外导游的个人行为，而是整个内部有组织有计划的安排。

被负面新闻缠身，陈学飞哪里还有时间去想向天歌的事情。向天歌也是在下午下班回家的路上刷新闻的时候看见的这些事情。她放下平板电脑，就接到了青皮请求休假的电话。

青皮告假顺利，他正要挂电话，向天歌又问了一句："泰阳有没有跟你说过他去了哪里？"

"泰哥没说，他就说碰到个熟人，离开西京几天，很快就回来。"

向天歌应了一声，随后挂了电话，找出了几天前泰阳给自己发的信息。

他说："我会离开西京几天，处理一点私人事情。我交代了青皮上下班来接送你，你保护好自己，照顾好泰平，我爱你。"

她的手指在屏幕上轻轻滑动，反复摩挲着最后的三个字——我爱你。

他总是这样，想什么时候来就什么时候来，想什么时候走就什么时候走，唯一不同的是，这次他说了爱。

向天歌的心情也就因此有些小微妙，她生气他的离开，但又隐隐有丝欢喜。

司机忽然打死了方向盘掉头，向天歌余光瞥到，抬头问："怎么了？"

"前面好像发生了交通事故，堵死了，咱们换条路走。"

"那再回一趟社里吧，我有东西落办公室里了。"

"好的。"司机掉头之后就直接把车开回了杂志社。

向天歌下车，司机也要跟着下来，向天歌匆忙说了句："你别下车了，我拿了东西就回来。"

闻言，司机又坐回了车里。

此时的西京早已暮色沉沉，就连写字楼的地下车库里也静谧无声。

向天歌回到社里，径自进入办公室，找到了文件才旋身出来。她刚要锁办公室的门，就接到了一通电话——一通肖琳从美国打来的电话。肖琳为了跟杜三少争夺抚养权，如今也是被折磨得不成人形，就连给向天歌打电话的时候，说话也有气无力的。

肖琳简单地说了一下她目前的现状，接下来就一直在哭诉："我现在好丑，睁开眼睛也哭，闭上眼睛也哭，我丑得都不敢上街了。我已经完蛋了，天歌。"

"别这样，肖琳，我跟陈学飞打官司的时候，你也鼓励过我啊！孩子离不开你，你也离不开她，我相信最后一定是你胜诉。"

"我其实真的没有多喜欢孩子，当初知道自己怀孕的时候，想得更多的也是自己以后的豪门生活，我没有想过要怎么爱她，我也不会爱她。可当她从我肚子里出来的那一刻起，我觉得我们骨肉相连，她是我生命的一部分，我已经离不开她了。"

向天歌想了一下，对肖琳这样的人来说，自己口头上的几句支持起不了任何安慰的作用，她提议："让法官知道你有多爱她，我也会帮你写几篇亲子专题，让舆论都支持你去争抚养权。我们大家都会帮你，但你要自己撑住。"

肖琳在电话那端哭过了又笑，笑过了又哭："我觉得我撑不下去了，我现在一照镜子就觉得自己像鬼……"

"那就别照，让助理帮你把所有的镜子都收起来，现在集中精力去战斗。杜家没有那么容易放手，你也不能放手，等这一切过去以后，我们的生活还能重新来过。"

向天歌安慰过了肖琳，才重新下楼去地下车库坐车。她走出电梯间，车库的顶灯就像是都坏了，一闪一闪地亮了几下，突然就黑了几盏。

向天歌起初没太在意，而是低着头编辑信息，想给肖琳说点什么安慰的话。可走了几步，她发现地下车库中空无一人，四处望着，总觉得什么地方有双眼睛正盯着自己。

她又迅速回身看去，顶灯正由远及近地熄灭着，背后却没有一个人。

向天歌往前走了几步，又回过头去看，如此反反复复几回，她感觉头皮发麻，加快了脚下的步伐。而耳边好似响起了双重的脚步声，她刻意放慢一些脚步，竖起耳朵去听，才发现这并不是幻听，真有一个人的脚步声从身后传来。

　　不敢回头，她一路疾走，心脏仿佛都跳到嗓子眼了。脚步声此起彼伏，她不由得跑了起来，跑到了先前停车的位置，大叫了一声司机的名字，慌乱地去拉车门。拉了几下，车门岿然不动，她这才发现车里竟然没人！

　　向天歌吓得大叫，用力拍打车窗，身后突然蹿出一个人。那人试图伸手去拉她，她下意识地拿起手中的文件回身就往对方的身上拍过去。

　　"向总编！"

　　对方赶忙叫了一声，陷入疯狂状态中的向天歌这才回神，才看清楚站在自己身前的男人就是自己的司机。

　　司机抬起手臂挡在前面，刚才挨了向天歌几下，这会儿正疼得龇牙咧嘴。

　　向天歌惊魂未定："怎么是你？"

　　"你一直低头看手机，我看你走错方向了，所以赶紧上来提醒你。"

　　"啊？"向天歌一脸蒙，先是看了看他，再去看刚才自己怎么都拉不开的车门，司机已经一抬手指向另外一边——

　　"这不是我们的车，我们的车在那边。"

　　向天歌这才想起看一眼车牌，然后便有些尴尬地抬起头来："对、对不起，我刚才不知道是你。"

　　刚才提到了嗓子眼儿的心又落回去了，向天歌和司机一道朝着停车位走去，可那阵不知道属于谁的脚步声还是没有消失，从阴暗的角落里再次传了出来。

　　向天歌茫然地回过头去。

司机也跟着驻足，喊她："向总编？"

"你有听到什么声音吗？"

司机还来不及回答，向天歌已经转回头了："没事，可能是我神经有些过敏。"

向天歌回到家陪女儿玩了一会儿，再到吃完晚饭和收拾妥当，已是接近零点。女儿和爸妈都早已睡下了，她独自一人拿着台平板电脑坐在客厅的沙发上，查着白天还没看完的新闻。

关于"天旅"通过性爱旅游谋取不正当利益的讨论，现在越演越烈。

向天歌快速地在热搜中刷着评论，这次的事件爆发像是人为的。她犹豫再三后还是给小白打了个电话，开门见山地问："'天旅'的料是你爆给媒体的吗？"

"难道不是你吗，向姐？"

"不是你？"向天歌有些惊诧，她一向不做没有把握的事情，没有证据，想告陈学飞是不可能的，自然不会现在就动。而听小白的语气，这件事也不是小白捅出去的，那还能是谁呢？

"真的不是我，向姐，'真爱之旅'的事都已经是过去式了，我这个时候爆他料有什么好处？我还以为是你呢！"

"如果不是你也不是我，那这个人一定是跟《Mamour》或者《真爱》有关联。我已经看过围绕这个话题的所有讨论了，这个手法像我们做的！"

"是呀！"小白终于把这句压在心头的话了出来，"我一看这个话题的舆论节奏，我就想着是你操刀做的呀。"

这会儿猜下去也没什么意义，向天歌便说："算了，不猜了，你也早点睡吧！"

"可是，向姐，真的没有关系吗？万一陈总那边误会是你爆的料，会不会把这些都算在你的头上啊？"

"放心吧！"

向天歌让小白放心，自己却放心不下来。她倒不是担心自己的安危，而是不清楚对方到底是什么居心，又怎么会知道"天旅"这么多事？

想着想着，她不自觉就摁了泰阳的号码。

可是打过去以后，那边一直是无法接通，她给他发信息他也没回。

距离他发那条"我爱你"的信息已经过去很长时间了，她不知道他现在怎样，也不知道他什么时候回来……

向天歌非常焦虑，起身走到了阳台上，放眼望过去，她看见了她的花圃，心里才终于稍稍有点安定下来。

刚刚有了睡意不久，向天歌被电话吵醒了，是小白打来的，让她立刻上网。

向天歌还有些困意，问："什么事？"

"还是'天旅'的事情，又下猛料了，有人放出多张陈总在美国时的照片，要多变态有多变态啊！"

向天歌赶忙起床打开电脑，很快就在网上搜到一组露骨至极的性感照。

小白说："这是今天凌晨突然在一个论坛里爆出来的，那个开帖的人还爆料，当初陈总本来是没有资格拿全奖去美国的，可最后一个叫 Katelyn 的老教授给他开了绿灯，资助他在美国的一切费用。"

到美国之后的事，向天歌大都晓得，因为这些陈学飞都跟她讲过。

她只是不明白，小白所说的这个爆料人怎么会知道这么多事情。她正疑惑不解，小白又道："而且这些都是实锤，帖子里连他跟那个什么老教授签的卖身协议都有。真看不出来，陈总居然是这样的人，他跟'天旅'算是完了……"

脑袋里仿佛有什么东西"嗡"的一声，向天歌已经听不见小白后来又说了些什么，只是赶忙在网上找到原帖，然后点进去看。

原帖说得有理有据，每件事都有实锤，最令人震惊的是，被贴出来的协议就是当初向天歌在陈学飞家里找到的那份，内容一模一样。

除了自己之外还有谁见过这份协议？而这个爆料的人又是什么居心？

向天歌完全摸不着头脑。

几分钟后，网上开始有人删帖，话题从热搜榜单上不断地往下跌，却控制不住转发和评论。看来"天旅"的团队进场了，只是他们不是媒体出身，能用的也不过是简单暴力的手段，根本盖不住事态的发展，还因为强行公关而被网友诟病。

而之前收了陈学飞好处，答应不再提起旧事的"真爱之旅"的受害人，也都纷纷出来现身说法，攻击"天旅"和陈学飞。

一时之间，网民对陈学飞和他的"天旅"是人人喊打，甚至还有人报了网警，要政府尽快取缔这种违法机构。

向天歌觉得眼皮狂跳，好像有什么大事要发生。

除了那些露骨的性感照外，网上流传的其他事情她都是知道的，甚至也见过那份协议。

如果连小白都觉得这件事像是她做的，那陈学飞会怎么想呢？而陈学飞的偏执和疯狂是她见识过的。

一阵心惊肉跳后，向天歌还没来得及镇定下来，《Mamour》那边的电话已经打了过来，说是《真爱》的网络杂志遭到黑客攻击，一打开网页，全都是色情图片和链接。而这件事也引发了舆论攻击，网上有人截了图，硬说《真爱》是色情杂志，把之前"天旅"事件的锅硬往向天歌的团队身上甩。

"你先清理网站，我马上就过来。"向天歌不敢耽搁，迅速起床收拾。

窗外还是一片漆黑，她出了门直接打车奔向杂志社，先当机立断关停了所有的服务器，接着组织技术人员迅速删除色情信息，恢复网站的内容，再重新设置了防火墙，然后才再次打开网站内容。

这些操作是在半夜三更火速完成的，没有给网站造成太大的影响。

但舆论已经扩散，之前《真爱》一直和"天旅"绑在一起，向天歌也是投鼠忌器一直没有对"天旅"提起诉讼。如今这件事被翻了出来，她这边也成了众矢之的，一整个白天她又在忙着张罗舆论救火。

安排完所有的事情，天色已经晚了，而自己的司机被派了出去送小白出个外景。她看了一眼时间，给小白打了个电话，小白那边的外景出得极不顺利，因为昨夜爆发的舆情，小白费了半天劲儿才安抚了所有的嘉宾，开始拍摄时都已经是晚上九点多了。

小白问："那要不叫司机先回去，我这边估计还得一阵！"

"你忙完就更晚了，李哥在那里也能搭把手，我这边打个车就行了。"

小白示意现场原地休息五分钟，走到一边去说："现在这个局势，太不安全了，而且青皮可是受命于泰哥。泰哥临走前千叮咛万嘱咐要保护好你，你也别让下面的人难做，你在办公室等会儿，我们马上过来。"

小白说完就急忙挂了电话，向天歌想拒绝都没有办法。

小白安排了现场的事情，就和司机急急忙忙地回去。

向天歌坐在办公室里，长出了一口气。这一天下来，她都在稳定《Mamour》和《真爱》的局势，尽量不让"天旅"的那把火烧过来。他们做了很多转移视线的事情，才让自己暂时逃离这场灾难。

可她控制得了这边的情况，却无暇去顾忌"天旅"那边。而对于危机公关，"天旅"是门外汉。

她处理完杂志的事情后，再去看"天旅"的情况，才发现这一天的时间里，"天旅"完全陷入了被动的局面。

据说，公安机关已经立案开始侦查了。

陈学飞有今天，完全是咎由自取！

向天歌看了一眼时间，不打算继续等小白了。这个点应该还挺好打车的，她便自己下楼了。走到路边，她正准备打车，后颈猛地一痛，随即便眼前一黑，倒了下去。

再醒来，她的双手双脚被缚，整个人以一种奇怪的姿势歪坐在沙发上。她立时想要大喊，却浑浑噩噩发不出声，这才意识到自己的嘴里塞着毛巾。

毛巾有股说不出的味道，她几次差点吐出来。

她拼命挣扎，却发现是徒劳无功。这屋子里所有窗帘都是拉上的，灯都没开，仅靠窗外透进的一点微光将周围照亮。

天已经亮了？

向天歌正在恐惧和不知所措中，一个人上来就给了她一巴掌。

这人下手极重，她被打得侧倒在沙发上，整个脑袋"嗡嗡"作响，对方又立刻抓住她的头发，用力提起她。

向天歌这才看清楚，是近乎疯癫状态的陈学飞。

"唔唔唔！"

"想问怎么是我，对不对？因为我想你呀！天歌，就算你任性，跟我抢抚养权、不肯和我复婚，我还是想你、爱你。我天天都到杂志社附近去看你，可泰阳就跟个阴魂不散的死鬼，天天缠着你不放，我都没有办法靠近你！"

她惊恐地睁大了眼睛，也是到这时候才明白过来，原来泰阳每天接送她上下班，是因为他早就敏锐地发现了不对。可她却浑然不知，也从没想过危险竟然会离自己这么近。

向天歌无法出声，只能听陈学飞说："为什么？你为什么要这样对我？我已经够爱你了，也为你付出了那么多，可你到头来还是选他不选我啊？"

"……"

"我们本来好好的，一切都好好的，要不是他突然插一脚进来怎么会变成这样？明明收了我的钱说过会离开西京，可他又跑回来干什么？这种背信弃义的小人真是死一千次也不够！"

向天歌的眼里充满了恐惧与愤怒，陈学飞可能做出什么事儿，她是清楚的。

陈学飞抓着她脑后的头发向下拉。

她吃痛地叫了一声，他立刻凑上来问："痛吗？你也会觉得痛吗？这段时间我天天晚上都睡不着觉，我想不通你为什么要这么对我。我不管做什么都是为了你跟陈平，我去美国也是为了你们，可你们不仅弃我而去，还眼睁睁地看着'天旅'变成这样也不帮我！"

陈学飞说着，抬手又是一巴掌。向天歌被扇倒在地，倒地的一瞬，他塞在她嘴里的毛巾掉了出来。

向天歌披头散发地转头，赤红着眼睛，大喊着："你去美国根本不是为了我们，是为了你自己！'天旅'之所以会变成现在这样也是因为你！"

"我怎么了？"他冲上前又抓住她的头发，"我没钱的时候，你妈的眼睛长在头顶上对我横挑鼻子竖挑眼的；我后来有钱了，她又是怎么对我的，怎么你还不乐意了呢？"

陈学飞说到这里大怒，一把将倒在地上的向天歌又拎了起来，他叫了几个人过来，将向天歌看住。

"陈学飞！"向天歌大叫。

陈学飞却已经不再理她，径自转身往外走。

他边走边说："这个世界就是这样，没钱就没尊严，有钱多的是人愿意帮你。等我把这里的事情处理完，就带你跟陈平到美国去过好日子。你现在怨我没有关系，但总有一天你会感激我的。"

向天歌大叫，却哪里还看得见他的身影。

时间一分一秒地过去，向天歌的头痛加剧。无论是谁递来的饭或水她都不要，她奄奄一息地靠在沙发边上，没过多久就浑浑噩噩地昏睡了过去。

直到有人托起她的后脑勺给她喂水，她才迷迷糊糊地睁开眼睛。眼中出现的男人竟然是泰阳，所有的不适瞬间消退了大半，她整个人都透露着欢喜，轻轻叫了一声他的名字，却忽然又被人用力扇到一边。

还是陈学飞，他居高临下地站在沙发边上，举着手里的矿泉水瓶兜头向她浇了下去。

向天歌瞬间清醒，她被陈学飞捏住下颌向上抬。

"看清楚没有，我到底是谁？"

"陈学飞！"

这一声"陈学飞"不是向天歌喊的，而是从陈学飞拿在手上的手机里发出的声音。

向天歌赶忙睁大了眼睛，才发现陈学飞竟然开着视频通话，通话的那一头是泰阳。

泰阳？

他离开西京已经有一些日子，不论自己是给他打电话还是发信息都联系不上，而他此刻就在陈学飞的视频电话里。

向天歌一瞬红了眼睛，耳边忽然响起陈学飞猖狂的笑声："你叫我干什么？别说你现在不在西京，就是在你又能怎样？我花大价钱从黑市上请了高手，就你那点三脚猫功夫过来就能把你揍扁！"

"你给我立刻放开天歌！"

"她是我老婆！"

"陈学飞，我们早就离婚了……"向天歌一身狼狈。

陈学飞一把抓住她的头发往下扯，她吃痛地仰起头来，他立刻凑上前去吻她。

"你别这么说，天歌，我知道你是爱我的，要不是他抢走了我的你，我们根本不会弄成现在这样！"

向天歌努力地想避开他，可奈何头发被拽在他的手里，只能任他宰割。

泰阳在视频通话里愤怒地大喊。

陈学飞忽然笑着转头道："怎么，心疼了？心疼的话你就立刻找个高楼给我跳下去，我要看现场直播！"

向天歌吃惊地看着陈学飞，他居然会向泰阳提出这种要求。她更担心泰阳，泰阳难道又要因为她，而陷入无法回头的危险之中了吗？她忘了呼吸，只是紧紧盯着视频通话的那边，整个人浑身颤抖。

泰阳真的上了高楼，站在边缘。

陈学飞在视频这边厉目圆睁，整个人都疯狂到了极致："跳啊！你现在就给我跳下去！"

"你先放天歌走！"

"你先跳！"

"陈学飞我不会陪你疯！你如果不让我看见天歌从这里离开，我是不会跳的！"

陈学飞开始疯狂大笑："泰阳啊泰阳，枉我以为你有多喜欢她，现在让你为了她跳楼你都不愿意，看来你跟别人也没什么两样，都是贪生怕死的自私鬼！"

"我愿用我一命去换天歌的命，但我要确保天歌安然无恙。"

"现在没人要跟你讨价还价，你跳就跳，不跳就不要怪我对她不客气！"

陈学飞说着话时，用力向下反扯了一把向天歌的头发。

向天歌忍着不叫，生怕泰阳担心，而泰阳只是看见这一幕就觉得足够揪心了，大喝道："陈学飞！"

陈学飞转头，吻住了向天歌，向天歌只能痛苦躲闪。

视频那边的泰阳叫道："陈学飞，你现在就给我把她放开！"

陈学飞却像根本没听见他说话似的，正深情款款地对向天歌说："你看见了吧！在这个世界上他还是更爱他自己，只有我是真正爱你的。"

"你不是爱我，你才是只爱你自己！"向天歌咬牙切齿。

"我怎么不是爱你？我为了你，打破自己读书期间不谈恋爱的誓言。我为了我们将来美好的生活才去的美国，我在美国过得人不人鬼不鬼的时候，也是因为想着你我才能撑过来的，我把我的整个人和心都给你了！"

"你想得到我，不过是为了满足你自己的欲望！"

陈学飞的表情一瞬间变换，突然以半蹲的姿势向向天歌恳求道："天歌，我只有跟你在一起的时候才觉得自己像个人，觉得自己还活着。可是，光活着是不够的，活着被人看不起、活着被人踩在脚下的那种感觉太痛苦了。我自己也就算了，我是不想你跟女儿这辈子也被人看不起啊！"

陈学飞这时候提起女儿，向天歌才忽然想起什么，全身紧绷，瞪大了眼睛看着面前的男人。

陈学飞一眼就看明白了她的意思，伸出大手在她的脸颊上一阵轻抚之后，淡淡地道："你在这里，女儿当然要跟我们在一起。"

向天歌猛地转头看向视频通话里的泰阳："泰阳你不要管我！你去看泰平！快去！"

那边泰阳还没来得及说话，陈学飞已经将视频通话挂断了。

他有些恶狠狠地看着向天歌道："都跟你说了我的女儿叫'陈平'，你为什么总是改不掉呢？跟着他姓泰有什么用，你看到头来他还不是不愿意为了你们去死，说什么侠客英雄，全都是骗人的！"

"陈学飞！"向天歌大喝一声，"你如果还是个男人，你就放了我。你和他单打独斗，公平竞争！"

"向天歌，别再把我当傻子了！我告诉你，我就是要把他困在天台上哪儿都不能去，我叫他跳楼他就得跳！"

说着话时，泰阳的视频电话又打了过来。

陈学飞嘴角带笑，对向天歌晃了晃手机："你看，我放过他了，他都要再打过来。这次我们玩点刺激的，让他先捅自己两刀再跳。"他说完，按下了接听。

向天歌悲恸地喊着："你不能这样……"她眼睛通红，像是要滴出血来。

"我为什么不能？"陈学飞一脸从容淡定。

"对不起你的人是我，跟他没有任何关系……"

227

"怎么没有关系？他一生下来就拥有我拼尽全力都得不到的东西，我做错什么了？我出生在渔村，父母不给力弟弟还没出息，我就算考上大学又能怎样，还不是被同学和你爸妈看不起？"

"你被人看不起跟泰阳有什么关系？你要找的人是我，我、我跟你在一起，我以后都不走了，好不好？你挂断电话，你挂了，我求你……"向天歌由起初歇斯底里的嘶吼变成了此刻的悲鸣，她痛苦地蜷缩着爬向陈学飞，想要挂掉那通视频。

"天歌！"泰阳在视频那边大喊。

陈学飞将手机举得更高了："求人可不是你这样的，你得说你爱我，你说你爱我，我才相信。"

向天歌费劲地说出了这句话："我、我爱你……"

陈学飞一把搂住向天歌，对着视频通话里的泰阳道："哈哈哈，你看见了吧！天歌爱的是我，她爱的人一直都是我！要不是因为你，我们一家人早就已经在一起！"

"你想要什么？陈学飞，不管你要什么我都给你，你放开天歌！"

"我要什么？我当然想要你死了！我的一切都没了，我回国以后好不容易建立起来的一切，就在这几天，全都毁了。你死不足惜！"

"陈学飞，是你先错的！你放火烧我的道馆，毁了那么多孩子的前途。你为了赚钱不择手段，用性旅游招揽生意，破坏了那么多家庭！你之所以会落到今天这个局面，你怪不了任何人，你只能怪你自己！"

"我做的这一切都是想要更好地生活，我有什么错！"

"这个世界因果轮回报应不爽，你有今天是你咎由自取！你以为你还逃得了吗？陈学飞，你清醒一点，你再执迷不悟，你的下场只会更惨！"

陈学飞一阵疯狂大叫，手机也随之落在地上，他在偌大的空间里不停地打砸身边的东西。

向天歌吓得不轻，但还是试图去靠近那掉在地上的手机，想要挂断视频通话。

泰阳看见了向天歌，向天歌披散着长发，眼睛红到了极点。她向手机摸索过来，他一眼就看出了她的意图，着急地叫她不要。

她低着头，对电话里的泰阳说："不用来找我，保护好泰平，陈学飞已经疯了……"

"不要挂断，天歌，我求你不要挂断，我马上就来找你！"

"你找不到我的，陈学飞是个疯子，他和正常人不一样了，他只会想尽各种办法去伤害你。"

"你答应我不要放弃好不好，我已经……"

"你们在干什么？"陈学飞一声大喝，突然冲上前来一把将手机给夺过来了。他先是看了看一边的向天歌，再看看自己手里的手机，面目忽然狰狞，"你们背着我在说什么？我已经够爱你了，天歌，我不管做什么都是为了你，可你为什么还是要这样对我？"

向天歌心力交瘁："我求你放过他们吧！我跟你走，不管你想去什么地方，我都跟你在一起好不好？我求你放过泰阳，放过泰平！"

"陈平是我的女儿，我为什么要放过她？天歌你放心，我已经叫了人去接她了，她很快就能到这里来跟我们一家团聚！"

向天歌的心慢慢地沉了下去，她哀求陈学飞无果，只能痛骂他："你把泰平弄到这里来干什么？你看看这是什么环境，你现在又是什么样子，你怎么忍心她跟我们一块儿待在这里？"

"不会太久的，天歌，我在国内已经待不下去了，现在外面到处都是来找我的警察。但是老天有眼，那个老寡妇死了！哈哈，Professor Katelyn 终于死了！只要我们想办法回到美国，拿到她的遗产就能重新开始。到时候你跟女儿想要什么我都给你们，咱们一家人又能在一起了！"陈学飞说这句话的时候眼睛里闪着光，他是真的沉浸在自己编造的虚幻的兴奋当中。

向天歌看着眼前的陈学飞，已经说不出话来了。她不停地摇头，尽可能地蜷缩着身体，只希望这样一来，他就够不着她。可她越闪躲他便越抓着她不放，视频里的泰阳看得一阵心急，疯了一般地大喊着陈学飞的名字。

被这么一喊，陈学飞再次被拉回了现实，他看向手机里的泰阳："对了，还有你，怎么你还没捅自己两刀？我叫你捅自己两刀！"陈学飞说着话的同时，不知道从哪儿拿起一把长长的匕首。

他用匕首对向天歌比画着，说话的时候，眼角余光却是看着视频通话里的泰阳的。

他说："你捅不捅？我现在就想看现场直播，你要是不捅你自己，那我就捅她！"

泰阳眉头紧锁，面色黝黑。

"干什么？你不是非要跟我争她，非要把我身边所有的东西都抢走吗？我捅完了天歌，再给她缝起来就完了，可是你……"

陈学飞的话还没有说完，那边泰阳不知道在哪儿捡起根钢筋狠狠向自己的大腿扎去——

"不要——"向天歌震惊大喊，那边的手机突然落在地上，屏幕一片漆黑。

陈学飞大叫："捡起来！把手机捡起来！我要看你捅的地方！"

很快，屏幕再次现出了图像，由下往上的视角里，触目惊心的除了一地鲜血以外，就是那根狠狠扎在泰阳大腿上的钢筋。

刚才那一下，他使了全力，钢筋在穿过他的皮肤刺入血肉的一瞬间，他就单腿屈膝着地，额头上青筋突出，沁了一额头的汗水。

向天歌心疼不已，泪水再也控制不住地涌出了眼眶。她再看地上的一摊血迹，眉眼酸涩疼痛到极点，已是泣不成声。

陈学飞的笑声还在耳边，他说："哈哈，不够不够，我叫你捅不是叫你扎，你要找把刀往自己肚子里捅才算，刚才那一下不算，重新来！"

向天歌跳了起来，她虽然被捆着，行动不便，可此刻的她已经有了拼死的决心。她笨拙地扑向陈学飞，扑向陈学飞手里的匕首，视频那头的泰阳看到这一幕，惊叫出声："天歌！"

陈学飞也是一惊，迅速抽回了匕首，冰凉的匕首从她的脸颊划过，陈学飞的眼睛里都是心疼。他上前抱住向天歌："我不会伤害你的，天歌，你不要生我的气，我怎么会杀你呢？我刚才是在跟你开玩笑呢！"

"陈学飞，你跟我的人生已经毁了，你不要再去毁别人了。我不要泰平有你这样的爸爸！"

陈学飞仿佛被触发到了某根神经，突然变得异常暴戾。他照着向天歌的脸，又是狠狠一巴掌，将向天歌再次扇倒在地。

他居高临下地冲她大吼："不要我这样的爸爸，那要什么样的爸爸？又是泰阳吗？你就那么想跟他在一起，还要我的女儿去叫他爸爸？好！就算我要死我也要先看着他死！我要他现在就给我从楼上跳下去！"

向天歌虽然被打得发蒙，可还是提着一口气冲向陈学飞。她用身体撞他，想要夺过他手里的手机，可她根本不是陈学飞的对手，陈学飞躲开了她，对着手机大喊："你给我从楼上跳下去！现在就跳下去！不然我立刻要她的命！"

话音刚落，向天歌找准了机会，使劲儿地撞在了陈学飞的身上，陈学飞猝不及防，手机脱手飞了出去，摔向了一侧的墙壁。手机撞墙落地，陈学飞赤红的眼睛瞪着向天歌，冲向她，抓住她脑后的头发就将她摔在地上。

向天歌重重摔落在地上，后脑勺因为重击出现了暂时的眩晕。而陈学飞骑坐在她身上，伸出双手去掐她的脖颈。她听不清他在自己耳边都说了些什么，只隐约记得他好像一遍遍地在问自己为什么。

为什么？

她也很想知道为什么。

为什么不管使尽什么办法，她跟泰阳都没有办法在一起？

迷迷糊糊中，她仿佛又回到了年少时光，还是那节课间操，还是先离场的泰阳。泰阳翻开了她的《五年高考三年模拟》，正要把信塞进去，她就已经站在了他的面前。

他的手里攥着那封信，他看着她，她看着他。

那年高考他落榜了，他又复读了一年，考进了她的学校。她和他手牵着手在学校的主干道上走着，走到了婚礼的红毯上。向爸托着她的手将她送到了舞台的中央，泰阳单膝跪在她面前，她当着到场的所有宾客说出了那句"我愿意"。

向天歌笑了，这梦境仿佛就是现实，而陈学飞早已从她的世界里退去，仿佛她根本就不曾认识他。

这幸福的幻境持续了短暂的片刻，很快屋子里发出了噼里啪啦的声响，向天歌被拉回了现实。她先是觉得窒息，而后空气忽然扑进了她的体内，让她剧烈地咳嗽了起来。重重压在自己身上的陈学飞好像也不见了，模糊的视线里，她看见有人冲进来将陈学飞揍倒在地，一屋子的人扭打在一起。

向天歌对现实有过一秒的失望，却在看清了来人正是泰阳后，复又燃起了希望。她想叫他的名字，可喉咙里发不出丁点声音。她想起了刚才的视频，立刻看向他的大腿，那伤口触目惊心。

而那些和泰阳扭打在一起的人专攻他的伤处，向天歌惊惧地瞪大了眼睛。泰阳很快就体力不支，单膝跪在地上。陈学飞的人趁胜上来一脚直击泰阳的头部，泰阳忽然一个侧身，重重摔倒在地。

"泰阳——"她终于喊出了声，趴在地上拼命地向他靠近。

泰阳抬眸望来，那几人趁他分神的当口又是一顿暴击。

泰阳被打得吐出血来，向天歌看得心惊肉跳，她想飞扑上前挡在泰阳的身上，却没有往前挪动的力气。她伸手向他，就在快要碰到他的时候，陈学飞不知道从哪里爬了起来，正赤红着眼睛抱起身侧的板凳，用力对着向天歌砸了下去——

泰阳立刻从地上挣扎起来，就在那凳子即将砸到向天歌的时候，他飞扑过来将她扑护在怀里。

凳子落背，重重砸在他的脊柱上，他又吐出了一口血。

　　陈学飞爆怒，仗着自己人多想要了泰阳的命。但泰阳的心思都在向天歌身上，只要将她保护好，别的事情他都不再在乎了。

　　向天歌哭着让泰阳松开自己，可泰阳却抱得更紧了："我说过要保护你一辈子，少一天、一分钟，都不是一辈子！"他咬紧的牙关边都是血。

　　向天歌已经泣不成声，悲痛到极点。

　　陈学飞抓起一旁的钢管，重重向泰阳的头顶挥去。向天歌在他怀中转身，张开双手，紧紧将泰阳抱住了。她踮起脚，她的头与他并排，倘若那钢管挥下来，二人都不能幸免。

　　泰阳忽然起意要推开她，她箍在他肩头的小手却更紧了，她说："你说过不会再离开我的，我也不会……永远都不会再离开你……"她的话带着哭腔，哭着哭着又笑了。

　　就在钢管落下的一瞬，她闭上眼睛说："我爱你。"

第十六章

幸福可能会迟到，但从来
不会缺席

一声枪响！

随后是破门而入的声音、人群涌动的声音。

刚才那一瞬的寂静无声退去，此刻变成了满屋子的嘈杂，耳边出现了各种声响，向天歌忽然失去了力道，松开了泰阳，差点跌倒在地。而泰阳眼疾手快，一把扶住了她。

向天歌睁开眼睛，看见了许久未见的杨美丽，与她一同闯进来的，是一群王和平带队的警察。

王和平在现场指挥抓捕，杨美丽过来扶住向天歌和泰阳。

泰阳受伤过重，加上之前被车撞过后一直没有痊愈，现在只剩下了半条命。他把向天歌托付给杨美丽，自己就跌坐在地，没法起身了。

"救护车马上就到，你再坚持一下！"杨美丽喊过这句，又转而对向天歌道，"我本来是叫他跟我们一起，可他偏不听，非要自己一个人飙车赶到这里。"

向天歌一脸迷茫。

原来泰阳消失的这段时间，一直都跟杨美丽在一起，准确地说，是一直都在找她。那日在《Mamour》的楼下，泰阳看到的人影就是杨美丽。她也是突然回到西京，不知道要去哪里，才会去到那些曾经熟悉的地方，想看一看熟悉的人。

泰阳一路跟踪杨美丽，但杨美丽却因为惊怕不停地躲躲藏藏，他花了很多时间才把她找出来。那时候，她就混迹在郊区附近，白天居无定所，晚上便到各个网吧去上网，专门爆陈学飞的黑料。

陈学飞夺走了她的一切，她的朋友、她的生活，她恨陈学飞，也恨她自己，回想当初，自己真的是鬼迷了心窍。最后敲了陈学飞一笔钱离开后，她本以为自己离开西京能过上好日子，可谁料，她走了却不觉得心安，每天都在遭受精神上的折磨。

杨美丽失去了向天歌，就再也没有朋友了。而陈学飞的钱也很快被花完了，她过上了东躲西藏又身无分文的日子。

没有钱的日子简直生不如死，最重要的是，离开西京后杨美丽也不知道还可以去哪里，所以后来她就偷偷地跑了回来。这次回来，她听说了陈学飞对向天歌做的事情，内心的悔恨更甚。她曾是个助纣为虐的人，她决定不能再让事态这样发展下去。

送陈学飞去死，大概是杨美丽唯一能为向天歌做的事情。

所以她趁陈学飞不在家的时候，偷偷用以前的密码按开了大门进去搜集证据。她偷了他的电脑，黑了他的账号，才发现他这些年在美国干的所有事情。

难怪所有的爆料手段都如此熟悉，原来竟是杨美丽干的。

救护车很快赶到了，将奄奄一息的两人送进了附近的医院。

急诊之后，两人都住院了。向爸向妈以及泰爸泰妈闻讯赶来，又连夜帮他们转院，安排在了向妈的医院里。

杨美丽坐在病床边对向天歌哭诉："我知道错了，天歌，也是在离开西京以后，遭遇了外面的人情冷暖，我才知道，这个世界上对我最好的人就是你。你总是一次又一次地原谅我，除了你，我真的什么都没有了……"

向天歌看着面前的杨美丽，洗尽铅华之后，她穿着一身普通衣服，坐在她跟前哭泣，无助得像个孩子。

她哭到脸都有些肿了，向天歌才抓过床头柜上的纸巾帮她擦拭眼角。

"别哭了，以前你不是最爱漂亮了吗？"

她哭着抓住向天歌的手道："你能不能原谅我啊，天歌？这次我是真的知道错了，呜呜呜……"

向天歌的眼角也有些湿润，她看着杨美丽，最后微微地笑了笑。

杨美丽一把扑在了向天歌的身上，号啕大哭。

一直没能将陈学飞绳之以法的王和平终于从杨美丽手里拿到了证据，申请逮捕令，对陈学飞及其相关人员实施了抓捕。这次陈学飞是没办法再脱罪了，他自己好死不死地打什么视频电话，成了钉死自己最有利的证据。

知道了这个消息，向天歌和泰阳都松了口气。

向妈为了更好地照顾两人，把他们安排在了同一个病房，本想着两人能一起养伤，谁知道两人打闹起来没完，上一秒祸福与共的恋人，这一秒就像是两个幼稚的孩子，干什么都能吵起来。

两人出院之前，陈学飞的案子就判决结束了，依照纵火案、非法拘禁以及谋杀未遂等违法犯罪事实，数罪并罚，判了十年有期徒刑。

入狱当天，陈学飞托律师找到向天歌，说是想再见她和女儿一面。

向爸向妈本就心疼女儿，这时候再听陈学飞还有脸要见向天歌，向妈气到大骂："他自己干出那些不是人的事，现在还见什么见？照我说他干的那些个破事儿应该判个死刑才对！"

医院的病房里，向天歌准备出院了，她在犹豫见还是不见。

向爸打断向妈的唠叨："你看你，这不管犯了多大的罪都得遵循法律，怎么能随随便便判一个人死刑呢？"

"这怎么叫随便？陈学飞这个人放出来还得祸害社会！"向妈只

要一想到这些日子向天歌所遭的罪，眼泪就止不住地往下掉，一边哭一边骂。

向爸赶忙上前安抚，却叫向妈用手肘拐开了道："这女儿就不是你亲生的，我看你都不知道心疼！"

"我怎么不知道心疼？我也气陈学飞干的那些个事情。可是他就算杀人放火、干了什么天理难容的事情，他也是泰平的爸爸，血缘关系是无法更改的，我更心疼的是泰平。"

向妈被向爸说得更伤心了，转头去看向天歌。

向天歌犹豫了好久，还是点头答应了去见一面。

等到一屋子的人都走了，向天歌扶着泰阳在住院部后面的草坪上散步，她说："今天我就出院了。"

"嗯。"

"你用钢筋扎腿的时候伤到了筋骨，再加上受伤比我严重得多，所以还要住院休养一段日子才能恢复。"

"我听见你跟你爸妈说的话了，你还是决定要带泰平去见陈学飞是吗？"

向天歌点了点头："你是不是也反对我做这样的决定？"

他摇头："我尊重你，就像你爸说的那样，'血缘关系是永远都无法更改的'，他始终是泰平的亲生父亲。"

"那你呢？在视频通话的时候，陈学飞叫你跳楼，你就真的打算去跳吗？"

泰阳在原地驻足，看着她的眼睛，很缓慢地说："如果当时他先放了你……"说着说着，他点了点头。

向天歌立刻就红了眼睛，轻轻地捶打了他一下："你有没有想过，你跳下去之后，我要怎么办呢？我跟泰平以后要怎么生活？假如你再一次丢下我，我真是到死都不会原谅你的！"

他抬手去揩她的眼角，然后用力地将她抱在怀里，长长地说了一句："对不起。"

那日午后，阳光正好，洋洋洒洒照落在向天歌的身上，总让她觉得温暖。

向天歌出院以后，遵守约定，带着小泰平去监狱探望陈学飞。

而在去监狱的路上，向天歌同女儿说了一下爸爸是因为犯了错误，需要劳动悔改才会被关在监狱里。

小泰平问："那他改好了，会被放出来吗？"

向天歌在小泰平的跟前蹲了下来："是的，只要真心悔改，他就能出来重新开始。"

"那他为什么要做这么多坏事呢？他为什么要伤害妈妈呢？"

向天歌抬手为女儿理了理颊畔的碎发："他不是有意的。"

小泰平点了点头，牵着向天歌的手继续往前走。

隔着一道玻璃，陈学飞老远就看见抱着小泰平坐在那里的向天歌。他其实不知道该说些什么，也不知道有什么好说的，他只想见见她们。如今见到了，他忽然就哭了。

如今的陈学飞就像是那年夏天出租屋里的他，那个不修边幅、为了理想和抱负而被现实折磨得不成人形的陈学飞。

陈学飞由低声啜泣到崩溃大哭，向天歌隔着道玻璃静静地望着他。

两个人谁也没开口说话，倒是小泰平突然张开小手贴在玻璃上。

"你要乖乖的。"

陈学飞听到女儿的声音，抬起头来，看见小泰平正眨巴着一双无辜的大眼睛望着自己。小孩子的眼睛里没有恨意，只有纯真无邪和对未来的期盼。

她用奶声奶气的声音说："只要知错能改就是好孩子，爸爸，我等你出来。"

陈学飞双眼一红，再次痛哭出声。

向天歌出院后，回到杂志社才知道，自己不在的这段日子，是小白在独自支撑大局。

偌大的办公室里，小白向她汇报完工作后，总结道："因为'天旅'爆发的性丑闻，以前曾经参加过我们'真爱之旅'的游客都来投诉，说我们挂羊头卖狗肉，要求经济补偿。这些事情，我已经委托律师处理了，也在《真爱》的网络杂志上刊登了一则道歉声明，给那些想趁这件事捞一笔的人敲了警钟，给他们都断了后路。"

"做得很好，小白，这段时间谢谢你。"

"那如果没什么事的话，我出去了。"

小白正准备起身，却被向天歌叫住道："其实，这些年你真的成长很多，有没有想过脱离我独立出去？"

"向姐，你这是要委婉地开了我？"

向天歌被逗笑了，起身道："现在《Mamour》和《真爱》的总编以及主笔都是我在兼，实在是分身乏术，所以接下来，我想让你去独当一面。"

"啊？"

"我的意思是，我想退居二线，把主笔的位置交给你。"

小白这一听，有点慌："不不不，向姐，我还没有学到掌控大局的能力，我还没有你那样的本事！"

"本事都是靠学出来的，这次的事情你做得很好，我知道你可以。"

"那你呢？"

"接下来，我想花更多的时间跟我的家人在一起。这几年，为了工作，我已经很久没有认真地陪他们了。"

"向姐，你这样有点过分啊，自己去享福了，把我们留在水深火热中？"小白抱怨完，哈哈大笑，"那行吧，我就替你扛一扛，但是也扛不了太久，就到你回来为止。"

向天歌笑着站起身，同她拥抱："所以小白，你现在也不是一个差钱的人了，奢侈品也可以有。"

泰阳出院那天，向天歌陪泰妈一起来接他出院。

两个人才走到病房门口，就听见里面的泰阳在打电话，说什么等自己伤好了以后就过来，还问现在东北的天气冷不冷。

泰妈在门口驻足，转头去望向天歌，她脸上并没有太多的表情。

两个女人一起进去帮泰阳收拾东西，一直到出院回到家中，他也没有提过任何与"东北"有关的事情。

回到家，泰阳问向天歌："我听说你退居二线了？"

"嗯。"

"难怪青皮天天跟我抱怨，说小白现在忙得飞起，都没什么时间理他，还让我跟你说说，看能不能不要给小白那么多事做，就让她简单一点，反正结了婚后她最终还是要回归家庭。"

"是小白跟青皮说她结婚了以后就不出来工作了吗？"

"不知道，但你也知道他因为拆迁补偿了很多套房，还有一笔不少的补偿款。要是真结婚的话，他不想小白过得那么辛苦。"

"不管是在事业上打拼，还是回家做全职的家庭主妇，都是女人自己的选择，男人有什么权利要求女人怎么样？别老打着为别人好的幌子左右别人的决定！"

"我怎么听着，你这话不太像是说青皮和小白的？"

"那我还能说谁啊？说你吗？那你说说，你有没有什么事情是想跟我说的？"

泰阳认真想了一下，还是不太明白向天歌的意思，只能小心翼翼地道："其实，我认为，他们两个人的事情，我们作为外人最好少给意见。现在是青皮觉得自己有能力养活小白，所以想让她回归家庭，别那么辛苦……"

"我曾经做过超模木易杨的专访，在专访里我写过'这个世界对于女人的要求总是那么多，既要你会赚钱，也要你能顾家，既想你理性不算计，又想你听话而不自卑，同时你还得勇敢能干和漂亮'。女人不能赚钱，就埋怨你在家里只知道花钱；女人要是赚钱去了，顾不上家，男人又开始埋怨女人为什么不回归家庭。"

泰阳的求生欲油然而生，连连点头："我觉得你说得对，你们怎么选是你们的事情，我们都要无条件支持！"

"你还要继续瞒着我是吗？"向天歌忽然打断。

泰阳则更听不懂了："我瞒着你什么？"

她突然起身抓过自己的包包就向外走："随便你，你如果不想告诉我的话，那就永远都不要说，谁再跟你说话谁就是猪！"

泰阳被弄得一头雾水，等到向天歌奔出门后，他才碰上端着盘水果从厨房里出来的泰妈。泰妈把之前她同向天歌一块儿到医院时，在病房外听见他打电话的事给说了。

泰妈说："天歌一听见你讲话就白了脸，我也不知道是怎么了，总之你好好跟她说。"

西京已经入冬了，向天歌从大院里出来的时候，整个街道都沉浸在涩涩的寒风中，没一会儿就冻得她拢紧了身上的衣衫，低头朝前走。

走出大院，向天歌就忽然觉得不对，自己家就在楼下，这是要往哪里走？

她冷静下来，其实自己也不知道自己在生什么气，最近好像动不动就生气，动不动就伤心，她恨透这样的自己了。可理是这么个理，委屈劲儿还是直冲头顶，还没来得及哭出声，她的手臂就被人从身后扯了一把，然后整个人扑进了一个厚实的胸膛。

"你放开我！"这熟悉的气味和熟悉的力道她自然知道是谁。

"哦！你先说话了！刚才是谁还在跟我说'谁先跟你说话谁就是猪'？你是不是猪？还是一只爱哭鼻子的小肥猪！"

向天歌抬眸正见泰阳打哈哈的模样，一瞬怒火攻心，拿起自己的包包就开始拼命打他。

泰阳被打得"哎呀"一声。

"又来？你这是要谋杀亲夫啊！"他捂着胸口乱叫。

她仓皇了一下，以为真把他打出了什么好歹，待要上前，又发现他嘴角带笑。她感觉自己被人愚弄了，打他又不行，便转身就走。

泰阳跟在旁边一路小跑："好好好，我知道是我错了，是我没有坦白从宽，阁下给个重新做人的机会呗！"

"你就不配做人！"她迎着寒风对他怒吼。

"那做什么？"他灵机一动，"那我做猪？你是猪妹，我是猪哥？"

她驻足转身，怒狠狠地瞪着他。泰阳正要上前，她冲他怒吼："不要碰我！"

他只好举双手投降："我知道你气什么，我妈刚才都跟我讲了，你听见了我打电话。是，没错，我可能暂时要去东北待一阵子。"

"你是怎么答应我的，泰阳？你这只出尔反尔的猪！"她气得眼睛都红了。

"之前因为道馆失火，为了补偿连带损失，我曾经拿过陈学飞两百万……"

"你说过了！"

"还有后续，这话我一直没来得及跟你说。不管陈学飞是个什么样的人，我对他始终是有承诺。人活一辈子，最重要的就是'诚信'两个字。我那时候还不知道是他指使陈学良来放火烧的道馆，所以我是跟另一个人借了两百万还给陈学飞，才回来的。"

"这跟你要去东北有什么关系？"

"借钱给我的这个人是东北的蒋总，准确地说，这钱也不是跟他借的，而是他预支给我的未来几年的工资。"

"……"

"我在上海工作的时候认识的蒋总，还算谈得来。他在离开上海之前就邀请我去他公司上班，当时我婉拒了。可当我决定回西京找你的时候，迫不得已，我给他打了电话。"

向天歌这时候终于冷静了一些："所以，你一定要去吗？"

泰阳点头："他答应我，让我处理完自己的私事再过去，而我已经拖得太久了。"

向天歌叹了口气，知道泰阳不能不去，哪怕是把这两百万给蒋总还回去，泰阳欠下的始终是一个人情。她不开口都知道自己劝不住泰阳，她生泰阳的气，不是气他又一次不告而别，而是气他每一次过难关时，都不和她说起半分，有时候她觉得自己对泰阳的了解还没有黄多多对他的多。她想到这儿更气了，气得厉声大喊："你就是个骗子！泰阳你是全天下最可恶的骗子！你为什么总是一而再再而三地骗我？我恨死你了！"

她说完话转身就跑。

泰阳急追，却突然捂着胸口单膝着地。

西京这个时候开始下雪，绒毛一般的雪花从天而降，先是落在他的头上，然后沁凉了他的心。他答应蒋总等到过完年之后就要过去，那时候他的伤应该好了大半，过去就能投入工作了。

可和向天歌的关系，刚刚好转，又要恶化了。

泰阳想着年前还有很多时间，一定能令向天歌理解并原谅自己。可是，还没等到这个机会，向天歌就因为工作原因，飞去欧洲了。直到年三十的前一晚，她才从国外飞回来。

他打听了行程，还专程去接机了，生怕向天歌不待见他，又带上了小泰平。

小泰平远远看见向天歌从里面出来，立刻开心大叫："妈妈——"

向天歌穿着当季最流行的大衣，脸上还戴着墨镜，她模样姣好身材也好，带着助理推着行李车往外走时，不知道的还以为是哪位大明星。她所过之处全都是关注的目光，简直是个行走的"吸睛器"。

她听见小泰平的声音，立刻摘掉了脸上的墨镜，快步上前将女儿抱进怀里。

泰阳也自然地同向天歌的助理打着招呼，询问她们的旅途是否辛苦。

向天歌全程都没给过泰阳什么好脸色，一直到上了停在门口的车，小泰平才窝进向天歌的怀里道："妈妈，你能不能不要再生爸爸的气了？

他其实特别特别想你。"

坐在副驾驶的泰阳立刻回身，给女儿竖起大拇指。

向天歌揉了揉女儿的头顶，岔开话题："我给你从国外带了好多礼物，还有好吃的巧克力，待会儿回家就给你。"

小泰平一听见有礼物收，还有好吃的东西，转眼忘了要帮泰阳说好话的事儿，开始缠着向天歌问是什么礼物。

泰阳从倒后镜里看了一眼后座的母女，彻底绝望了。哪里想到这小丫头现在这么不靠谱了，可再看着开心的母女俩，泰阳也不禁微笑了起来。

罢了罢了，只要她们开心就好。

车开到大院门口，泰阳同司机帮忙把行李拿了下去，向天歌牵着女儿站在车边同助理交代接下来的工作。而向爸早就听到风声下楼来接，同泰阳一起将向天歌的行李箱挨个提上楼去。

向天歌又吩咐了司机送助理回去，这才上楼回家。进了家门，她把外衣脱了就开始拆箱分礼物，有给向爸向妈的，也有给泰爸泰妈的，自然还有小泰平的。

泰阳默默在旁边听着，听她介绍这些礼物的来历，看着所有人欢喜。

那一大箱的礼物里面就是没有他的，直到她把一整个行李箱的礼物都分发完毕，他才默默转身离去。

"喂！猪哥哥！"

向天歌在楼道上喊正准备上楼的泰阳，后者先是一怔，然后转回头来。

"你就这么走了，不拿东西？"

他还来不及欢喜，她已经上前把自己手里的东西都递给他后，说："这些都是要给叔叔阿姨的，你帮我拿上去吧！"

这可真是比被人兜头浇一盆冷水还要惨，他怔怔望着手里的东西，"哦"了一声。

向天歌看着泰阳，确定他失落以后，才抬高了下巴道："怎么样，爽吗？这种被人遗忘再被人抛弃的感觉，是不是特爽啊？"

"你这段时间过得好吗？"

"我要是说很不好，是不是能让你感到一丝丝的愧疚？"

"天歌，我不想跟你吵架……"

"所以，我现在是很想跟你吵架的样子吗？"她抢白道，"在你一次又一次地欺骗我之后，你觉得我跟你之间还有什么好说的吗？"

泰阳语塞。

向天歌就站在他的跟前，仰头的时候，将这个男人深邃的眉眼和轮廓全都印在自己心中。

她说："刚才你怎么就走了？"

"你不是不欢迎我出现在你身边吗？"

"你如果到现在都弄不清楚我为什么生气的话，我跟你才真是没什么好说的。"

"对不起。"

"我不要听'对不起'三个字，我只想知道你大概什么时候会走？"

"原定的行程是在过完年以后，大概初八的样子，我就要过去了。"

"都不过完十五就走？"

"嗯。"

"很好。"向天歌狠狠点了下头，"既然你全都安排好了，那还假惺惺地跑去机场接我干什么？"

"因为我想见你。"泰阳怔怔望着她的眼睛，"从你离开西京，从你生我气的时候开始，我每时每刻都想见你。"

向天歌有些尴尬地捋了一下自己颊边的碎发："你觉得，你跟我都到今时今日这种地步了，再说这些甜言蜜语哄我有意思吗？"

他显然不太明白"甜言蜜语"四个字的意思，只是认真将她望着。他是真想她的，特别特别想，所以专注地看着她，不舍得挪一下眼睛。

向天歌被他看得心跳加速，本来准备再怼他两句，可到了这个地步，她也只是忽然转身说："走吧！"

泰阳似乎没明白她的意思，她又侧过身子道："你还没拿你的礼物，那么着急走什么啊？"

他忽然舒展眉心，刚才的阴郁一扫而空，三步并作两步地冲上前去，从身后轻轻去拉她的手。

向天歌回身将他抖开，瞪圆了眼睛："别得寸进尺！"

泰阳趁她转身的当口，立刻从后面一把抱住她的腰。

他的侧脸就挨在她的头顶，用力嗅着她发间的清香："你原谅我了吗？"

"我这辈子都不会原谅你的，你少自作多情！"

他唇畔的笑意加深，抱着她的手臂也慢慢收紧："嗯，你原谅我了。"

"我才没有！"

"你知道有你跟泰平在这里，我的心就永远都在这里。"

向天歌用力挣扎了几下，也没能将他挣脱，便有些泄气地道："可你总没办法在一个地方停留，你说来就来，说走就走，你要我怎么办啊？"说到最后，她的声音已经是带了哭腔的，若非此刻背对着他，她的狼狈便早已无所遁形了。

泰阳轻轻开口："这次我不会离开很久，只要完成这个约定就会回来。"

"不用，你不用回来，最好就待在那边娶妻生子，我们老死都不必往来。"

他听着她的气话笑了出来。

那日，西京气温骤降，站在楼梯间的两个人都被冻得瑟瑟发抖。他固执地抱住她，狠狠将她拥在怀里，听她说着各种各样的气话，末了还是用自己的脸颊去贴她的。

"你恨吧恨吧恨吧！只要永远都把我记着，别忘了才好。"

向天歌最后还是把自己从欧洲带回来的礼物都给了泰阳，跟别人的不同，她要给他的，原来是单独装在了一个行李箱里，装满了整个行李箱。

泰阳打开箱子，那里面装着厚实的羽绒衣、手套还有帽子——向天歌把她几乎能想到的关于东北的印象全都塞进了这个箱子。她怕他冷，不管装多少厚衣服，她都怕他冷。

泰阳拎着行李箱上楼，又收到了她发来的信息，问他这次要去多久。

他说："承诺是三年，三年以后到期我就会回来。"

"那我要是想你了怎么办？"

"那就来看我，或者我就回来看你。"

"我觉得我做不到，泰阳，如果你真的喜欢我，你根本不可能忍受得了跟我分开三年这么久。"

"我不是喜欢你，我是爱你，天歌，我恨不得每天都与你在一起哪儿也不去。可如果我不去兑现过去许下的承诺，那我爱着你的时候，会很忐忑。"

"那对我的承诺呢？我恨你，泰阳……"

"我向你保证，我们之间的一切都不会变，只要三年，三年我就会回来了。"

年三十的晚上，向、泰两家按照约定在一块儿过年。向爸向妈早就收拾好家里，与泰爸泰妈一起拾掇出了一顿丰盛的晚餐。

两家人在一起开心地闲聊，又一起看了《春晚》，小泰平时不时地在屋子里窜来窜去，所有人都沉浸在新年的欢快气氛里。

向天歌和泰阳在厨房里洗碗，只要想到泰阳过完年就走了，向天歌就不由得生气。泰阳戴着塑胶手套，一边用帕子擦拭碗沿，一边用手肘撞了撞她道："带你出去看点好东西。"

"不去。"

"真是特别好的东西，别人想弄还弄不来呢！"

"没有兴趣。"

"去吧！去吧！就算再生我气，都留着等过几天我走了以后发。

不然到我真走了，你再回想一下这几天，咱们都没好好相处一下，不得后悔啊？"

他不说这话还好，一说，她立刻停下手里的动作，狠狠地转头望他。

虽是愤怒的表情，她却是红着眼睛，眼里一点晶莹忽闪忽闪的，好像只要一不注意，那豆大的泪珠便会夺眶而出。

他赶忙摘下自己的手套，双手扶住她的脑袋倾身上前吻住她的眼角："别哭，你知道只要你一哭，我就没辙了。"

她泪如雨下，抬起湿漉漉的小手去打他："你不是个东西，我才不会等你……"

"嗯嗯嗯，"他赶忙揽住她的身子，将她带进怀里，"那就赶紧找个人嫁了，找个像我这么好的人，呲，那可不容易找。"

她破涕为笑："你不要脸。"

"我要脸干什么？我只要你。"

向天歌在他的怀里红了脸，又哭又笑的，自己都弄不清楚自己的情绪。

他又低头哄了她两句，才在客厅里的欢声笑语中，悄悄换上大衣奔了出去。

到了楼下，泰阳拿出他私藏的宝贝，竟然是一箱礼花，他说这年头想在城市里搞这个简直是比登天还要难。

向天歌在装满了礼花的箱子前蹲下："市内燃放烟花爆竹是违法的，你准备到哪儿去放？"

"就在这儿放不行？"

"肯定不行，自家门口，你不是等着人来抓你？"

"那去哪里？"

两个人细一沉思，向天歌忽然凑上前来，在他耳边轻语。

泰阳睁大了眼睛："你确定？"

"当然，现在就那里没人，顶多被发现了咱们直接跑就是。"

"要是被抓住了怎么办？"

"你就装傻，说我故地重游，专程回来'遛'傻子呗！"

向天歌话音刚落，已经大笑着起身向前奔去。

泰阳反应过来去追，两个人笑着在大院里闹了一回。

他们带着那一箱礼花悄悄翻墙进去，原来向天歌所说的这个地方，就是他们高中时的校园操场。

泰阳把那箱礼花依次拿出来，在操场上摆好准备点的时候，忽然抬头对站在一旁捂着耳朵的向天歌说："我怎么觉得搁这儿目标更大，一抓一个死呢？"

她正兴奋得跳脚，见他拿着根香半天不点，才把小手拿开了一些："你点啊！"

"向天歌你确定不是在坑我？"

"什么，我坑你什么啊？"

"这礼花一点，是个正常人都知道上哪儿来抓我们吧！"

"你管他那么多，先点了再说！"向天歌说着，已经奔上前去，一手抓住泰阳的手腕往前送。

还没等泰阳反应过来，他手里的香头已经触上了引燃线，很快就传来了线燃烧时的"哧哧"声。

向天歌轻叫一声，赶忙拉住泰阳向一边跑开，紧接着"砰"的一声，一束礼花冲天，然后在漆黑的夜色中迸发五颜六色的光点。

两个人都看得目瞪口呆。向天歌说："这下想不被发现都不行。"

"嗯。"

"砰！"

"砰！"

"砰！"

"……"

"这下怎么办？"

"你买的是不是全都是这种大家伙？"

"嗯。"

"管它的，全都点了吧！"

两个人赶忙以最快的速度把剩下的礼花依次排好，然后轮流去点。

"砰砰砰"的声音不绝于耳，天边不断地绽放出绚烂的烟花。没过多久，保安就举着电筒追了过来："干什么你们……"

向天歌被吓了一跳，却还是同泰阳一起把剩下的礼花都点着了。

那保安越奔越近，两个人都既紧张且兴奋，就在保安快到跟前的时候，他们总算是全点上了，泰阳拉着向天歌转身就跑。

天上是绚烂的烟花，身边是喜欢了一辈子的人，这种"作恶"的小小欢喜映衬着过年的气氛，让向天歌十分欢乐。两人被人追赶着一路从学校里跑了出来，等拐到小街的街角时，他赶忙将她带进一条漆黑的巷子里。

她的背脊贴着身后的墙壁，提着心在阴影里偷偷去观望外面的情形。

直到旁边有人奔过，那脚步声逐渐在耳边消失，她才终于舒出一口气来，仰头微笑着与他对视。在视线接触到他的那一瞬，他双手捧住她的脸颊，低头用力地含住了她的双唇。

他的软糯摩挲着她的软糯，唇齿、鼻息之间都是彼此的气息。

她的两只小手无助地抵在他的胸前，起初只是被动承受，后来也试着回应。

他们在深情里拥吻，也在拥吻里深情，恨不得就这样长长久久，将对方永远地揉进体内。

末了，他轻轻松开她的双唇，用额头抵着她的额头，努力喘息平复。

她险些在刚才的情潮里窒息，一边心生欢喜，一边仰头与他对望。若不是他放开得及时，她可能早就晕了过去。

她忍不住在他怀里大笑，他低头看着她，也跟着笑了起来。

第十七章
陌上花开，可缓缓归

到泰阳离开西京的那一天，向天歌早早起身去帮他收拾东西。

其实早在几天之前他的东西便已收好，一向来去自由的男人，行李不多，但这次因为有了向天歌，竟整出了一个大箱子。

向天歌说："你得把我给你在欧洲买的那些东西都带上，还有春天的衣服，还有我妈做的馍和辣酱……"她絮絮叨叨个没完，最后瞪着那个箱子问泰阳，"你怎么只有一个行李箱？根本装不下的呀！"

她试图再整理一遍箱子里的东西，每个都拿出来思考一下是否真的用得上，结果又塞进去了更多的东西。屋子里也是堆了一地，向天歌忽然站起身要下楼去给泰阳再提一个行李箱上来。

泰阳则一把抱住向天歌，轻轻吻上她的额头，将她揽抱进怀里："不要这样，你知道我去了又不是不回来了。"

"三年啊，呵呵，又是三年。当初陈学飞离开我去美国的时候，也是说让我等他三年……"

"我跟他不一样。"他捧着她的脸，让她抬起头来与自己对视，"你知道如果可以的话，我最想装进行李箱带走的人是你，别的我什么都可以不要，我只想要你。"

向天歌眼睛红红的，用力将他抱住。

不管有多不想面对，离别还是来了。机场里人山人海，全都是团聚过后即将回到各自岗位的人群。

向天歌跟泰阳在人群里牵手而行，他抱着小泰平，他们走得很慢，从换登机牌到过安检都是卡在时间的最后一刻。还有四十分钟飞机就起飞了，广播已经通知旅客登机了，泰阳这才走到安检通道，将怀里的小泰平交给向天歌："等我，等我回来。"

她红着眼睛点了点头，小泰平便在他渐行渐远的身影后，不停地对他摇手。

看着泰阳消失在安检通道的末端，向天歌才转过身去，想起这次离别又是三年，她一个没忍住，哭出了声音。

怀里的小泰平抬手为她擦干眼泪："妈妈，不要伤心，你还有我。"

她欣慰地亲了亲女儿的小脸。

出了正月十五，肖琳回来了。

肖琳持续了大半年的抚养权官司有了结果，判的是共同监护，肖琳算是得偿所愿，带着她的孩子顺利回国了。

但事情还没有结束，回国之后，肖琳和杜三少又向国内地方法院提起离婚诉讼并继续争夺孩子的监护权。不可思议的是，在离婚诉讼中，杜三少主张肖琳有超过一亿元人民币的财产，要求分配其中的两千六百万。

这次向天歌再见到肖琳，她的状态虽说比上次打电话的时候好了很多，却也是一身疲态。

肖琳说："我们都想离婚，但都想争孩子的抚养权。杜三已经不可能再生了，这是他们家这一辈唯一的孩子。我知道他们不放心什么，怕我今天出了他们的家门，明天还会回去争家产。"

向天歌安慰地拍了拍她的肩头。

肖琳努力地笑道："所以，他们要求分配我的财产，就是在给我敲警钟，让我知道，跟他们争没有好结果。"

小白说："即便是这样，你还要争下去吗？"

"我可以什么都不要，他们要钱我就给他们钱，抚养权我一定要争下去！"肖琳这话说得斩钉截铁，人却已经开始大哭。

向天歌握住她的手为她打气："不管怎么样，我们都会支持你。"她也打过抚养权官司，知道这对于一个母亲意味着什么。她也算是有点经验，知道应该在什么地方使劲儿。她给肖琳准备了不少有效的策略，总算是在春天结束的时候，法院把孩子的监护权完全判给了肖琳。

不过肖琳付出的代价却是巨大的，除了财产被分割，还支付了杜三少"精神损失费"，同时代签了放弃继承与争夺杜家所有财产的申明。

听到这个消息后，小白痛骂杜家人无耻，离婚闹得这么难看，也不知道到底应该谁管谁要"精神损失费"！

肖琳对着小白摆了摆手，向天歌也看了小白一眼，小白收起了这个话题。毕竟这是《Mamour》一年一度的冷餐会，肖琳还带着孩子来出席了，这也是肖琳的孩子第一次在公众的视野中露面。

受这场官司的影响，影视圈、投资商纷纷将肖琳拒之门外，连同她的工作室一并受到了牵连，事业大受打击。而媒体的报道写的也都是些豪门梦碎以及人财两空的话，肖琳这次遇到的危机是前所未有的。

眼下，怕是也只有《Mamour》的活动还会向肖琳发出邀请。

《Mamour》的时尚资源让不少明星和导演趋之若鹜，他们的冷餐会其实规模不大，但是到场的大咖不少。冷餐会现场很快就聚满了圈子里的人，大家互相发着名片，互相认识。

向天歌、肖琳和小白站在一边，如今不管媒体上怎么说，肖琳根本不在乎，毕竟拿到了抚养权才是最幸福的事情。肖琳和向天歌寒暄了几句，便走到了另一边，走入了人群中。

向天歌这才和小白说，杜三原本还打算让肖琳支付赡养费，不过这个无耻的想法连法官都听不下去了。

小白目瞪口呆，半晌后回过神问："他们有钱人吃相都这么难看吗？"

"没听说过一句话吗？'当一个男人不再爱他的女人，她哭闹是错，静默也是错，活着呼吸是错，死了都是错'。他们结婚的时候本来就没有什么感情，所以分道扬镳的时候自然要撕破脸皮。"

"两个人在一起就不能好聚好散吗？"

向天歌忍不住问："我感觉你对肖琳的官司好像特别关心？"

"没有啊！"

"那怎么这么多感慨？"

小白咬了下牙，才道："青皮向我求婚了。"

向天歌沉默了一会儿，而后换上笑意："恭喜，你终于如愿以偿了。"

小白点头："是啊，如愿以偿了。"

"不开心？"

小白"嗯"了一声点点头："我本来以为自己会很开心，至少结婚以后我就能够得到自己想要的了。可我现在却觉得心底空空的，那里好像什么都没有。"

"你想要什么，你不是想得很明白吗？"

小白有些彷徨："这段时间我表姐不是一直都住在我家吗？昨天晚上我跟她聊天，先把青皮跟我求婚的事情跟她说了，我本来以为她会一百个赞成，可她在听到的时候却沉默了，连她都沉默了！"

"毕竟现在的杨美丽已经不是当初的杨美丽了。"

"是啊，换作以前，她肯定叫我去结婚。现在她居然给我灌鸡汤，说婚姻是一辈子的事，不管好的还是坏的，都只有自己才能感受。"

"那你呢？现在怎么想？"

小白看向人群："我也不知道。"

一直持续到冷餐会结束，小白的兴致一直都提不起来。她想着杂志社里还有没做完的事情，冷餐会结束又回社里加班去了。直到深夜，青皮发来消息，说飞机已经落地，他从上海回来了。

小白看着手机，摁出了几个字后又删掉，然后淡淡回了句："嗯。"

"这次跟多多见面真是开心，原来她脑子里有那么多的东西，全都是商机。"

青皮的信息又来，小白却没有再回过去。

青皮又道："多多还介绍了几个上海的酒商给我认识，我去尝过他们的酒了，全都是好东西，我觉得可以用在我们的酒吧里。"

"小白，你睡了吗？"

"你是不是睡了？"

"哦！你要是睡了的话，我明天再给你发信息。这次我跟多多还一起去了很多好玩的地方，要不是因为你工作太忙，真想叫你一起。"

多多……

多多……

全都是多多。

从自己答应跟他在一起后，他们的世界里总逃不开黄多多。

小白知道之前青皮还没定性的时候追过向天歌，后来又追过黄多多。黄多多在他心中的女神地位至今无可动摇，黄多多因为泰阳而撞得头破血流，青皮也始终陪着她从未离去。如果不是自己的话，没准青皮就和黄多多在一起了。

小白开始努力回想自己与青皮相识的点点滴滴，现在仔细想来，倘若不是黄多多一根筋地喜欢着泰阳，倘若不是黄多多回了上海，青皮也许一辈子都看不见她，更别提向她求婚。

从《Mamour》所在的大楼出来后，小白还是忍不住给青皮发了条信息："你为什么想要跟我结婚？"

这条信息发出去，那边秒回："当然是因为爱你！你还没有睡？"

"你知道我是因为什么而跟你在一起的。"

"知道，你之前不是说过吗？你只跟'拆二代'在一起，而我就是那个'拆二代'，嘿嘿嘿！"

"你觉得我爱你吗？"

"不爱。"

"那你还跟我求婚？"

"你爱我跟我爱你原本就是两件事好吗？反正我从第一眼看到你的时候开始，就觉得你应该是我媳妇儿，你本来就是我媳妇儿。我才不管你是因为什么原因跟我在一起，反正你是我媳妇儿。以后我爱你，我疼你，咱们把小日子过得美滋滋的。"

小白读着手里的信息，她说："皮尔丹，你真是个傻子。"

"都说了不准叫我全名！"

"那你能答应我一件事吗？"

"什么？"

"不要再去上海，不要再见黄多多。"这句话发出去她就后悔了，赶紧想要撤回，可还没来得及长按，青皮就已经回了信息过来。

"哎呀！小媳妇儿吃醋了。"

"谁是你的小媳妇儿！我还没有答应你的求婚呢！"

"那就答应吧！你现在不爱我没有关系，以后不爱我也没有关系，只要你愿意给我个机会让我照顾你，咱们肯定会一辈子在一起。"

小白笑着笑着，哭了出来，即使知道青皮看不见还是幸福地点了下头："嗯。"

夏天来临之前，大家收到了小白决定结婚的消息。

向天歌和杨美丽还有肖琳，由衷地为两人高兴。

祝福完之后，向天歌又思索了一会儿："你晚点办，我还能给你攒一份大礼。"

"你早料到我会结这个婚？"

"她不是早就料到，她是早看出来你对青皮不简单，现在这样挺好。"肖琳接道。

杨美丽看向小白："怎么你就能求仁得仁呢？上辈子拯救了银河

系吧！"她说着这话，还去抱了一下小白。

小白握住杨美丽的手："表姐，你一定也会遇见你的真命天子的。"

杨美丽拍了一下小白的手："在我面前装什么长辈？"

四个女人大笑了起来，大概是太久没有听到好消息了，小白结婚的喜讯弥漫在四人的周围。用过下午茶后，杨美丽和小白先后离开，小方桌前就只剩下了向天歌和肖琳。

肖琳说："你多久没见到秦阳了？"

"其实也不算很久，冬天的时候我去看过他，那里真是名副其实的雪乡，可比西京冷多了。"

"后来呢？再没去过？"

向天歌摇头："大家好像都有忙不完的事情！"

肖琳沉默了一阵，问向天歌："你就没有想过，放下西京的一切到那里去找他吗？"

"谈何容易，我的家人和我的朋友全都在这里。"

肖琳叹了口气，很快又提起精神："不过三年很快的，一转眼就过去了。"

向天歌点了点头，岔开话题："听说你最近开始接戏了？我以为在经历过这么多的事后，你应该会休息一阵子。"

"干我们这行，休息就意味着完蛋。不管是我还是我的工作室，不上戏就没有曝光度，没有曝光度迟早都是个死，我现在得养家养孩子。"

肖琳同杜三少离婚后元气大伤，确实是需要一段比较长的时间恢复。

"嗯，有什么需要我帮忙的你直说。"

"还真有一件事想请你帮忙。"

原来肖琳所说的帮忙，就是她想再上一次《Mamour》的封面。不过，这次与之前不同，她想沿用向天歌之前为她做过的那个主题，就是"一个人的婚礼，要爱别人先爱自己"。

肖琳说："兜兜转转绕了那么一大圈后，我才能重新正视自己的生活，正视自己曾经走过的路，选择再站起来。我结婚的时候，因为这篇报道把你给坑了，现在离婚了，就应该把这么好的主题再用起来，为你正名。"

"我不用你为我正名，更何况这件事已经过去那么久了。"

"其实过去那么多年，我在这个圈子里混了那么久，能够谈得上真心的朋友没有几个，你是其中之一，是个不可多得的好朋友。"

向天歌抿唇笑了笑没有接话，她想了想那期的选题，和肖琳聊了一下如何就这个主题重新做封面故事。时过境迁，两个女人如今对婚姻都有了自己新的看法。等从酒店的茶餐厅里出来，向天歌接到司徒锦打来的电话，司徒锦再次将给《Mamour》办慈善夜的事提上了日程。

向天歌还是不认同。

不过这次，司徒锦是有备而来。

"这次你看过我帮你整理的节目单，也许会有兴趣呢？"

向天歌感觉手机微微振动，戴上耳机一边打电话，一边打开邮件，司徒锦发来的是参加这个慈善夜的演职员名单。

向天歌看到这份名单，沉吟了半晌："这……"

"以你这么多年在时尚圈的口碑和人脉，相信我，这会是一个与众不同的慈善夜。"

"我不确定自己是否可以做好。"

"相信我，你可以。你去确定时间吧，到时我会回来帮你，也送你一件特别的礼物。"

"……"

"最近有见到泰阳吗？"

"没有，他已经很久没有回来了，我也没有去看他。"

"你想他为什么不去看他？"

"我们都过了有情饮水饱的年纪了，三年的时间不能都在思念里度过，生活还在继续，我们还得赚钱，还得养家糊口不是？”

“嗯，前几天我见到他了。他陪蒋总到上海出差，他做事严谨思路也活，要不是他醉心武学，在商海肯定做得不错。我看这里的人都愿意跟他打交道，说他靠得住。”

“司徒，没什么事的话我挂了。”向天歌从别人的嘴里听到与那个人有关的消息，浑身都觉得不舒服。

向天歌回到杂志社，记下了和肖琳说的事情，看着到点了，才去学校接小泰平放学。母女俩约好了今天要吃比萨，吃过饭，泰平要逛街。等两人回到家时，都已累得精疲力竭，小泰平连澡都没洗，爬上床就睡着了。

向天歌也累，却怎么都睡不着。等一家人都睡下了，她便独自一人站在客厅的阳台上。

向爸半夜起身倒水，见她站在那里，忍不住上前询问：“最近有泰阳的消息吗？”

“为什么你们每个人看到我都会说起他啊？我跟他真是好久没联系了，不知道他现在在干什么，也不知道他以前干过什么，就连他去过上海我都不知道。”向天歌有些自嘲地笑。

向爸拿着水杯走到阳台上，搭着栏杆眺望远方：“想他了就去见他吧！”

向天歌摇头：“不想见。”

“是不想见，还是不敢见啊？”

“都有一点。爸，您就别管了。”

“怕见到了又舍不得分开，分开了又想见，两个明明相爱的人却没有在一块儿，大概就是这样的心情吧！”

向天歌低头轻笑了一声：“其实想想他离开的那七年，我不也一样过来了。那时候不知道他的心意还好一些，现在明明知道了，却觉得特别难熬！”

"你们现在比我们那会儿好多了，我们那会儿要见一个人才困难，只能写书信，只能靠车马，搭个牛车要走几天几夜。你们现在又是手机又是视频通话的，实在不行坐个飞机就过去了。"

向天歌听着就来劲了，挽上向爸的胳膊道："爸，您还搭过牛车？"

"那可不，我们村最多的就是牛车了。"

"那您搭牛车去见谁啊？"

"话题跑偏了啊！"向爸正色。

"那时候我妈也在农村，在城市里头的就是葛阿姨，您是搭车出来看她吧？"

向爸一脸谨慎地回头望了一眼卧室，才转而对向天歌做了个噤声的动作："你妈这才消停几天，你可别再惹她了啊！我还想多活几年呢！"

"哈哈，您怎么这么怕她？"

"这不是怕，是尊重。"

"那我想知道，当时我葛阿姨刚考上西京的大学，跟您两地分隔，您的日子是怎么过的啊？"

"能怎么过？该吃吃该睡睡，每天盼星星盼月亮呗！"

"特别特别想一个人的时候，是不是感觉呼吸都变慢了啊？"

"你那是文艺的说法，我这没你那么多感慨。就是觉得时间变慢了，日子变长了，做啥都没意思，又好像做啥都有意思，像得了神经病似的。"

向天歌猛点了几下头后，窝进向爸的怀里："我现在就特像得神经病！"

向爸抬手揉了揉她的头顶："等待特别难熬，但你只要想想自己即将迎来的是什么，就会觉得日子有盼头了。只要想着那个也在想你的人，心会温暖，就足够了。"

向天歌闭上眼睛，点了点头。

次日起身，她便给司徒锦打了通电话，她决定办"《Mamour》慈善夜"！

她说："对于这个活动，我有一个要求，我想亲自主持。"

"可以。"

"还有，我不希望商业气氛太浓厚，你可以提意见，但所有的流程都要由我来把控。"

"可以。"

司徒锦答应了向天歌所有的要求，"慈善夜"被提上了日程。这个项目又大又新，牵扯的面又广，向天歌忙碌了起来。有了精神寄托，日子一天天过去，她反而觉得没那么痛苦了。

慈善夜的前一天，她在会场彩排时接到了肖琳打来的电话。肖琳说自己正在附近的片场里拍封面照，问她要不要过来看看。

向天歌看了一下时间："我这边结束还有一会儿，你那边有小白在，肯定没问题。"

"我又不是担心我的行程，我是叫你过来！我今天的男模特可不是一般的帅。"

"不用了，你也知道我现在对帅哥不感兴趣。"

"行吧！那我这边拍完了发样片给你。"

向天歌挂断电话，继续现场指挥。等到一切安排就绪，她又把流程过了一遍，等回到家已经过了晚饭时间了。肖琳用微信给向天歌发了几张照片，向天歌打开一看，什么啊！这不还是几年前她做专访的时候，自己给肖琳拍的那套带男模背影的封面吗？

她实在是太累了，便把手机往床头柜上一放，倒头就睡。而第二天就是"《Mamour》慈善夜"。慈善夜是晚上才开始，恰逢周末，她本打算睡到自然醒再去会场。

可早晨天刚刚亮，迷迷糊糊中，小泰平就冲了进来，抱着她的脑袋将她吻醒。

"泰平乖，让妈妈再睡一会儿。"向天歌还是闭着眼睛。

小泰平却没听话，大喊着："妈妈妈妈，你快看，快看花开了！"

"嗯？"向天歌支起了身子看着泰平。

"我们家楼下的花开了，就是爸爸给你种的那一片，今天早上全开了！"

向天歌立刻掀被而起，三两步奔下床去。

她穿着睡衣，站在阳台边上，一低头的工夫，正见花圃里，一片金灿灿的向日葵迎风招展，她震惊地捂住了嘴。

小泰平就在她的边上又跳又叫："妈妈，那是不是向日葵？外公说它叫向日葵，就是会追着太阳跑的花对吗？"

她想起了那个路边，以及路边卖花的老大爷。

她想起自己买了两颗花种，却没把它们种活。后来泰阳做了跟她一样的事，他在她看不到的地方折了回去，买下了所有的向日葵花种。

他在她的阳台前种下它们，就是为了今天，让她看这片金灿灿的花海。

向天歌赶忙掏出电话给泰阳拨过去，可他那边一直提示暂时无法接通。

她给他发语音："你有没有听过一个关于'陌上花开'的传说？'陌上花开，可缓缓归矣'，泰阳，你现在在哪里？"

消息发出去简直如石沉大海，到向天歌出发去慈善夜的会场时也没有收到任何回应。向天歌好不容易沸腾起来的心，又冷了下去，说不难过是假的，可这三年才刚刚开了个头，如果现在就撑不下去了，接下来的两年半还怎么过呢？

向天歌收拾打扮了一番，走出家门，她就逼迫自己忘记刚才的一切。司机已经在楼下等她了，她上车之后就一眼都没再看过那片花圃。

今天的会场又忙又乱，让向天歌根本无暇去思考工作以外的事情，而司徒锦也如约而至。

见到司徒锦，向天歌想起他上次说的礼物的事情，便伸出手看着司徒锦："你不是说有份礼物要给我吗？说了这么半天，礼物呢？"

司徒锦一身纯白色的西装，从头到脚都精致得无可挑剔。

他看着向天歌笑："你做人还是这么没有耐性。"

"少废话，赶紧把礼物交出来，我还要忙去。"

"礼物我拿到后台了，待会儿这边工作结束，你自己去取。"

向天歌有些狐疑地望着他，转身嘀咕："搞什么，神神秘秘的。"

司徒锦但笑不语。

场外的明星走完红毯后，待他们依次在大厅落座，慈善夜才正式开始。

向天歌同另外一位知名男主持共同主持整场慈善夜，因为慈善夜的概念在国内又新又潮，邀请的嘉宾也多是一些重量级的人物，再加上《真爱》和几个线上平台的同步直播，今晚的活动成了全球关注度最高的一档节目。

晚会开始之前，向天歌先感谢了一遍到场嘉宾，然后才指着台下一群穿着质朴的孩子说："我不知道还有没有人记得这些曾经被称为'格斗孤儿'的孩子。"

全场哗然。

向天歌继续道："其实，在举办这个慈善夜之前，我很排斥也很怀疑，我不想把慈善和商业挂钩，生怕慈善的目的会因此而变质。但有人跟我说，我可以通过这样一场活动，来让更多的人认识并帮助这群孩子和像他们一样的人，我才勇敢地迈出第一步，来做今天这件事情。"

向天歌说话的同时，已经走到了孩子的中间，让正在进行视频转播的摄影师对准了他们。这群孩子就在司徒锦列出的宾客名单里，也是改变向天歌心意的关键名单。

"这个城市里有一间小小的道馆，隐藏在闹市之中，它不分国界，也不论贵贱，只要进到里面就是走进了江湖，外间的一切纷纷扰扰跟里面都没有关系，江湖只讲江湖的规矩。我还记得创办那里的人跟我说，人活一世一定要有人味儿，有了人味儿，这世界才会让人活得有意思。所以，在我彷徨无助的时候，是他的人味儿给了我指引，也是他的侠肝义胆让我知道，这个世上，是有英雄的。"

向天歌话落，响起一片雷鸣般的掌声。

紧接着会场的灯光变暗，舞台上响起音乐，男主持人上场，同时带上来几名穿着合气道服的少年。这群少年，在音乐声以及男主持的讲解中相互演练，向台下的观众普及并展示他们曾经不被看好的格斗技能。

向天歌在台下号召，希望更多的人能够关注到这群孤儿，并通过明星的慈善义卖，为这群孤儿捐款，力图为他们创办一所既有文化课又有格斗技能培训的综合学园。

"《Mamour》慈善夜"如火如荼地举行着，在快要结束的时候，男主持人邀请向天歌上台宣布今天筹集到的善款，并正式启动学园项目。

向天歌拿着话筒，邀请在座所有明星上台合影。

她说："感谢大家，感谢今天到场的每一位嘉宾、每一个工作人员，感谢你们让今晚成了一个难忘的夜晚。当我们在追逐梦想、追逐自己想要的一切的同时，还能停下脚步，去发现和关心我们身边那些需要帮助的人。这是十分难能可贵的品质，我替孩子谢谢你们！谢谢你们，愿意在这一方天地，去延长他们的梦想！"

向天歌说完眼含热泪，向台上以及台下所有的人深深鞠躬。

掌声忽然又响起，这一次的热烈程度甚至远远超过开场的时候。

舞台上的人开始往两边退去，就在向天歌茫然不知所措当中，有那样一个人，拿着把漂亮的小太阳花，缓缓从人群中走来，仿佛她的盖世英雄。

第十八章
真爱总会在一起

　　镜头只能拍到向天歌的背影，却将那缓缓走来的男人照得清清楚楚。

　　泰阳西装革履，眉眼如画，目光如炬。他本就身材颀长，这时候再搭配上一套剪裁合适的精致西装，竟比许多男明星和男模都要耀眼。他穿过在场所有人，一步步向她走去，走到近前，他忽然举起手里的花，单膝着地。

　　镜头这才缓缓移到向天歌的正面，她早就震惊得说不出话来。

　　泰阳嘴角轻扬，满心满眼都是她的模样。

　　他说："'我的意中人是一位盖世英雄，终有一天，他会身披金甲圣衣，踏着七彩祥云来娶我'，我记得我跟你一起看《大话西游》的时候，你说你最喜欢也最感动的，就是紫霞说过的这句话。那时候我们年少无知，我不知道应该怎么对待我们之间的感情，也不知道该用什么样的方式与你相处，所以我伤害过你，也离开过你，对不起。"

　　向天歌双手捂唇，红了眼睛。

　　泰阳继续道："不过老天待我不薄，它让我走远了也还能回来，即使失去了也还能重新得到。我没有金甲圣衣，也不会踏七彩祥云，甚至还有可能是猪哥，但我依然想要娶你。"

向天歌被泰阳的话给逗笑了，她双目含泪，紧紧将他望着。

　　"浑蛋，你怎么会在这儿的？"说话的时候，她的眼泪无法控制，竟就这样从她的眼角滑落了下来。

　　泰阳正色："你确定要在这么多人面前，叫我浑蛋吗？"

　　她破涕为笑，周围的人也跟着笑了起来。

　　泰阳这时候从怀里掏出一枚戒指："你愿意嫁给我吗，天歌？这次是来真的，'货物出门恕不退换'那种。"

　　周围又是一片笑声响起。

　　向天歌哭哭笑笑，早就激动得不能自已，她重重地点了下头，"嗯"了一声，在他起身为她戴好戒指以后，扑进了他的怀里。

　　慈善夜一结束，两个人就一起去了魏冠捷的工作室。

　　肖琳早早从慈善夜现场赶了过去，穿着晚礼服在化妆间里，一边帮向天歌梳妆打扮，一边哀叹："我提示得那么明显，你怎么神经还是那么大条？"

　　向天歌正站在一整面墙的镜子前整理身上的婚纱，她茫然转头去望肖琳的时候，"嗯"了一声。

　　小白说："肖琳姐昨天发给你的封面照你没看吗？我们所有人都看了，怎么就你没看出来？"

　　"看什么？她的封面照跟我有什么关系啊？"

　　肖琳仰天长啸，一声叹息："妈呀！你这个眼神，泰阳听到了会悔婚的吧？我把照片发给许多人看，他们都是一眼看出了是泰阳啊！"

　　"我知道啊，模特还是我去给你请的啊。"向天歌还在想几年前的那组照片，在场的几人都快无语了。

　　肖琳哭笑不得："谁跟你说几年前的照片了？你再好好看看，那是昨天新拍的，他昨天就回来了。"

　　向天歌将信将疑，掏出手机找到肖琳昨天发给自己的那几张照片，仔细一看，是和几年前有点细微的差别。

她的心跳顿时失衡，抬手去抚照片中泰阳的背影时，已经忍不住笑出声音。

她说："原来你们早就知道，就把我一个人蒙在鼓里。"

小白赶紧辩驳："我们怎么知道你会把照片当成是几年前的，还想着你看了照片没准就来片场了。那泰哥当场跟你求婚，昨儿我们就把你们的事给办了。"

肖琳说："不过这样也好，我们都没想到，他居然会当着那么多人的面跟你求婚，还以为他至少会等到活动结束以后，到后台去向你求婚。你说，他怎么敢？"

是啊！他怎么敢？

向天歌难掩幸福和甜蜜，脑海里全都是泰阳求婚时的样子。

她说："因为，我的意中人是一位盖世英雄，终有一天，他会身披金甲圣衣，踏着七彩祥云来娶我。"

小白和肖琳羡慕到不行，杨美丽这时抱着一只巨大的盒子从外面进来，说是司徒锦放在后台说是要给她的，问她现在打不打开。

向天歌点了点头。

小白因为好奇，第一个凑了上去。待盒子打开，众人惊叹不已，小白和杨美丽小心翼翼地将里面的东西拎了出来，是一件雪白的婚纱，美得不可方物。

肖琳拿过盒子里的便笺纸道："是司徒锦特地为你私人订制的手工婚纱，赠予你跟泰阳，并祝你们幸福永远。"

向天歌看着眼前的婚纱，再去看周围的姐妹，心头被幸福溢满了。

她们帮她重新换好了婚纱，然后推着她从更衣室里出去。

向天歌出来的时候，泰阳已经换好一身黑色的西装，打好领结站在镜头前。他刹那回眸，她已提着裙摆向他缓步走来，仿佛落入凡尘的仙女。

他定定立在原地，灯光掩映下，他有一双俊美无双的眼睛，掠过风华无限，那温柔瞬间包裹了全身，令向天歌就这样沉浸在里面，不能自拔。

他们四目相对，眼神交流之间都是情意。

他伸手来牵她的手，等到她的小手终于落入他的掌中，他仿佛还不敢相信。

"这是我们第一次拍婚纱照……"

"之前不是拍过吗？就是你偷偷跟我自拍的那次。"

"你能不要哪壶不开提哪壶吗？"

"干什么，你害羞啊？你还为了那张照片被人从二楼踹丢下去，怎么干得出还怕别人说啊？"向天歌欢快又得意。

泰阳狠狠一咬牙后，单手箍住她的后脑勺揽向自己。

他的额头抵着她的额头，说话的时候有些咬牙切齿，他说："非得当着这么多人的面说吗？你看他们都在笑你。"

向天歌的眼角余光里，是正站在相机后的魏冠捷，以及散布在他周围的亲朋好友。为了见证两人这幸福的一刻，向爸向妈还有泰爸泰妈都来了，他们甚至还带来了小泰平。

小泰平在泰妈的跟前又蹦又跳，看着眼前如此亲密的爸爸妈妈，小泰平噘着个小嘴，喊："亲亲……亲亲……"

童言无忌，顿时引来周围所有人欢笑的声音。

向天歌的小脸刚刚一红，泰阳不负众望，立刻倾身上前吻住她的唇。

"陌上花开，可缓缓归矣"倾注的是，吴越王对王妃无比思念却又隐忍的心情。

因为王妃每次归家，都路途遥远又凶险，他想她念她，明明是想尽快催促她回来，却又怕她跋山涉水，最重要的是破坏了她回娘家的心情。所以他一忍再忍，到底是提笔写下了这一句。

他告诉她，田间阡陌上的花都已经开了，即使他一个人欣赏也没有关系，她可以慢慢回来。

向天歌在听到这个故事的时候，只觉得吴越王可爱得很，明明是那么想念一个人，却偏偏要酸溜溜地来上这么一句缓缓归。王妃接信，笑过后便哭了，即刻便起身往回赶。

他这个傻瓜，都已这般思念她了，她又怎么可能不想他呢？

陌上花开，他终于等来了他的情人。而向天歌也等来了她的泰阳，她没有想到他真的会在楼下花圃开花时就回来，也没有想到，他一回来就向她求婚了。

心中太多的不确定，在戴上戒指的那一瞬，就都消失了。

《Mamour》最新一期的杂志封面，就是肖琳同泰阳的背影的那组照片之一。

与此同时，《真爱》的网络版以及《Mamour》的微博上，又放出一组泰阳转身后的照片，只不过这一组照片的女主角是向天歌。

网上很多人都看过"《Mamour》慈善夜"的节目，知道向天歌就是那位女主持人，也知道她是《Mamour》和《真爱》的现任总编，对她的印象很不错。两组明明相似却又截然不同的照片曝光后，网上掀起一股拍正反面结婚照的热潮。

《真爱》打铁趁热，在网络杂志里为向天歌做了一期专访，将向天歌与泰阳的心路历程以及爱情故事彻底公之于众。先前的负面新闻还想再怒刷一拨存在感，却被一夜之间涌现出的大批"真爱粉"彻底打压了下去。

也因为有了向天歌同泰阳这对"真爱"代表，《Mamour》和《真爱》的人气直线上升，业内第一的名头冲出了圈外，在几次网络评选中都夺下了杂志人气的第一名。

可惜的是，泰阳向向天歌求婚后不久，又因为工作关系离开了西京。

向妈一门心思准备再次嫁女儿，一听说泰阳走了，立刻噘着嘴道："这算什么，跑回来耍人一通，他又跑回去了？"

向妈说话的时候向天歌正站在自家的阳台上，一边喝水一边低头去望那片向日葵。

向爸说："泰阳是个重视承诺的孩子，他对东北那位蒋总有承诺，对天歌也有，所以留在那里是为兑现承诺，回来求婚也是为了让天歌安心。"

向妈嚷嚷着："这婚都求了还要两地分居，难不成以后结了婚，还像现在这样飞来飞去？"

向爸转头去望阳台上的向天歌，自从泰阳走后，她几乎每天都是这样，盯着楼下那片花圃，一边偷笑，一边沐浴在阳光里。

"就算两地分居又有什么关系，最重要的是他们心里都有对方，知道自己是为什么等待就行。"

后来肖琳还问起向天歌，她在等泰阳的时候是否还焦虑和彷徨。

向天歌很肯定地摇了摇头道："再也没有过。"

"你一个离异妇女，结了婚又离婚，离了婚又结婚，反反复复那么多次，都三十多了，真的一点都不着急？"

"要说一点都不着急那是假的，可是也没有想象中那么着急，因为我知道这个世上有一个男人的心里只有我。"

"他跟蒋总的约定还有两年，你确定这两年你等得起？"

"嗯。"她甜蜜地回应，"为了他，我愿意等。"

罢了罢了，肖琳摆了摆手道："你已经被爱情冲昏了头脑。"

"那么你呢？肖琳，你还会再爱吗？"

"我也不知道，只觉得上一段婚姻已经把我所有精力都耗尽了。我现在还带着个孩子，我不确定自己还有没有能力去爱，也不确定前面是否还有一个等着我的人。"

一年之后又一年，在泰阳回来以前，小白跟青皮已经先领证结婚了。

两个人一起把请柬交到向天歌的手上时，青皮说："前天我跟泰哥通过电话，问他能不能来参加婚礼，他好像跟那什么蒋总去了南方，说要在那边待很长一段日子。"

向天歌还没说话，小白已经拉住她的手道："对不起，向姐，本来我没想那么快结婚，可是青皮他妈妈最近身体不是太好，她希望看见我们早点结婚，所以我跟青皮就把结婚计划给提前了。"

"你对不起我什么？"向天歌笑着摇摇头，"我祝福你都还来不及呢！我本来以为你们一年前就该结婚了，还想着是不是要等我攒够份子钱！"

小白掩嘴笑了出来，她抱了抱向天歌。

小白临走前，忽然又问向天歌，她有多久没见过泰阳了。

向天歌摇了摇头："我也忘记了有多久，反正就是不敢去想，就希望这样稀里糊涂的，等哪天清醒的时候，他突然就回来了，那多惊喜。"

"不寂寞吗，向姐？"

"可寂寞了呢！"她笑着吐了吐舌头，"可是当我知道，在我寂寞的时候那个人也同样寂寞，我心里那个爽啊！"

小白大笑了起来。

分道扬镳以后，向天歌独自走在回家的路上，特意没有让司机来接，而是一个人走过大路小路，再到坐上回家的公交车。公交车到站，她坐在窗边望着站台的位置，好像看到曾经的某个时候，那里始终有一个人在等着自己。

她从车上下来，站台上什么都没有。

她兀自驻足，又兀自转身，正觉得失落，抬头的时候，一片向日葵迎风招展。

寂寞吗？

寂寞呢！

可这微风竟也带着丝丝暖意。

很快到小白同青皮的婚礼，作为《Mamour》的主笔，小白的婚礼自然邀请到了很多公众人物参加。而作为伴娘的杨美丽跑进跑出，忙碌了一个上午才安排好所有事情。

向天歌盛装出席，本也没想过会有什么惊喜，不过还是在人群中看到了久违的黄多多。而且令她意外的是，黄多多居然是和司徒锦一起来的。

露天的草坪婚礼，那两个人肩并着肩一起向她走来，向天歌几次讶异地张了张嘴："你们……"

"咳咳！"司徒锦已经先不好意思了。

黄多多笑道："好久不见了，姐姐。"

"你们怎么会在一起？"向天歌简直不敢相信自己的眼睛。

"我们上个月开始交往。"司徒锦道。

"可不是嘛。"黄多多挤了下眼睛，"我这还在适应，本来说好了要一辈子爱我泰哥，突然换了个人，我这还有一点不习惯呢！"

"黄多多，不是说好不再提以前的事了吗？"司徒锦皱眉。

黄多多挽着他道："你过去不还喜欢向姐，向人求过婚吗？这突然换了个对象，你是不是也感觉特彷徨，跟我一样？"

司徒锦的眉头皱得越发深了，好像黄多多再多说两句他就要变脸。

黄多多浑然不觉，直愣愣盯着他道："咱们不是签过恋爱协议，决定先试着谈三个月恋爱吗？现在试用期还没过，正好我觉得怪怪的，不行咱们就分了吧！"

司徒锦直接黑了脸。

黄多多再要说些什么，他已经一把从身后搂紧她的腰凑到她耳边："签字画押还能抵赖？说好的三个月就是三个月。"

黄多多还要再说些什么的时候，过去"正阳道馆"的同学过来叫她了，她只好随着人群走了过去，单独留下司徒锦。

向天歌终于没忍住，哈哈大笑起来："没想到你也有今天，谈恋爱居然还有试用期，哈哈哈……"

"我这是与时俱进，多多还是个小女孩，我就随着她点。"这句司徒锦说的是中文。

"还会说'与时俱进'了，哈哈哈……"

司徒锦有些尴尬："快别笑我了，还是想想你自己吧！"

"我怎么了？"

"泰阳回来了吗？"

向天歌张开双手比画了一下："你不是看见了吗？这里就我一个人啊！"

司徒锦点头："嗯，前几天我跟他通过电话，他在东北的发展一切顺利，他的老板有将他留下来的意思。"

这一下向天歌再也笑不出来，只能淡淡"嗯"一声。

司徒锦又道："你跟他谈过了吗？"

"谈什么？"

"什么时候回来？"

"我记得，大概是从两年前开始，我已经不会刻意去想他什么时候回来。因为我知道，他该回来的时候就会回来，我只要想着他回来以后的事就好，别的我什么都不管。"

"你就那么有信心，他一定会回来？"

向天歌肯定地点了点头道："我相信，他一定会回来。"

小白与青皮的婚礼一直持续到晚上，先是西式婚礼，再到中式，等把所有人都折磨了个不成人形后，才终于宣告结束。

向天歌和杨美丽亲自把小白送进洞房，待到出来的时候，先前在婚礼上当伴郎的男人正站在门口，看见杨美丽出来，立刻对她招手。

杨美丽笑着迎上前去："天歌，我就不跟你走了。"

向天歌笑着点了点头："行吧！你去吧！"说完她转身给肖琳打了通电话，"你在哪儿呢？晚上一起喝酒。"

"不喝，我已经走了，约了男朋友。"

向天歌瞪大了眼睛："你什么时候也有了男朋友？"

"你都没看最近的新闻吗？就是和我闹绯闻的那位。"

"他可比你小八岁呢！"

"小八岁怎么了？'只要保养好，老公在高考'，我觉得他那人好像挺有意思的，先处着呗！"

"行吧，让全世界都充斥着你们恋爱的酸臭味吧！"

"你这人怎么自己订了婚，还不让别人谈恋爱了呢？"

向天歌哈哈大笑，笑过之后，一本正经地说了句："祝福你们。"

"我也祝福你跟泰阳，天歌，你会幸福的。"

向天歌独自一个人漫步在回家的路上，刚刚参加过一场那么喧闹的婚礼，此刻静下来竟然还令人感到孤单。她独自在楼下的花圃前停留，今年的花期好像特别短！短到那个人还没来得及回来，花就已经凋零了。

她去楼上换过衣服，带上桶和铲子，下楼来在花圃里挖挖整整的时候，正碰见楼栋里的邻居回家，问她是不是又在整理花圃。

向天歌说："是啊！明明是他送给我的花，却要我自己来整理，简直好没意思呢！"

邻居哈哈大笑："我看你弄得可有意思了，这花年年都开，年年都开得特别美，我们从楼上往下望，都觉得有意思得很。"

两个人又寒暄了几句，邻居才径自离去，向天歌蹲在花圃里收拾好自己的工具，起身准备上楼。因为蹲得太久，起身时她一阵眩晕，刚刚微眯了眼睛，视线里昏黄的光影下好像站着个人。那个人的手边拎着大行李箱，他正站在花圃的对面怔怔将她望着。

没等她看清楚是谁，那人已经走上前来，抬手去抚她的脸颊——

"小傻瓜变成小花猫了呢！"

她浑身一僵，抬起小手覆上他的大手，等着温度蔓延，她才看清楚他的眼睛。

泰阳弯唇笑道："我订了上午的飞机，本来想赶回来参加青皮和小白的婚礼，可上午航空管制，我在机场滞留到几个小时前才登机。"

"……"

"我完成约定，已经正式向蒋总辞职，从今往后我就在这里，哪儿也不去。"

"你……"仿佛过了很久，向天歌才找回自己的声音，"是回来帮我弄花圃的吗？我真的好烦自己一个人弄花圃，每次都把我弄得脏兮兮的……"

刚才为了方便整理花圃，她专程上楼去换了一件宽大的居家服，头发也是随意一扎，就这样下来了。她没想到他会在此刻回来，也没有想过刚才在整理花圃的时候，把自己弄得一身是泥，就连脸上都沾到了。

他回来的时候，自己竟然这么狼狈。

向天歌崩溃得只想赶紧找个地洞往里钻，要不是泰阳抓着她的肩膀不放，她可能早就跑了。她可是时尚圈子里的人，怎么可以就这样出现在心爱的人面前？这画面不只是不美，还很囧，她急得都快哭了。

泰阳看着她在自己面前挣扎，忍不住笑了两声，立刻遭了她的白眼。

她红着眼睛推他："谁叫你现在回来？你为什么不打个电话再回来啊？现在我这副样子算什么啊？"

"你丑我又不是没有见过，比这丑一千倍的样子我都见过了，现在别不好意思啊！"他不说话还好，一说话她便觉得整个人崩溃得很，恨不能即刻便冲上前去与他拼命算了。

泰阳赶忙赔礼道歉："除了脏一点以外，你永远都是我心中的女神，你是最美的。"

"没走心！"

"咋没走心？不走心我能睁眼说瞎话吗？"

向天歌气得抬手打他，他一边笑着，一边用力将她揽进怀里："脏吧，脏吧！有我陪你一起，咱们脏都要在一块儿，我不会再放开你！"

她推不开他，只能任他抱着，等到情绪稍微平复了一些，她才踮起脚用力将他抱住。

他回来了！

她的他，终于还是回来了呢！

小泰平兴奋地缠了泰阳几天，缠到饭不敢吃觉不敢睡，只怕一个转身，他又消失不见。

泰阳一面对女儿抱歉，一面怂恿泰妈下楼来找向爸向妈谈婚事，他准备再与向天歌举办一次婚礼。

向妈有些为难地道："再办婚礼？上次就是跟你，复婚又办婚礼，这也太奇怪了吧？"

"上一次结婚，我跟天歌都有欺骗的成分，所以婚礼办得多少有些敷衍。而这一次，我们两个是决定真的走到一起，所以想通过仪式感，去记住这一时刻。"

"是啊！佩兰，我跟泰阳他爸爸也商量过，在经历之前那么多事后，我们觉得孩子的幸福比什么都重要，外面人要说就让他们说去，咱们听了也就算了，不必记在心里。"

"那行吧！婚礼想怎么搞？要搞就要搞好，我这回是真嫁女儿不是？"

两家人达成了共识，很快开始紧锣密鼓地筹备起婚礼。

已经先一步结婚的小白度完蜜月回来，专程来找向天歌分享她的结婚经验，顺便也带了杨美丽。小白和杨美丽，一个新婚，一个热恋，两个人的脸上都洋溢着幸福的微笑，恨不得把婚姻的所有幸福美好都分享给向天歌。

"拜托，我才是最有经验的人！"

杨美丽呛声道："以前的那些跟现在能一样吗？你现在跟泰阳可

是玩真格的，你们要在一起过一辈子。"

三个人一起在商场走走逛逛，到一间内衣专卖店门口，杨美丽突然拉了她进去，拿起几件性感内衣在向天歌跟前比画："泰阳喜欢红的，还是黑的啊？"

向天歌脸都红了："你是不是疯了，带我来买这种东西？"

小白淡淡转头望向杨美丽："我向姐这么纯呢，都是一个孩子的妈了？"

杨美丽用手挡着唇道："谁知道是纯还是蠢呢？说来她的经验到现在就只有那一次，一次就怀上了泰平，可不这样嘛。"

"一次就怀上了？"小白转头去望向天歌的时候顿时肃然起敬，"那也就是说，你跟泰哥结婚这么多年，都是吃素的吗？"

向天歌涨红了脸："我跟泰阳那是假结婚。"

杨美丽和小白一起看着向天歌摇头，满面悲戚："太惨了！"

杨美丽立刻言归正传："所以，这次既然是真结，那就得有结婚的样子。新婚之夜对于女人来说可是特别重要的日子，你跟泰阳认识这么多年早没新鲜感了，还不得趁这个夜晚重新开始？"

向天歌把杨美丽在自己身前比画的性感内衣推开了："重新开始得靠这种东西？拜托，我怎么好意思？"

"你不好意思也马上要当他的老婆了，难道就没想过跟他睡在一起的情形？"杨美丽追根究底。

小白连忙上前补充："我早就想摸一摸泰哥的胸肌和腹肌，它们看上去都好有弹性，让我好有食欲。"

杨美丽说："是吧！是吧！连小白这种已婚妇女都对泰阳有兴趣，就算我以前那样，也对泰阳充满了幻想。你可不能随便，以为他喜欢你这么多年就可以乱来，你得保持魅力，保持对他的吸引力。"

两个女人越说越不靠谱，向天歌实在是听不下去，赶忙在脸更红之前，从专柜逃了出来。

一出来，她竟然在另一个专柜前碰见了陆安怡。

许久不见，现在的陆安怡早就已经不是当初的陆安怡，她挺着个大肚子，穿着随意简单，挤在人群之中，一起去捞打折花车里的东西。一群人推推撞撞，没人在意她是名孕妇，她似乎也一心记挂着要买打折省钱的东西，毫不介意。

杨美丽从身后追上来，对向天歌说："离开《Gossip》以后，听说她换过几个地方，不是她瞧不上别人，就是别人瞧不上她，反正过得不咋样。"

"她结婚了吗？"

"没有。听说她本来有个要好的男朋友，但因为受不了她不择手段地向上爬，还睡了老板，所以两个人已经分手了。"

"那她肚子里的孩子是谁的啊？"

"不知道，反正不是她老板的，就是她前男友的吧！反正这样的人就应该是这个结果。"

向天歌没有说话，小白已经拎着个购物袋从身后赶上来了，对向天歌晃了晃道："这是我跟表姐一起送你的礼物，嘿嘿，新婚快乐。"

三个人有说有笑，转身准备离开，却听见不远处传来一声惨叫，这一转头，才发现有个孕妇摔倒了。而就在她坐下去的地方，透明的液体正在蔓延开来。向天歌生过孩子，一看就知道是羊水破了。

三个人连忙上前帮忙，到了跟前才发现那坐在地上的孕妇竟然是陆安怡。

几个人面面相觑，但因情况紧急都不敢耽搁，向天歌和小白上前将陆安怡扶起来。三个人以最快的速度把大着肚子的陆安怡送进医院，当医生问起家属的时候，她们谁也答不上来。

向天歌去帮忙缴了医药费，又在产房外等着新生儿降生。小白则和杨美丽则一起去到就近的超市，简单地买了一些新生儿用品便赶忙往回奔。

经过数个小时的痛苦折磨后，陆安怡总算是顺利地产下一名男婴，想着自己孤身住院，都没人搭理孩子和自己的事情，她又悲从中来。医生护士把孩子抱到她的身边，她看着孩子身上穿的衣服时一脸茫然。

"这衣服……"

"是你朋友刚送过来的，她们一直都在手术室门外。"

朋友？

陆安怡这时候才想起来，自己在商场摔倒之后，是向天歌突然出现把她送到医院里来的。她摔倒的那一刻，周围都是一张张唯恐避之不及时的脸。若不是向天歌突然出现，她可能死在那里也没人管。

护士还说，是她的这位"朋友"帮忙缴纳的住院费和生产费用，而且对方现在还在产房外等着。

陆安怡听着听着，突然就哭了。

她哪里算是向天歌的朋友啊！

向天歌同泰阳的婚礼准备就绪，比起第一次的铺张浪费，这一次的婚礼，两个人都选择了走温馨路线，只邀请了真正的亲朋好友。向妈和泰妈两个人积极筹备，到婚礼正式开始的时候二人都高兴得合不拢嘴。

杨美丽和小白在后台帮向天歌收拾，提起前些日子在商场碰见陆安怡的事，两个人还有些愤愤不平："你说你在那样危急的时刻救了她也就算了，干吗还要借钱给她，甚至还帮她找工作？"

向天歌站在穿衣镜前整理了一下自己的婚纱，为了举行婚礼，司徒锦帮她在原设计的基础上又做了些许调整，使这件婚纱既简洁又充满了梦幻般的美感。

"每个人一生都有可能遇到特别的难处。"

"可她是什么人，在领导面前给你穿小鞋，还那样整我！"杨美丽气不打一处来，"要不是当时你让我去，我才不会给她买什么衣服！"

"过去的事，折磨的是她不是我。"向天歌并未将陆安怡的事情放在心上，杨美丽和小白见是这样，便知道再说什么都不合适了。

音乐声传来，婚礼正式开始了。

在司仪的邀请下，双方父母先上台发言。

向妈抢在向爸之前开口道："我这个人没什么心愿，这辈子最大的心愿就是希望我的丈夫和孩子过得开开心心。年轻的时候我经常执着于一些小事情，因为这种执着，我过得不开心、他们也不开心。后来家里发生了很多事情，我自己也生了病，还连累了天歌，她跟我可爱的外孙女一起，真是遭了大罪的。在我们最无助最需要帮助的时候，有那么个人，每次都是那个人，他出现了，照顾和保护我们。"

向妈说着说着就笑了，红着眼睛："这个人我想我不说，大家也已经猜到他是谁了。没错，他就是我的女婿。其实，他在刚做我女婿的时候，我们两个都不习惯得很。他嫌我吵吵，我看他不顺眼，反正只要碰着，我俩就跟火星撞地球似的。"

台下一片笑声。

向妈抬起手背揩了一把眼角，才又道："最厉害的时候，为了几个花馍，我差点把他气死，他差点把我气晕。"

泰妈笑着道："行了，那都是过去多久的事了，你怎么还记着？"

"我记着，我一辈子都记得呢！"向妈红着眼睛点了点头，"我还记得那时候泰平半夜生病，天歌不在西京，是泰阳连夜带我们去的医院。他彻夜陪伴在泰平身边照顾，还有后来我生病的时候，也是他到处去找我。这一家人生活在一起，怎么可能没有矛盾呢？更何况我们这是后来才成为一家人的。"

向妈微笑着看着在座众人道："不只是对我，对泰平，这个曾经被我当作外人的人，都在尽力做一个好女婿、好父亲和好丈夫。我不知道别人家的女婿是什么样的，但泰阳对于我来说，就是这世上最好的女婿。他在我的女儿最需要帮助的时候帮助了她，在她每次遭遇危险的时候第一时间冲在前面保护她。他爱我的女儿超过他自己的生命，就算曾经吵吵闹闹那又怎样？我们永远都是这世上相亲相爱的一家人，从今天开始，泰阳，我把我的女儿，交给你了。"

台下响起了此起彼伏的掌声，泰妈就站在舞台边上，一脸欣慰地看着向妈。

也是在经历过这么多事后，曾经相互硌硬了大半辈子的两个人，因为一双儿女的亲事而冰释前嫌。

泰妈回忆着这前半生走过的路，只觉得许多时候都像是一场梦一般。

两家的家长依次发言，到他们都说完话后，向爸与泰妈相视一笑，竟也觉得比往日平和温暖了许多。泰爸恢复得越来越好，看着周围的一切傻乐，直到会场里的音乐声响起，所有人才一起转头望向大门的方向。

大门跟前，向天歌挽着泰阳的手，穿着司徒锦专门为他们打造的礼服，走上红毯，缓缓向前台走来。

他们一个美艳无比，一个潇洒挺拔，相携走过红毯，象征着即将携手走过的人生长路。

两个人一起站定在台前，由衷地说出了相爱永恒的誓言。在众人的祝福声中，向天歌将手中的新娘捧花直接抛给了黄多多。

黄多多有些错愕地看着手里的东西，旁边都是起哄叫好的声音。

"这……"她刚想说她和司徒锦的这段感情才过试用期，还有很长的一段路要走。

杨美丽凑上前道："你结是不结？不结就把他让给我！"

黄多多见有人来抢，立刻转身抱住司徒锦，说："吃进嘴的肉还想我吐出来？"

司徒锦被她逗笑，在场所有的人都跟着笑了起来。

泰阳在所有人面前吻向天歌，柔嫩的唇瓣相贴，辗转缠绵中全是关于未来的美好向往。

他说："离开东北的时候，除了那两百万，蒋总还给了我一笔钱，我想用这笔钱在西京重新开一间道馆，与你通过慈善夜筹建的学校一起，帮助更多更有需要的人。"

"你的地址选好了吗？"

他神秘一笑："你猜。"

"不会又在我头顶吧？"向天歌黑了脸。

泰阳笑得无法自已，捧住她的脸又深深吻了上去。

向天歌抬手去推他："我跟你说真的，泰阳，你不会选在《Mamour》的楼上开道馆吧？"

他吻着她的双唇，不断将她拉近自己，把她所有愤怒的情绪全都吞进肚子里。

大宝和小泰平两个花童开心地玩在一起，手拉手奔跑着。

向天歌和泰阳转头看着他们，仿佛看到的是，当年的自己。

不管曾经有过多少次的分离，也不管过程有多艰辛，真爱，总会让他们在一起。

（全文完）